小女官大主意 1

風文創 982

林漠 著

風 文創 982

目錄

序文

林漠

讀大學時，我學習的專業是漢語言文學，那時候我大部分時間耗在了圖書館，讀了很多書。

其中有一本古代世情小說，堪稱經典。

這本書中有一個不起眼的女配引起我的關注。

這個女配出身富家，母親早逝，父親續娶，她在家中沒有什麼存在感，就連她的婚姻，也成了她父親結交權貴的手段。

後來，夫家敗落，她和丈夫帶著財產逃回娘家，財產卻被父親和繼母霸占。

後來，她的父親去世，這個女孩子被繼母趕出家門，被丈夫家暴毆打，最終自縊身亡。

這個女孩子，從她生母去世的那天起，她就開始了悲劇的一生——重男輕女的父親對她的冷淡和無視，貪婪虛偽的繼母對她的算計和提防，狠毒自私的丈夫對她的打罵虐待……

讀完這本書，我覺得自己鼻翼癢癢的，抬手一摸，才發現不知什麼時候眼淚流了出來。

這個女孩子，命運不斷地打擊她，親人不斷地利用算計欺辱她，她卻始終沒有反抗，一直被動接受這一切，最後的自縊是她唯一一次反抗，卻是以生命為代價……

合上書，我想，若是她能自救，會反抗，能夠經濟獨立，人格獨立，會不會也有幸福的人生？

後來我成為一名言情小說作者，終於圓了自己的夢，我為這個嘗盡人世間苦難的女孩子寫了一個故事——《小女官大主意》，為她取了一個新的名字——宋甜，為她安排了一個全新的出路——經歷過繁華與磨折後重生，回到了少女時期，她要彌補前世的遺憾，重新振作，為自己活一次。

宋甜聰明勇敢，堅強獨立，善良可愛，正是現實生活中許多女孩子的縮影，希望她的重生、奮鬥和成長，能夠溫暖你，鼓勵你，陪伴你。

第一章

未到飯時，宛州城外運河碼頭的譚記客棧冷冷清清的。

宋甜枯坐在客棧一樓正對著大堂的房間裡，房間的門被她的夫君黃子文從外面鎖上了。

明明是春光明媚的三月，可宋甜覺得寒冷似從骨髓裡透出，把她整個人凍住了。

她是宛州提刑所理刑副千戶宋志遠的嫡女，父親是五品武官，到底是怎麼落到如今這一步的？說起來，不過是親爹不疼、繼母狠毒罷了。為了巴結大太監黃蓮，她爹把她嫁給了黃子文這人面獸心的潑皮無賴。

如今她手裡的銀子都被黃子文給揮霍光了，而唯一能管束黃子文的黃蓮死了，她爹也死了，繼母閉門不管事，她是真的走投無路了。

早上下船時，宋甜遇到了豫王的小廝琴劍，她只來得及說了句「救救我」就被黃子文拽進了譚記客棧。

不知道琴劍會不會把這件事稟報豫王，不知道豫王會不會派人來找她……應該不會吧，她未嫁時雖見過豫王幾次，可豫王高爵顯位，怕是早忘了當年那個羞澀寡言的小姑娘了……

外面傳來一陣調笑聲。

是黃子文和鄭嬌娘回來了。

聽隔壁房門打開又被關上。腳步聲越來越近，接著就是叮叮噹當的開鎖聲。

黃子文摟著鄭嬌娘踉踉蹌蹌走了進來，酒氣登時瀰漫在屋子裡。

宋甜抬眼看向黃子文。

黃子文清秀白皙的臉上泛著紅，一雙桃花眼盈盈含水，分明是喝醉了酒的模樣。

他看見宋甜坐在那裡，眼神迷離笑了笑，鬆開鄭嬌娘，從懷裡掏出一張紙，展開後站到了宋甜面前，把紙抖得嘩嘩響。「沒用的小賤人，老子把妳給賣了！二百兩銀子，足夠我和嬌娘快活度日了！」

宋甜瞇起眼睛看著眼前這張賣身契。

白紙黑字，硃砂手印，清清楚楚，她被黃子文賣給了行商蕭慶為妾。

繼母篤信佛法，常招攬姑子在家宣唱佛曲，夜深了就說些市井閒話，其中一位王姑子曾提到過這位販棉花的行商蕭慶。說蕭慶打著販棉花的旗號，其實專在宛州各縣招搖撞騙，以娶妻納妾為名買良家婦女在宛州城外碼頭做私娼。

不承想有朝一日，當時為受騙上當女子嘆息的她，也成了蕭慶手中的貨物……

宋甜看向黃子文，沈聲道：「這蕭慶專門買良為娼，我是官家女，若是吵嚷開去，這張賣身契也只是白紙一張！」

鄭嬌娘是宛州碼頭的私娼出身，當初就是經蕭慶的手淪落風塵的，自然清楚蕭慶的套路，聞言眼波流轉看向黃子文，拽著黃子文的衣袖嬌嬌道：「我的哥哥，這可怎麼辦？咱們在書院街打的金釵、在成衣鋪買的衣裙，還有房子——」

黃子文沒想到宋甜都淪落到這地步了，居然還敢在他面前擺官家女的架子，把手裡的賣身契遞給鄭嬌娘，伸手就要打宋甜。

宋甜見狀，跳起來便往外衝了出去。

只要逃出去，就有希望！

黃子文沒想到宋甜居然還敢逃，趕忙追了出去。

他到底是男人，腿長力氣大，三兩步趕上前去，左手扯住宋甜的髮髻，右手握拳劈頭蓋臉砸了上去，口中喝道：「賊婆娘，夫為妻綱，丈夫賣妻子乃天經地義，敢不聽男子漢的話，老子先打死妳！」

宋甜只覺得腦袋一震，眼前發黑，耳畔都是拳頭落下的聲音。

客棧大堂裡稀稀落落坐了兩桌客人，見狀都看了過來，卻無人起身阻止——漢子打婆娘，旁人管什麼閒事？

黃子文有心把宋甜打怕，讓她再也不敢逃走，乖乖跟著蕭慶去做私娼，因此下手極狠，拳頭雨點般落了下來。

宋甜被打得撲到櫃檯上，一眼便看到了桌面上擺放的切羊肉的匕首。

她心一橫，一把將匕首拿起，也不知從哪兒來的力氣，轉身朝著黃子文捅了過去。

捅進去，拔出來，再捅進去。

鮮血狂噴，宋甜覺得臉有些癢。

原來血濺到臉上是熱的。

她不管不顧，握著匕首在宋子文身上扎著、捅著。

既然動了手，那就一起下地獄吧！

黃子文沒想到一向嬌弱的宋甜居然會反抗，力氣竟還這麼大。

他滿臉驚愕，鼻口流血，捂著肚子委頓在地板上，鮮紅的血浸透了新置辦的墨綠錦袍，起初宋甜捅一下他就抽一下，不多時就一動不動了。

鄭嬌娘扶著門框滑了下去，整個人癱坐在那裡，裙子濕漉漉的——她被嚇得尿失禁了。

客棧裡靜得嚇人，所有人都呆呆看著大堂中央已經成了血人的宋甜。

到了此時，宋甜反倒冷靜了下來。

因爹爹是提刑所理刑副千戶，書房裡放了不少有關律法的書，宋甜常在書房找書看，對本朝的律法頗為熟悉。

丈夫殺妻，大都能脫罪；女子殺夫，卻多是凌遲。

這世道，對女子何其殘酷啊？

宋甜果斷拔出匕首，為確保黃子文死透，又在他喉嚨、心口處扎了好幾下，然後在黃子文身上抹去血跡，才對準自己的心臟用力刺了進去。

劇痛如期而至。

「宋甜──」

聲音……有些熟悉。

宋甜下意識抬起頭向前方看去。

一名身材高䠷的青年疾步而來，單膝跪下，伸手攬住搖搖欲墜的宋甜。

鳳眼清澈，鼻梁挺直，肌膚雪白，圓領白袍，俊美清貴恍若神祇……是豫王啊！

宋甜怔怔看著豫王趙臻，眼淚自眼角流出。

原來，你真的會來救我。只可惜，晚了一步。

麻痺感很快散開來，宋甜閉上了眼睛。

若是能重來……若是能重來，那該多好……

接下來的一切，如同一場夢。

宋甜似旁觀者般，看著一幕幕發生，卻無能為力。

她看到豫王打橫抱起了她的屍體，轉身向外走去。

她看到豫王把她安葬在洛陽城外北邙山皇家陵園內，就在豫王生母端妃的墓室一側。

她看到清明節細雨綿綿，豫王帶著琴劍騎馬到了北邙山，焚燒紙錢給她，一向沈默寡言的豫王對著墓碑自言自語。「宋甜，妳怎麼這麼蠢？已經忍了那麼久，就不能再忍耐片刻？」

接著她看到遼人入侵，邊關告急，豫王奉召率軍千里奔襲，擊退入侵的遼國大軍，卻被素來信重的王府長史在酒中下毒，毒發身亡，終年二十二歲，歸葬北邙山。

看著白楊樹下的墳塋，宋甜輕輕道：「豫王，你先前還說我蠢，你也挺蠢啊！平常多有心眼的人，可是國家有難，你就傻乎乎奔赴邊關；別人遞給你毒酒，你就傻乎乎飲下……到最後戰功是別人的，皇位是別人的，國家是別人的，你卻只有北邙山這一座破墳，未曾成親，沒有兒女，連個祭拜的人都沒有……」

一滴淚從乾澀的眼角滑出。

宋甜醒了。

青色的錦帳，上面蜿蜒著熟悉的深綠藤蔓——這是她的閨房？

宋甜坐了起來，遊目四顧。

這的確是她未出嫁前的閨房。可是，她不是死了嗎？

宋甜抬手撫著胸口——她還記得匕首刺入心臟時的感覺。

先是劇痛，然後麻痺感擴散開來……如今只覺背脊上涼涼的，全是冷汗。

到底是怎麼回事？

她還在困惑中，外面便傳來腳步聲，隨著腳步和衣裙磨擦的窸窸窣窣聲，一個稚嫩的小女孩聲音傳來。「紫荊姊姊，大姑娘還在睡嗎？太太請姑娘去正房用晚飯呢！」

另一個略有些沙啞的聲音道：「是該叫醒姑娘了。元宵妳先回去，我這就進去叫醒姑娘。」

聲音稚嫩的小女孩「嗯」了一聲，又道：「二娘和三娘在太太房裡商議晚上走百病的事，妳問問大姑娘去不去。」

宋甜呆呆坐在那裡。

外面是她的丫鬟紫荊和繼母吳氏房裡的小丫鬟元宵在說話。

此情此景很熟悉……她想起來了！這是她十四歲那年的上元節……

宋甜記得這天晚上，她跟著二娘和三娘兩個姨娘出去走百病。

也正是這天晚上，她第一次看見了初到宛州的豫王趙臻。

後來沒過多久，宋甜就在她爹和繼母的主持下與大太監黃蓮的姪子黃子文訂了親。到了年底，她爹備了嫁妝，匆匆忙忙送她進京與黃子文完婚，而後的事情實在是不堪回首，宋甜不願再想。

只是，她如何會回到了十四歲的時候？

宋甜確定自己現在是真實的活著。

她閉上眼睛，確定出嫁後那幾年苦難時光也的的確確是自己一天一天熬過來的，刺殺黃子文的場景也是一清二楚的，死後的那些事情也是她親眼看到的。

那……她是重活了一次嗎？

腳步聲越來越近。

紫荊沙啞的聲音傳來。「姑娘，該起來了！」

她說著，撩起錦帳掛到銀鉤上，又轉身拿來給宋甜穿的衣物。「姑娘，天氣有點冷，不如還穿那件杏黃織金襖子吧？到底暖和些。」

宋甜呆呆看著紫荊。

帳子內光線有點暗，可是紫荊右臉頰上那塊占據了半張臉的深紅胎記清晰可見。

紫荊，醜丫頭，傻丫頭，好丫頭。隨她嫁到黃家，為了護她，被黃子文一腳踹飛，後腦勺撞到架子上放的一座仿古銅鼎上，當場去了。

也正是紫荊的死，堅定了她那時殺死黃子文的念頭。

宋甜好後悔。

這一次，她一定要護好紫荊。

見宋甜大大杏眼裡含著淚，紫荊嚇了一跳，忙道：「姑娘妳怎麼了？」

宋甜用手抹去眼淚，啞聲道：「我作了個噩夢。」

紫荊麻利地替她把衣裙理好，口中道：「夢是假的，不用當真。姑娘還是先起來去見太太吧！快到晚飯時間，您再不去，太太又不高興了。」

宋甜低低應了一聲。穿好衣裙，她慢慢走到妝檯前。

紫荊見狀，連忙跑過去，揭開鏡袱，口中道：「姑娘，鏡面有些昏了，我已經交代看門的宋柏了，讓他等磨鏡老頭經過，就來叫我，把咱們這些鏡子都拿去磨一磨。」

宋甜沒答話，彎腰湊近銅鏡。

只見昏黃的鏡面中，她黛眉杏眼，櫻唇微豐，小臉白皙圓潤，嬌嫩美麗，正是她十四歲時的模樣。

宋甜深吸了一口氣。

真的重生了呀！這一次，她可要痛痛快快開開心心活一次。

上房明間內，宋志遠的繼妻吳氏端坐在螺鈿寶榻上，含笑聽在座的兩個姨娘談論晚上看花燈走百病的事。

聽丫鬟稟報說大姑娘來了，吳氏掀了掀眼皮，嘴角微不可見地向下一撇，沒有說話。

宋志遠向來重男輕女，待前妻留下的獨生女宋甜算不上很好，因此吳氏也不怎麼把這個大姑娘放在眼裡。

二姨娘張蘭溪原是瓷器商人的妻子，丈夫亡故，留下豐厚遺產，是被宋志遠以男色相誘，以正妻之位相許騙娶進門的，最是伶俐周全，見宋甜進來，她忙站起身來，笑容和煦地招呼。「大姑娘來了！」

三姨娘魏霜兒原是宛州城內賣糖水的蔡大郎之妻，蔡大郎無緣無故失蹤，她被姦夫宋志遠用一頂小轎抬進宋宅，成了宋志遠的第三房小妾，如今在宋府最受宋志遠寵愛。

她只顧興致勃勃和吳氏說今晚走百病之事。「……讓兩個小廝打一對白紗吊燈給咱們照路，帶上幾個丫鬟、媳婦，一群人出去走百病，多熱鬧有趣啊！老爺隨著知州江大人去給黃太尉接風去了，回來定是吃了酒，醉醺醺的，哪會和咱們計較？」

宋甜一進明間，就聽到三姨娘魏霜兒在說「老爺隨著知州江大人給黃太尉接風去了」，不由得心下一驚——黃太尉正是黃子文的親叔叔，當今永泰帝寵愛的大太監黃蓮……面上卻是不顯，端端正正屈膝行了個禮。「給太太請安。」

吳氏這才看向她，道：「快坐下吧，就等妳了。」

她轉頭吩咐丫鬟擺飯。「大姑娘既然來了，快擺飯吧！」

宋甜又含笑和兩個姨娘打了個招呼，這才在自己的座位上坐下來。

宋家世代經營生藥鋪，一直是小富即安，到了宋志遠，因為娶張蘭溪得了筆橫財，又勾結官府，憑藉運河便利，做起了南北販貨生意，這才開始發家，成了宛州有名的富豪。

前段時間宋志遠攀上了京中徐太師的管家，在徐太師過壽時送上一份厚禮，得了個七品的武官職銜在身，便在家裡稱起了「老爺」、「太太」。不過宋家商人出身，家裡素來沒什麼規矩，如今妻妾吃著飯，邊討論著晚上走百病的事，熱鬧得很。

宋甜哪吃得下，手中拿著筷子，卻在想著心事。

前世就是在十四歲那年上元節走百病時，她第一次遇到了豫王。

她真的好想再看豫王一眼。

有幸重活一世，宋甜不想橫死，也不想豫王橫死。

前世他對自己的恩，宋甜打算今世就報。她雖人微言輕，也要竭盡全力，護他周全。

用罷晚飯，擺上茶，宋志遠的妻妾也商議完畢了。

大太太吳氏自恃大老婆該有的體面，不願出去走動招惹是非。

而二姨娘張蘭溪愛湊熱鬧，三姨娘觀霜兒愛出風頭，兩人一拍即合，便打算帶著幾個丫鬟、媳婦出去走百病。

宋甜乘機開口道：「二娘，三娘，我也跟著妳們去吧！」

她雖稱呼著「二娘」、「三娘」，眼睛卻只看向二姨娘張蘭溪，這也是她的恩人。

前世黃蓮死後，黃府家產被抄沒，宋甜曾帶著體己銀子首飾逃回娘家，可繼母吳氏留下了她的銀子首飾，卻讓婆子綁起她，說什麼「嫁出去的閨女潑出去的水」，又用馬車把她送到黃子文那裡……倒是二姨娘張蘭溪，悄悄命丫鬟拿二十兩銀子給她做盤纏。

只是那二十兩銀子，也被黃子文搶走吃喝嫖賭胡花亂用了。

張蘭溪喜歡宋甜，當即笑道：「好呀！大姑娘，到時候妳緊跟著我就是了。」

一陣忙亂之後，由兩個小廝一前一後打著白紗吊燈照路，護著宋家的女眷出了門。

三姨娘魏霜兒走在前面，和打著白紗吊燈的小廝宋槐打牙犯嘴，一路說笑。

宋甜知二姨娘張蘭溪最可靠，因此和前世一樣，帶著紫荊緊跟著張蘭溪走在中間。

另一個老實些的小廝宋榆打著白紗吊燈，跟幾個丫鬟、媳婦走在後面。

一行人出了小胡同，來到大街市上。

雖是夜晚，可是街市上燈光璀璨，花炮轟雷，簫鼓聲喧，看燈的走百病的摩肩接踵，十分熱鬧。

走到了書院街，遠遠看到梅溪酒家前那株百年梧桐樹，宋甜的心開始劇烈跳起來。

眾人走到梅溪酒家前，魏霜兒未入宋府前就在這附近賣糖水，對這裡熟悉得很，便笑盈盈高聲道：「走到梅溪酒家，這條街就到頭了，再往前就是梅溪碼頭，咱們還是掉頭回去，到吳家巷口一人吃一碗酸湯扁食再走回家。」

宋甜不動聲色，隨著眾人掉頭往回走。

走了一段距離，她忽然「哎唷」了一聲。「我帕子丟了，得回去找找，你們先走吧！」

張蘭溪原本要留下陪宋甜，卻被魏霜兒拉住了。「二姊姊，這宵夜還得妳請客呢，咱們先走吧！」

她一向小氣又愛占便宜，出來玩從來都是攛掇著張蘭溪付帳。

宋甜也忙道：「二娘、三娘先走吧，我帶著紫荊去找，等會兒去吳家巷口找你們。」

目送張蘭溪等人走遠，宋甜轉身向前走去。

她一直走到梅溪酒家斜對面的珠子鋪前才停下來，抬眼看向對面的梅溪酒家。

紫荊一直默不作聲緊跟著宋甜，到這會兒才低聲問道：「姑娘是要等人嗎？」

宋甜注視著斜前方燈火通明的梅溪酒家，「嗯」了一聲，聲音輕而堅定。「我要等一個很重要很重要的人。」

宛州正月十五的夜晚，寒風凜冽，宋甜被凍得手腳冰涼，她輕輕跺著腳驅散寒意，前塵往事一幕幕在眼前浮現……

前世豫王一馬當先疾馳而出，而宋甜正蹲身撿帕子，千鈞一髮之際，豫王一勒韁繩，控馬轉而向北。

宋甜得救了，癱軟在地，豫王卻被躍起的馬摔到了地上，正好砸在她身旁。

豫王的隨從衝上前扶起了豫王。

豫王起身後並未生氣，反而招手叫紫荊過來，示意她扶起依舊癱軟在地的宋甜。

宋甜攙扶著紫荊，眼睜睜看著豫王扶著隨從趔趄著走了一步，然後踩鐙上馬，打馬而去，被眾隨從簇擁著消失在另一條燈火闌珊的岔道裡。

他都被馬甩在地上，卻還能考慮到她作為女子的名節，讓丫鬟扶她起來；他的腿明明受傷了，卻沒有怪罪始作俑者的她，匆匆上馬而去……

他一直是這樣的人，看起來清冷孤僻不好接近，其實內心最是單純火熱赤誠。

宋甜每次想起前世之事，只覺似陷入冬日泥淖之中，冰冷、黏膩、污濁，卻難以脫身，可是一想到豫王，他便似春日暖陽般照亮她孤寂淒冷的心。

因此，宋甜想看看他，想到他身邊照顧他，想陪伴他保護他，即使如今的豫王根本都不認識自己。

這時，一陣整齊的馬刺聲傳來，兩隊甲冑鮮明的士兵從梅溪酒樓衝出，在樓外兩側雁翅排開。

宋甜凝神看去，不由自主屏住呼吸，衣袖內的雙手緊握成拳。

一群人簇擁著一個寬肩細腰長腿，身材卻有些單薄的高䠷少年自梅溪酒家走了出來。

燈光下那少年鳳眼朱唇，肌膚白皙細嫩，兩頰略帶著些嬰兒肥，眼如平湖，清俊之極，只是表情淡漠。

他越過眾人，邁開長腿大步流星走到前方，認鐙上馬，抱拳團團一揖。「告辭！」

那群人紛紛彎腰拱手行禮。

宋甜目光灼灼，牢牢盯著騎在馬上的少年。

單是看著他，她的心就似被羽毛輕輕撩過，手指腳趾都蜷縮了起來，她甚至不能呼吸。

趙臻似感受到她的視線一般抬頭看了過來，恰與宋甜四目相對。

他不知為何，只覺得眼前這女孩子莫名的熟悉。

趙臻微不可見地抿了抿嘴，一夾馬腹，向前馳出。

眾侍衛呼哨一聲，打馬追了上去。

第二章

一直到趙臻消失在前方岔道中，宋甜這才吁出了一口氣。

紫荊低聲道：「姑娘，方才那人生得好俊。」

她又接著道：「那些人都叫他『王爺』，難道他就是豫王？」

在宛州城裡，能稱為「王爺」的，只有被當今大子永泰帝封在宛州的三皇子豫王趙臻了。

宋甜腿腳都麻了，灌鉛似的，她扶著紫荊沿著路邊慢慢往回走，口中道：「他就是豫王……回頭見了她們，別提這件事。」

單是這樣在人群中看他一眼，她就覺得好幸福好滿足，彷彿有了氣力，去迎接未來那些風風雨雨。

此時，張蘭溪和魏霜兒在吳家巷口的酸湯扁食攤子上坐著。

見宋甜還沒過來，張蘭溪有些擔心，吩咐小廝宋槐。「你去迎迎大姑娘。」

宋槐應了一聲，打著燈籠往東去了。

魏霜兒拈著一粒瓜子，冷笑一聲道：「我說二姊姊，妳讓宋槐去迎大姑娘，可別壞了大姑娘的事，誰知人家是不是要會情——」

「大姑娘怎麼了？大姑娘可是咱們老爺唯一的骨血。」張蘭溪似笑非笑打斷了魏霜兒的話。

魏霜兒哼了一聲，道：「老爺今年才三十一歲，身強力壯的，還怕以後沒有兒女？」

她看了看另一桌坐的幾個丫鬟、婆子，湊近張蘭溪，低低道：「沒娘的女兒，妳且等著往後看吧，上房的那人可不是好惹的，這幾日已經叫她娘家的姪兒來家裡好幾趟了……」

張蘭溪沒有接話，抬眼看見宋槐打著燈籠引著宋甜過來了，忙道：「大姑娘來了，咱們回去吧！」

一行人走回家，先去內院上房。

她們剛走到階下，吳氏房裡的小丫鬟元宵就從廊下的陰影裡閃了出來。「大舅太太帶著二公子走百病，順路過來了，正在房裡坐，太太在陪他們說話。」

宋甜含笑道：「按說我得去給大舅母請個安的，只是二表哥也在，大家都大了，到底不方便，元宵妳去跟太太和舅母通稟一下，我就不進去了。」

聞言，張蘭溪和魏霜兒也都讓元宵進屋說一聲，打算回房歇息。

吳二郎今年已十六歲，她們這些女眷也得避著些了。

元宵有些為難，看看這邊，又扭頭看看上房，正要開口，吳氏身邊的大丫鬟中秋就掀開門簾探頭出來道：「大姑娘，太太請妳進來呢！」

宋甜抿了抿嘴。

她記得這一幕。

前世她爹宋志遠因為沒有兒子，口口聲聲在妻妾面前說：「養兒靠兒，無兒靠婿。我沒兒子，女婿就得挑個好的，將來我若有些山高水低，還得女婿發送我入土，請受了我這些家業。」

因此吳氏起初打的主意是肥水不流外人田，尋機撮合宋甜與她的娘家姪子吳二郎。

只是後來，大太監黃蓮奉旨運送從江南湖湘採取的花石崗進京，再次經過宛州，宋志遠為了巴結，備下厚禮，便在家中花園宴請黃太尉。

宋志遠因自家沒有兒子，想著太監無礙的，便讓她這做女兒的上前給黃太尉請安。

誰知黃太尉竟然一眼看上了她，不久就派官媒過來為他的姪子黃子文求親。有這等好事，她爹自然不提什麼招贅女婿了，不顧她的反對，歡天喜地同意了這門親事，不久就備了豐厚嫁妝把她嫁到了京城黃太尉府。

黃蓮投桃報李，宋志遠很快官升兩級，成了從五品的宛州提刑所副提刑。

對她爹宋志遠來說，每個女人都自有價值。嫡妻金氏聰明又漂亮，帶來的嫁妝是助他發家的本錢；繼妻吳氏小氣吝嗇又愛財霸家，可以替他管理中饋，收納財物；二姨娘張蘭溪寡婦出身，帶來大筆錢財，讓他可以做本錢極大的運河上販賣南北貨物的生意；三姨娘魏霜兒美貌有風情，在床笫之間無所不為，最得他的心……而獨生女宋甜，美麗嬌弱可愛，則成了他往上爬的墊腳石。

想到這裡，宋甜仰首看向中秋。「我今日累了，得空再給舅太太請安。」說罷，她福了福身，轉身帶著紫荊離開了。

重活一世，宋甜不想再讓別人擺布自己，操縱自己的命運。

她要為自己的人生作主。

宋甜一向對繼母恭順得很，張蘭溪和魏霜兒還是第一次見她這麼強硬，都有些吃驚，互相看了看，搭訕兩句，也都離開了。

中秋一下子愣在那裡，見宋甜走遠了，這才跺了跺腳，去向吳氏告狀。

吳氏聽了，心中怒極，可當著娘家嫂子和姪子的面卻不能發作，微笑道：「我們老爺一直說要招婿上門，就是因為大姑娘是獨生女，性子有些驕矜。」

吳大太太聽到這句「我們老爺一直說要招婿上門」，有些急了，忙道：「三妹，妳姪子雖然排行第二，不能繼承千戶世職，可咱家到底是世襲的千戶，武官人家，總不能大郎承襲世職做了千戶，二郎卻做了上門女婿，這豈不是讓人恥笑二郎？」

吳氏點了點頭，道：「這件事咱們得慢慢來，一時半會兒急不得。大嫂，妳說的那個會製坐胎藥的王姑子，可信嗎？」

只要她有了身孕，宋志遠自然不會再有招婿上門的心思，二郎也不用做被人恥笑的上門女婿了。

吳大太太忙道：「自然可信，徐舉人的娘子就是按時辰吃了王姑子的坐胎藥，這才有了身孕，生下一個大胖小子！」

吳氏思忖片刻，道：「那妳明日帶王姑子過來，讓她帶上藥，我會一會她。」

吳大太太滿口答應了下來，又道：「依我說，咱們還是安排個機會，讓妳家大姑娘多見見二郎，小兒女相處多了，說不定她自己先看上了呢？到時候他姑父也無話可說。」

吳氏看了一眼在一邊坐著的姪子吳二郎，心道：大嫂也忒自信了。宋甜和她爹宋志遠一個性子，最喜歡顏色漂亮的人兒，打小看見漂亮人兒就眼神亮晶晶的，眨著眼睛抿著嘴唇看個不停。何況宋甜自己也生得那樣好看，二郎不說樣貌，連人品都有些庸俗，怎麼會看得上？

她不願當著吳二郎的面打擊這孩子，便含糊應了下來。「明日妳帶王姑子過來，咱們再商議。」

送走吳大太太和吳二郎，吳氏叫來小丫鬟元宵。「老爺呢？」

元宵嘰嘰喳喳道：「稟太太，老爺約莫一盞茶前回來的，只是他剛走到角門那裡，就被守在那裡的三姨娘和冬梅拉走了！」

吳氏捏緊手中的帕子，沈默了半晌，見出去送客的中秋進來，這才問道：「給大舅太太雇好轎子沒有？」

吳家如今越發不堪了，雖說世襲千戶的外殼還在，可是來走親戚連轎子都雇不起了，大冷天卻騎著驢過來，她只得吩咐大丫鬟中秋拿了碎銀去雇轎子。

二郎和宋甜的婚事，得早些定下來，自己也能藉著把宋甜嫁過去這理由，多陪送些錢財給吳家……

中秋屈膝福了福。「太太，我讓看門的小廝宋柏去叫的轎子，兩頂上好的暖轎，您請放心吧！」

吳氏這才放下心來，吩咐小丫鬟元宵。「去準備熱水、青鹽和香胰子，我要洗漱。」

夜深了，房簷下掛的簷馬被風吹得叮噹響成一片。

宋甜躺在床上，默默想著心事。

今晚見到趙臻，既令她歡喜，又令她傷悲。

前世她去了後，不知為何魂魄一直跟著趙臻，就連趙臻洗澡睡覺，她都在一邊無法離開。趙臻毒發身亡的場景彷彿還在眼前，可轉眼宋甜就見到了十六歲猶帶稚氣的趙臻。

一切都還來得及。

她雖然人微力薄，可是她想一步步走到趙臻身旁，保護他、照顧他，報答他前世的恩情。

想到這裡，宋甜翻了個身，繼續籌劃起來。

如今繼母想把她嫁回吳家，好讓她帶嫁妝去吳家；爹爹打算招婿上門，好有人繼承他的家業。

宋甜不想嫁到吳家，也不想招婿上門。

前世繼母沒過多久就有了身孕，最終生了個兒子，母憑子貴，坐穩了宋家主母的位置，也把她這前妻生的長女當成了眼中釘。

宋甜後來才知道，繼母之所以有了身孕，就是因為得了王姑子的坐胎藥，於正月十六那晚服下，夫妻同房，一舉得男。

明日可就是正月十六了。這一世，可得想個法子，讓吳氏沒法懷孕……

早上洗漱罷，宋甜帶著紫荊去了上房，給爹爹和繼母請安。

吳氏坐在螺鈿寶榻上，含笑道：「妳爹爹昨夜在妳三娘房裡歇了，妳先坐下吃茶，等妳爹過來了就擺飯。」

宋甜坐了下來，想到要見爹爹，心情有些複雜。

前世她自從懂事，就厭惡她爹貪花好色，無恥狠毒，從不和她爹多說一句話，父女關係越來越冷淡，以至於她爹要把她嫁給黃太監的姪子黃子文時，她雖是滿心的不願意，卻又不知該怎樣去和爹爹說。

不過宋甜也清楚，按照她爹的性子，她說了也沒用。只要有利用價值，即使是她去世的祖父、祖母，她爹肯定仍會眼也不眨地物盡其用。

宋甜深吸一口氣，竭力讓自己冷靜下來。

為了今日的計劃，她必須和爹爹拉近關係才是。

這時外面傳來一陣腳步聲，接著就是元宵的聲音。「老爺過來了！」

宋甜起身，抬眼看向房門方向。

門簾挑起，一個英俊高大的男人大步流星走了進來，俊眼修眉，鼻梁極其高挺，臉頰還有一對酒窩，正是宋甜的爹爹宋志遠，宛州城有名的富商。

宋甜屈膝福了福。「給爹爹請安。」

宋志遠見女兒請安，停住腳步，打量了宋甜一番，見她臉色蒼白唇色淺淡，便道：「妳氣色不甚好，讓丫鬟去鋪子裡拿些人蔘煮參茶吃。」

宋甜心中吃驚——她沒想到爹爹居然也會關心自己，便頷首答了聲「是」。

宋志遠徑直走過去，在螺鈿寶榻上坐下來，口中道：「女孩子該說親事了，得時時刻刻保持漂亮，這樣聰明能幹的男子才會看上妳。」

宋甜心裡一瞬間的動搖，頓時平穩下來。

魏霜兒打扮得花枝招展跟在後面也進來了，還做作地扶著腰，一副飽受鞭撻、嬌弱不堪的模樣。

一時二姨娘張蘭溪也到了，丫鬟擺飯，眾人落坐用飯。

宋家從不講究寢不言食不語那一套，宋志遠一邊用飯，一邊道：「今日知州大人邀請城中大戶去衙門，一同恭送宮裡的黃太尉前往江南幹事，我用罷早飯就得過去。」

張蘭溪開口問道：「老爺，太尉為何來咱們宛州城？不管朝中大事了嗎？」

宋志遠吃了一口粥，這才道：「這黃太尉乃是陛下信重的太監黃公公，專門負責迎接來自江南的花石崗。」

他這一說，眾妻妾都明白了。

當今永泰帝信重太監，得寵的太監往往授以太尉、觀察使和監軍等官職。這位黃太監能做到太尉，可見是宮中極得聖寵的大太監。

宋甜低下頭，想起黃蓮的死，心中一片慘淡。

黃蓮待她並不差，甚至很偏疼。前世黃蓮若是活得久一些，有他管教黃子文，也許她就不會過得那樣慘了。

宋志遠抬頭見在座的除了妻妾，便只有他的獨生女宋甜了，一時感慨萬分——人家黃太監膝下還有一個姪子黃子文繼承香火，他宋志遠家財萬貫卻沒有兒子，只有這麼一個獨生女，便當下看向宋甜，道：「大姐兒，妳爹我今年三十多歲了，卻只得妳一個女兒，養兒靠兒，無兒靠婿，我打算招婿上門。」

吳氏倒也罷了，兩個姨娘都愣住了——她們還是第一次聽到宋志遠明確地說要招婿上門。

難道宋家這萬貫家財，將來都要落入宋甜手中？

雖然宋志遠常說沒有兒子要把家產給女婿，可不管是大太太吳氏，還是兩個妾室張蘭溪和魏霜兒，都沒有當真，以為他是在賭氣，想要以此為藉口納妾收婢。

畢竟宋志遠還算年輕，而她們也都覺得自己會為宋志遠誕下兒子。

吳氏和張蘭溪心緒都有些複雜，一時靜了下來。

魏霜兒不管不顧地開口撒嬌。「老爺年富力強，奴也年輕著呢，奴早晚會給老爺生下兒子，何必急著招婿上門？肯入贅做上門女婿的，會有什麼好人才！」

宋志遠笑著道：「妳跟前頭人都沒有生育，到家裡好幾年也沒動靜，我早不抱希望了。」

他不是沒試過，可是不管家裡的妻妾，還是養在外面的女人，肚皮都沒有動靜，他早就懷疑是自己出了問題。

宋甜想起前世，爹爹也是這樣說的，她當時默認了，這一世她可不能這樣了。

心念已定，宋甜抬眼看向宋志遠，認認真真道：「爹爹，你有女兒，為何要靠女婿？難道你不怕女婿得了你的家產，等你百年後，再折磨死你的女兒，另娶他喜歡的女子？」

前世黃子文可不就是這樣做的?!

宋志遠一下子愣住了。

他這個女兒一向沈默寡言，誰知一開口居然這樣離經叛道。可是仔細一想，宋志遠又覺得女兒說的有道理，若他自己是上門女婿，也絕對會這樣做。

他一時竟難以反駁，皺著眉頭道：「妳畢竟是女子，我這偌大的家業，將來不靠女婿又靠誰去？」

宋甜注視著宋志遠，聲音清朗，神情認真。「靠我呀！我雖是女兒，卻也想跟著您學做生意，這樣將來就不怕被人謀奪財產了！」

宋志遠笑了起來。「胡說什麼呢？哪有女孩子拋頭露面做生意的！」

張蘭溪笑吟吟看著宋甜，眼中帶著鼓勵之意——她前夫活著時，她也曾幫助前夫算帳做生意，知道論起做生意的本領，女子並不比男子差，只是這世道待女子太不公平，給女子的機會並不多。

魏霜兒挾了片羊肚慢慢嚼著。

她對生意上的事沒有興趣，反正她最得宋志遠寵愛，有宋志遠在，她就快活一日是一日。

宋志遠還年輕，她何必管那些？

吳氏臉上帶笑，眼中卻殊無笑意。

宋甜這丫頭一向靜悄悄的，怎麼突然變得這麼能說會道了？看來宋甜人長大了，心也大了，須得想個法子，早些把她嫁到吳家去。老爺一向重男輕女，若是自己有了身孕，老爺自然就不會再提什麼招贅女婿了。

用罷早飯，眾人起身送宋志遠出門。

吳氏幫宋志遠撫平斗篷上不曾存在的褶皺，絮絮叮囑道：「……飲酒須得有度，晚上早些回家，不要在外胡混，我夜裡要和你說話，萬萬不可忘記。」

宋志遠隨口答應著，大步流星出門了。

整個上午宋甜都在房裡看書練字。

前世她的魂魄跟著趙臻，發現趙臻有一段時間，有了空閒就待在書房裡練字。宋甜想看一看，這練字到底有什麼魔力，能令一向好動的趙臻在書房裡一待就是一、兩個時辰。

到了下午，宋甜穿得暖暖和和地去花園裡散步，卻吩咐紫荊。「妳去正房那邊看看，若是有一個姓王的尼姑來了，就來告訴我。」

紫荊離開之後，宋甜沿著青石小徑慢慢散步。

她家這花園是前朝大太監蘭瑜的園子，人稱蘭園，在宛州城大大有名，後來蘭瑜的養子敗家，這才把園子賣給了她家。

正因為花園齊整，所以她爹常在花園裡宴請貴客。

宋甜在花園裡逛了兩圈，身上熱呼呼的，正要回去，遠遠地見紫荊過來了，便迎了上去。

紫荊急急道：「姑娘，舅太太果真領著一個姓王的姑子來了。太太和舅太太、王姑子在房裡說體己話，連中秋和元宵都在廊下待著沒讓進去。」

宋甜不禁微笑。看來前世那些傳聞是真的，吳氏果真是從王姑子那裡得了坐胎藥。這宋府宅院，可真是一點秘密都沒有呀！

傍晚颳起了風。風越來越大，很快就飄起了雪花。

宋甜陪吳氏用過晚飯，又陪吳氏喝茶。

見吳氏坐立不安，連兩次吩咐元宵去角門那裡看老爺回來沒有，宋甜心裡更篤定了。

她陪著吳氏坐了一會兒，這才起身離開。

出了正院，宋甜徑直帶著紫荊去了外書房。

因宋甜愛讀書，常來外書房尋書讀，看守外書房的小廝宋竹早習慣了，一見她便道：「大姑娘，翰林書肆新送來一批書冊，您要不要看看？」

「我找爹爹有事，」宋甜微笑道：「我在書房裡等爹爹回來，你幫我在外面看著。」

她爹每次從外面回來，都是先到書房裡換衣服，她在這裡等著，一定能截到人。

宋竹奉茶罷便退了下去，在廊下候著。

亥時剛過，宋志遠就帶著小廝宋槐回來了。

宋竹忙迎上前去，行了個禮，低聲道：「老爺，大姑娘在書房等您。」

宋志遠有些吃驚，道：「大姐兒等我做什麼？」

他說著話，大步進了書房。

宋甜正坐在案桌前看書，見宋志遠進來，起身屈膝行禮，叫了聲「爹爹」。

宋志遠褪去外面的斗篷，遞給小廝宋竹。「到外面打打上面的雪。」

等宋竹退下，宋志遠這才問宋甜。「大姐兒，這麼晚了，妳來找爹爹做什麼？」

宋甜卻奉了一盞茶給宋志遠。「爹爹，你跟著知州大人奉承黃太尉，我有些不懂，覺得爹爹這是捨近求遠。」

宋志遠端著茶盞抿了一口，笑著搖頭。「妳小姑娘家家不懂官場上那些事！」

說罷，他到底好奇女兒的想法，便問宋甜。「為何說爹爹巴結黃太尉是捨近求遠？黃太尉可是天子近臣，極受陛下信重。」

宋甜昂首道：「既然是近臣，今日受寵，明日就可能被抄家，反倒是皇子，與陛下血脈相連，更有根基些。」

宋志遠還是第一次與女兒討論這些，想到沒有兒子，將來家業是要交給宋甜和她未來夫婿的，就耐著性子道：「大姐兒，那妳的意思是——」

宋甜狡黠一笑。「爹爹，遠在天邊，近在梧桐街。」

豫王府正在梧桐街，還足足占了半條梧桐街。

宋志遠這下子聽懂了，不禁笑了起來。「話雖沒錯，可是豫王才到咱們宛州，爹爹苦於沒門路啊！」

宋甜笑盈盈看著他。「爹爹，您不是說做生意、做官，沒有門路就去找門路嗎？」

第三章

宋志遠看著燭光中女兒可愛的笑臉，忽然萌生出一個想法。

我可是有一個比一般閨秀都美麗出眾的女兒，難道我的女兒就白白長這麼美？豫王即使出身再高貴，也是男人，是男人就沒有不好色的……

只是，此事還得慢慢計量。

屋子裡一下子靜了下來。

宋甜聽著外面呼呼的風聲，忽然道：「爹爹，外面風好大。我想我娘了。」

宋志遠心一下軟了下來，默然片刻，這才說：「等會兒說完話，爹爹送妳回去。」

原配金氏活著時，最是疼愛宋甜。

因為擔心剛出生的宋甜睡成扁腦袋，金氏一直抱著宋甜睡，到宋甜四歲時該分房了，可是宋甜膽子小，晚上聽到風聲害怕，金氏就讓他睡在榻上，她自己則抱著宋甜睡在床上。

轉眼金氏已經亡故九年了，當年跪在亡母靈前哀哀哭泣的小女娃已經長成大姑娘了，而他也憑藉金氏陪嫁來的銀子起家，一步步向上走，成了宛州城的富豪……

宋志遠抬頭看向宋甜，見她眼睛長得像金氏，是大而明亮的杏眼，鼻子卻像自己，雖然高，鼻頭卻肉肉的略有點大，頓時鼻子酸酸的，眼睛也濕潤了。

宋甜一直在觀察宋志遠，見他眼睛濕潤，分明也想起了往事，當下便道：「爹爹，今日舅太太帶了吳家二表哥過來，太太讓我去見，我沒有見。」

宋志遠看向女兒，眼中帶著一抹深思。「為何不見？」

宋甜坦然道：「一則我和吳二哥都大了，見面不合適；二則太太她們都穿著皮襖，就我穿著件舊襖子，也沒什麼能見人的首飾。」

宋志遠聞言打量女兒，見她頭上只插戴著一對金花，還是她娘金氏的遺物，身上也只穿著件半舊披襖子，心裡一陣難受，這才想起自己一向只顧發財求官和尋歡作樂，倒是把獨生女兒拋到了腦後，吳氏也是個不賢慧的，居然不提醒自己，當下喚宋甜的乳名慨然道：「甜甜，妳放心，爹爹明日就給妳買皮襖、打首飾！」

宋甜知她爹性急，道：「爹爹，別的首飾倒也罷了，我瞧二娘有一副金累絲九鳳鈿，特別精緻好看，爹爹你去二娘那裡幫我問問是在哪裡打的，明日就讓人幫我打去吧！」

宋志遠一聽，當即道：「我這就去問妳二娘，順便送妳回去。」

宋甜笑容燦爛。「我不用爹爹送，我送爹爹吧！」

她知道，繼母吳氏和三姨娘魏霜兒這會兒都派了丫鬟在角門那裡等宋志遠，就一路押送宋志遠從外書房東邊的小側門去了二姨娘張蘭溪居住的蘭苑。

眼瞅著宋志遠確實進入蘭苑，宋甜這才帶著紫荊冒雪回到自己住的東偏院。

正房裡吳氏按照王姑子說的時辰，先焚香沐浴禱告，然後忍著腥氣用燒酒服下了坐胎藥丸子，坐在床上等宋志遠回來。

吳氏等了又等，還不見宋志遠回來，就吩咐中秋。「妳去角門那裡看看元宵，她怎麼還不回來?!」

正在這時，元宵落了滿頭滿身的雪跑了回來。「太太，老爺去了蘭苑！」

吳氏聽了，差點氣得暈倒。「我和老爺說了，夜裡要與他說話，他這沒耳性的，又被小老婆勾走了魂！」

王姑子這服藥十分講究時辰，錯過了今夜，就得等到下個月十六晚上了。

眼見過了最佳行房時辰，吳氏只得恨恨睡下了，臨睡前吩咐大丫鬟中秋。「妳去打聽一下昨晚到底怎麼回事？老爺無緣無故如何會去蘭苑。」

張蘭溪失寵已久，老爺到底為何會突然去了蘭苑？

宋甜躺在床上，聽著外面呼嘯的風聲，長長吐出了一口氣。

前世吳氏奪走她的嫁妝，把她送入虎口；這一世吳氏又要謀算她的嫁妝，還要害她。

前世她步步退讓，結果落得淒慘下場。這一世她一定要有恩報恩，有仇報仇，再也不能軟弱可欺。

轉眼間想到趙臻，宋甜心中不禁一陣擔心。

這會兒他在做什麼呢？是已經睡下了，還是在習字，抑或是在習練刀法？

趙臻精力充沛，素來好動，反正宋甜就沒見他閒過。

嗯，她得想法子接近他，到他身邊去，這樣才能保護他……

早上張蘭溪來正房請安，吳氏這才知道宋志遠一大早又出去了，便帶著氣問道：「他一大早的飯也不吃，外面還下著雪，到底出去做什麼？」

張蘭溪眼波流轉看了一邊端坐的宋甜一眼，想到昨夜宋志遠說是宋甜讓他去自己那裡問九鳳鈿的，當下投桃報李，並不說宋志遠是去給宋甜買頭面首飾了，笑盈盈道：「太太，老爺沒說，大概還是忙著送黃太尉的事。」

她比宋志遠大三歲，當年對宋志遠一見鍾情，這才帶著幾千兩銀子嫁進了宋宅。

誰知宋志遠早有妻室，她只能做了妾室。後來宋志遠把她的銀子掏得差不多了，又有了新歡，就難得再進她的屋子了。昨夜若不是宋甜幫忙，宋志遠又怎會想到去她那裡？

宋甜接收到張蘭溪的善意，抿嘴笑了。

前世她從黃子文手中逃回家來，吳氏那樣害她，除了想昧下她的嫁妝，另外就是怕宋甜搶自己年幼兒子的家產。

這一世，宋甜絕對不會讓吳氏有機會懷孕生子。

宋甜眼波流轉看向吳氏，恰與吳氏四目相對。

吳氏眼中的恨意一閃而逝，垂下眼簾，看著眼前的金邊白瓷碗，心忖道：宋甜這小蹄子瞧著不說話，誰知不叫的狗會咬人，須得想個法子，讓老爺不得不同意把她嫁給二郎……

宋甜感受到了吳氏的怨恨，微微一笑，並不放在心上。

她手刃過人渣，刺死過自己，這輩子，她再不是前世那個自小沒娘的怯懦小姑娘，還會怕吳氏這樣的陰毒婦人？

宋甜沒事人一般起身走到一旁，用手撥弄花架上的一盆茂蘭，一邊聽著吳氏與張蘭溪說話，一邊默默思索著。

按照吳氏的性子，接下來必定會想辦法撮合宋甜與吳二郎，好把宋甜打發出去，讓吳家人財兩得。前世她是怎麼躲過吳氏的陷阱的呢？

這時候一陣高底繡鞋踩在地上的「咯咯」聲由遠而近，接著便是元宵的聲音。「三姨娘過來了！」

隨著門上錦簾被掀開，一陣寒風吹了進來，宋甜覺得有些冷，抬眼看去，卻見滿頭珠翠脂粉濃豔的魏霜兒正扶了丫鬟冬梅，在廊下磕鞋底上的雪泥，而冬梅手裡還拎著落了雪的油紙傘。

冬梅生得容貌俏麗，伶牙俐齒，是宋志遠最寵愛的通房丫鬟。

她一向心高氣傲，不大瞧得起宋甜這不受寵的大姑娘，因此看見了宋甜，也只裝作沒看到，扭過頭把傘遞給了元宵。「幫我放到那邊去。」

魏霜兒一向消息靈通，早打聽到了昨夜之事，心中正不自在，進來後給主母吳氏行了個禮，又和張蘭溪打了個招呼，也不理會宋甜，自顧自在自己的位置上坐了下來。

丫鬟開始擺飯，宋甜回到自己的位置上坐下來。

魏霜兒到底忍不得氣，瞅了宋甜一眼，見她自顧自喝粥，脂粉未施，卻依然美麗，心裡更是忿忿，瞅見宋甜腕上戴著一對赤金蝦鬚鐲，當下似笑非笑道：「大姑娘往日樸素得很，不愛那些金銀俗物，今日怎麼戴了對金燦燦的蝦鬚鐲？」

吳氏和張蘭溪聞言，都看向宋甜，見她雪白左腕上果真戴著一對赤金蝦鬚鐲。

張蘭溪有些驚訝，畢竟吳氏那樣貪婪，早把先太太金氏留下的值錢物件都收起來了，居然還讓宋甜留了對赤金蝦鬚鐲？

吳氏也很驚訝，她不記得宋甜有這樣的出色首飾——宋甜生母留下的貴重一些的簪環，都被她以替宋甜保管為名鎖到上房櫃子裡了。

宋甜嘴角牽了牽——生母金氏去世時她才五歲，吳氏一進門，就把她母親的嫁妝首飾全都收了起來，她手裡哪會有像樣的首飾？這對赤金蝦鬚鐲，還是過年時去舅舅家拜年，舅母陳氏憐惜她只戴著幾朵花翠，看著熱鬧卻不貴重，特地從腕上取下套到她腕上的。

想到這裡，宋甜回想起來了——前世過完上元節沒多久，她就到舅舅家做客去了。

於是宋甜微笑道：「這是過年時金家舅母賞我的。」

吳氏聞言，心裡一動，忙道：「不如——」

「太太是想說，我已經大了，以後不必幫我把首飾銀子都收起來了，對嗎？」宋甜打斷了吳氏的話，微微笑道：「謝謝太太！我知道了。」

吳氏想說的是「不如我幫妳收起來」，頓時被堵得說不出話。

可恨宋甜這丫頭，越長越刺頭，自己倒是被她將了一軍，不好再要那對赤金蝦鬚鐲了。

也罷，以後再找機會吧！

宋甜用銀調羹慢慢吃著粥，心裡卻在想著前世之事。

前世她被喚去繼母那裡，一進上房，卻見明間空蕩蕩的，只有吳二郎在裡面坐著，當下心裡一激靈，忙退了出去。

宋甜猜想到了繼母的意圖，便連忙尋了個藉口，到舅舅家做客去了。

她舅舅金雲澤在豫王府做校尉，家就在豫王府後巷。

宋甜就是在舅舅家做客時，第二次見到了趙臻。

用罷早飯，宋甜帶了紫荊回東偏院去了。雖然宋志遠從不提起，可宋甜知道她祖父其實是穿街走巷，搖鈴賣鼠藥、蟲藥的藥販，人稱「毒藥宋」。

因為煉製的毒餌頗有效應，「毒藥宋」攢了一筆錢財，在宛州城裡開間生藥鋪做起了生意，再不提當年的舊事。

前世宋甜還是在書房翻找宋志遠放舊書的箱子時，才找到家傳藥譜的。

也許是胎裡帶來，宋甜一向對煉製毒餌很感興趣，也頗有天分，她自己對著家傳藥譜閉門造車時，倒是學會不少製毒的方子。

她還對舊方進行了改良，使煉出的毒餌更加甜蜜芬芳，宋家的生藥鋪、綢緞鋪、絲線鋪和當鋪都放著宋甜親手煉製的毒餌，以防鋪子裡鬧起鼠患糟踐貨物。

後來宋甜嫁入京城黃太尉府，黃蓮酷愛牡丹，可惜他養的牡丹花根老被蟲子咬斷，還是宋甜製出了毒汁灑在牡丹花根處，毒死了蟲子，救了黃蓮心愛的牡丹花。

如今重活一次，宋甜不打算讓人知道自己會煉製毒餌了。

回到東偏院，宋甜讓紫荊回屋歇著，自己待在房裡，按照記憶開始默寫藥方子。

快中午時雪停了。

張蘭溪和魏霜兒正陪著吳氏在房裡說話，宋志遠從外面回來了，小廝宋槐提著個氈包跟在後面。

宋志遠一邊在張蘭溪和魏霜兒的服侍下脫去斗篷，一邊吩咐中秋。「把宋槐拿來的氈包送到東偏院給大姐兒。」

中秋口裡答應著，眼睛卻看向吳氏，吳氏則看了魏霜兒一眼。

因對宋甜的恨，魏霜兒暫時與吳氏成了盟友，她當即會意，「嗤」了一聲，道：「老爺給大姑娘什麼寶貝物件，還藏掖著不讓我們幾個瞅一瞅！」

宋志遠呵呵笑了，道：「我瞧著甜姐兒如今是大姑娘了，該添置些衣服首飾，今日出去逛了逛，給她置辦了一套金頭面和一件大紅遍地金貂鼠皮襖，另外還有幾件上色襖裙。」

「貂鼠皮襖？」魏霜兒聲音一下子拔高。「新的還是舊的？若是別家當的，二、三十兩銀子就夠了；若是新的，至少得五、六十兩銀了吧？」

宋志遠難得給女兒買東西，自然要炫耀一番，得意洋洋道：「我給自己閨女買，能買舊的嗎？自然是嶄新的，足足花了六十兩銀子！」

屋子裡瞬間靜了下來——要知道，宋志遠對女人尤其精明，只有女人貼他的，從沒有他主動付出的。

除了娶吳氏時給吳氏買了一件上好皮襖，他從未替別人置辦過皮襖。張蘭溪有錢，自己拿出體己銀子買了件貂鼠皮襖；魏霜兒沒錢，穿的皮襖是宋家當鋪裡別人家當的舊皮襖；他的獨生女宋甜爹不疼娘不愛，穿的一向是自己親手縫製的繡襖。

魏霜兒心中又妒又恨，尖聲道：「老爺既給大姑娘買了，也該給我買一件才對——太太和二姊姊都有貂鼠皮襖，只有我沒有，穿著人家當的，出門沒得被人嗤笑！」

宋志遠似沒聽見一般，只是連聲吩咐元宵。「快把我的貂鼠暖耳和紫羊絨鶴氅拿出來，今日知州江大人要帶著闔城大小官員去豫王府請見，我得穿體面一些。」

恰在這時，外面傳來宋甜的聲音。「爹爹，你若是去豫王府請見，別穿那件紫羊絨鶴氅。」

門簾掀起，宋甜走了進來。

宋志遠十分好奇。「為何不能穿？」

宋甜微微一笑。「我聽舅舅說，豫王不喜歡紫色。」

趙臻最喜歡綠色，最討厭紫紅色。

起初宋甜不知道，後來魂魄跟隨趙臻時間久了，她才得知他之所以厭惡紫紅色，是因為永泰帝的寵妃蕭貴妃最喜歡紫紅色。而豫王生母端妃，生前與蕭貴妃勢同水火。

前世趙臻辭世不久，永泰帝便因服用道士所煉丹藥崩逝，繼承皇位的正是蕭貴妃所出的韓王趙致。

宋甜一直懷疑，給趙臻下毒的豫王府長史蔡和春，其實是韓王趙致的人。

宋志遠點頭道：「既然妳舅舅這樣說了，那必定是真的。」

宋甜的舅舅金雲澤原在獨山衛所當差，如今被分派到豫王府做校尉，自然消息靈通些。

宋志遠扭頭吩咐元宵。「拿那件藏青緞面鶴氅吧！」

宋甜這才屈膝福了福，笑容燦爛。「謝謝爹爹給我置辦頭面和皮襖。」

宋志遠難得送閨女禮物，見宋甜笑得開心，自己也不那麼心疼花掉的銀子了。「妳喜歡就好，以後想要什麼首飾衣服就跟爹爹說。」

女兒長大了，得好好打扮起來，這就譬如種花需要施肥，做生意需要投入本錢，萬萬不可吝惜。

吳氏一向把家裡的財產看成是自己的私產，本就因為宋志遠為宋甜花了這許多銀子心疼，見宋志遠還要大許心願，實在是忍不住了，當下道：「大姑娘小小年紀，素淨雅致才是正理，何必打扮那麼華麗，平白添了幾分俗氣。」

宋甜聽了，眨了眨眼睛，樣子天真得很。「太太，我是爹爹的女兒，打扮華麗些，難道不是為了爹爹的臉面嗎？」

她眼波流轉看了看在場的兩名姨娘，笑盈盈道：「就像姨娘們出去見客，滿頭珠翠渾身綾羅，也是爹爹的臉面呀！」

宋甜看著張蘭溪和魏霜兒，俏皮地眨了眨眼睛。

魏霜兒粉臉憋得通紅，張了張嘴，到底不願意承宋甜的人情，悻悻地扭開了臉。

張蘭溪接收到了，笑著開口道：「老爺也給我和三妹妹一人買一副金頭面吧！每次太太帶我們見客，都顯得我們倆可憐見的，也沒什麼好首飾，到底老爺面上不好看。」

宋志遠雖然慳吝，卻好面子，聞言沈吟了一下，道：「既如此，我讓銀樓送來兩副金頭面，妳和霜兒一人一套吧！」

魏霜兒聞言大喜，瞬間背叛了吳氏，喜孜孜上前奉承宋志遠。「多謝老爺！奴一直想要一套鑲嵌紅寶石的金頭面……」

宋甜看向吳氏，見吳氏垂著眼簾，手指發白緊緊捏著帕子，顯見快要被活活氣死了，心裡越發歡喜，笑咪咪道：「爹爹既然去豫王府，不如順路送我去舅舅家吧？舅舅家如今搬到了豫王府後巷。」

前世她出嫁沒多久，舅舅就被豫王派到遼東衛所，舅母和表哥表嫂也跟著去了，此後山高水遠，再也未曾見過面。

宋志遠正在想法子接近豫王，聞言當即答應了。「我讓小廝往金家送帖子。」

他打量了宋甜一番，見她衣裙素雅，便道：「既然是走親戚，總得隆重些。妳回房戴上新頭面，穿上白綾襖和新置辦的翠藍緞裙，外面穿上新皮襖。我讓人備馬車在角門外等妳。」

他是生意人，付出了銀子就想看到效果，既然給女兒買了首飾皮襖，就想讓女兒穿戴出去炫耀，讓金校尉見了，彼此面上也好看。

宋甜笑得眼睛瞇成彎月亮，脆生生答了聲「是」，又向吳氏和兩位姨娘福了福，這才退了下去。

吳氏氣得發昏，一口氣憋在那裡，臉都青了。

等眾人散去，她在羅漢床上坐定，抬手在小炕桌上拍了一下，恨恨道：「賤丫頭，居然給我生事，看我以後如何炮製妳！」

想到這一日宋志遠就要花掉二、三百兩銀子，吳氏恨不得長嘯一聲，拎起花瓶把宋志遠的腦袋給砸爛。

吳氏瞧著口無遮攔，心裡藏不住話，胸無城府，其實性子深沈，越是打定主意，就越有耐性。

她初嫁入宋家時，宋志遠身邊既有歌妓出身的寵妾尹妙兒，還有金氏留下的通房丫鬟碧月，都頗受寵愛。可是不到兩年，尹妙兒就一病而亡，碧月則因和小廝私通被發賣了出去。

如今的二姨娘張蘭溪和三姨娘魏霜兒，雖然都不是好相與的，可就妙在進門好幾年肚皮都沒有動靜，所以吳氏寧願留著這兩位占坑，也不願接新人進門，宋府內宅這才安生了下來。

吳氏正在想心事，元宵進來稟報道：「太太，大舅太太和王姑子過來了。」

吳氏心裡一動，忙道：「快請進來。」

得知吳氏錯過了正月十六子時受孕佳辰，吳大太太和王姑子都連連嘆息。

見吳氏臉色也不大好，王姑子忙安慰道：「太太不用焦慮，正月錯過了時辰，還有二月呢，貧尼細細搜求藥引，再為太太配一副坐胎藥，二月十六晚上服下，子時前與妳家老爺在一處，敢情就懷上男胎了。」

她似不好意思地垂下眼簾，吞吞吐吐道：「只是這藥引，倒是難得的，需要耗費不少……」

吳氏會意，親自取一封銀子給了王姑子。

王姑子掂了掂，約有五、六兩了，忙道：「太太，不須這麼多——」

吳氏看了看四周，見房裡只有王姑子和吳大太太，這才低聲道：「王師父，我是有別的事拜託妳……」她湊到王姑子耳畔低語。「我知道當年申大戶家三姑娘在法華庵的事，因此有一件事想要拜託妳……」

王姑子的臉一陣紅一陣白，最後咬了咬牙，道：「貧尼但聽太太吩咐。」

三年前王姑子得了宋志遠的銀子，把申大戶家的三姑娘吊在法華庵裡和宋志遠偷奸，如今申三姑娘已經嫁給知州大人做了二房，生了兒子，尊榮富貴，這前塵往事可不能被掀出來。

到了這時，吳氏倒是不著急了，笑吟吟道：「王師父且留下住兩日，晚夕給咱們府裡女眷宣唱佛曲，說說因果。」

第四章

宋甜坐在馬車裡，撩開車簾往外看，心緒複雜中帶著些悵惘。

雪早已停了，道路上的白雪被踐踏成髒污的雪泥。而道路旁邊的青磚灰瓦上落了層潔淨的白雪，別有一種蕭瑟寒冷之美。

即使寒冷，即使艱難，可活著還是好的，能看四時美景，能品故鄉美食，能保護想要保護的人……

前世的她，將三綱五常，女誡女則都背得滾瓜爛熟，時時刻刻以閨秀的標準要求自己，聽從父母之命媒妁之言，在家從父，既嫁從夫，卻被人一步步推入深淵，無法回頭。

能夠重活一次，宋甜要做自己想做的事。

金雲澤接到宋家小廝送來的帖子，早早就帶著兒子金海洋等在大門那裡了。

見宋志遠護送著馬車抵達，父子倆上前與宋志遠寒暄。

宋志遠滿面春風，熱情得近乎肉麻。

自從金氏去世，宋志遠嫌金家在衛所當差，不如繼妻吳氏的娘家大哥吳千戶得勢，便不怎麼和金家來往，四時年節都是派小廝送上禮物，他本人是從不過來的。

沒想到世事多變幻，轉眼間豫王趙臻封王就藩，來到宛州，而金雲澤也青雲直上，從獨山衛所調入豫王府做了校尉，頓時風光起來，宋志遠的態度自然也變熱情了。

金雲澤為人沈默，倒是金海洋口才靈便，與宋志遠有來有往奉承了幾句，便問道：「敢問姑父，表妹可是在馬車中？」

宋志遠含笑道：「正是。」

金海洋拱了拱手，自去引著馬車進了大門。

宋志遠乘機把金雲澤拉到一旁，低聲說了自己要陪知州江大人去豫王府候見的事。

豫王性情高傲，為人冷淡，平常只見各個衛所的人。他來宛州就藩兩個月了，知州江大人和闔城大小官員竟然都未能巴結上，好幾次江大人帶領眾官員前往豫王府候見，都是等了又等，卻連豫王的袍角都未曾見到，最後只得灰溜溜離開。

宛州是豫王封地，豫王便是宛州的土皇帝，他大人如此任性，長此以往，地方官員實在是難做啊！

金雲澤雖不喜宋志遠的為人，可瞧在外甥女宋甜的情面上，慨然道：「到時候我可以幫你們通稟一下，不過王爺自有決斷，見與不見在於王爺，我們這些做下屬的，從來不敢多言。」

宋志遠等的就是這句「到時候我可以幫你們通稟一下」，當即謝了金雲澤，自去尋江大人報信去了。

宋甜扶著紫荊一下馬車，就被舅母金太太攙住了。「甜姐兒，妳可算到了！」

宋甜抬眼看去，見金太太兩鬢已經斑白，眼角細紋明顯，法令紋深刻，分明是記憶中的模樣，登時鼻子一酸，眼睛濕潤了。「舅母——」

金太太見狀，忙道：「大姐兒，是不是有人欺負妳了？有事就和舅母說，舅母給妳作主。」

宋甜的母親金氏，是金太太這做嫂子的帶大的，感情非同尋常，如今金氏早早去了，金太太待宋甜自是親近疼愛。

宋甜忙搖了搖頭。「我沒事，只是見到您太開心了。」

這時金氏身後傳來清脆的笑聲，接著一個穿著大紅錦緞對襟襖的少婦走上前，笑吟吟道：「母親，外面太冷了，咱們帶著妹妹進屋說話吧！」

正是金海洋的妻子謝丹。

宋甜忙屈膝行禮。「見過嫂嫂！」

謝丹比丈夫金海洋小近十歲，今年才十六，長相甜美，性格活潑，和宋甜十分投契。

謝丹連忙把宋甜扶了起來。「自家人，不必多禮，咱們進屋說話。」

進了正房明間，宋甜脫去皮襖，卸了頭面，淨了手臉，穿著白綾小襖，攔腰繫著緞裙，舒舒服服坐在榻上和舅母、嫂子說話。

她素來不愛傾訴，不肯說自己在家裡的煩惱之事，只挑好玩有趣的話題聊。

金太太不愛說話，只攬著宋甜坐在那裡，笑咪咪看宋甜和謝丹吃點心說閒話。

宋甜很快就把話題引到了金家的後花園。「嫂嫂，雪下這麼大，後花園裡的蠟梅開沒有？」

謝丹歪著腦袋想了想。「我不知道呢。」

她喜歡養貓，對那些花草一向沒有興趣，不過既然宋甜喜歡，她這做嫂嫂的自然得陪同了，於是便道：「大姐兒，我帶妳去後花園看看去！」

片刻後，宋甜換了件煙里火回紋錦對衿襖兒，繫了條鵝黃杭絹點翠縷金裙，與一身大紅的謝丹一起出門，往後面園子去了。

金家花園很小，花園裡種了幾十株花樹，東南角是一座兩層樓高的臥雲亭，也沒別的什麼。

宋甜與謝丹賞了雪中蠟梅，然後一人擎著一枝蠟梅，登上了臥雲亭。

謝丹吩咐丫鬟拿出兩個坐墊鋪設在美人靠上，請宋甜坐下，低聲道：「隔壁就是豫王府了，咱們可以悄悄看看，且不要大聲喧譁，免得驚擾了貴人。」

宋甜斜倚身子坐著，眼睛看向隔壁的豫王府花園，想到前世之事，心中一陣淒然，口中卻故意道：「這王府花園看來也不過是些松林小徑，不知道還有沒有別的景致。」

謝丹笑了。「我也不知道豫王府花園到底有多大，不過聽父親說起來，似乎大得很。」

前世跟了趙臻那麼久，其實她對豫王府熟悉得不得了。

這時金太太的丫鬟丁香跑了過來，氣喘吁吁道：「少奶奶，謝家派人送禮來了！」

宋甜知道謝家送的是謝丹愛吃的風乾魚和風乾兔肉，忙道：「嫂嫂，妳去忙吧！我自己待一會兒就回前面。」

謝丹帶著丫鬟離開後，宋甜又讓紫荊去前面幫她拿暖手爐了。

臥雲亭上只剩下她自己，四周頓時靜了下來。

宋甜倚在美人靠上，仰著臉，閉上眼睛，右手捏著帕子擱在欄杆上，聽著北風吹過王府花園松林發出的濤聲和拂過她耳垂上的金鈴鐺耳墜子發出的「叮鈴鈴」聲，等待著那一刻到來。

鹿皮靴子踩在鋪滿松針的小徑上，發出輕輕的「嚓嚓」聲。

聲音越來越近，正是趙臻心事重重時走路的節奏。

宋甜默數三聲，鬆開了手指捏著的帕子。

趙臻帶著小廝琴劍在松林裡散步。

作為皇子，封王就藩意味著從此與帝位無緣。

趙臻剛得到京中消息，同樣身為皇子的趙致，封王後卻被永泰帝留在了京城。

原來父皇也是偏心的啊！

父皇口口聲聲一碗水端平，可不管是身為太子的趙室，還是三皇子趙臻，都不是父皇重視的人。

不管怎麼說，與其等著趙致將來登基，人為刀俎我為魚肉，他不如在宛州好好練兵，蟄伏起來積蓄實力。至於宛州本地的官員，如今知州江大人立場不明，暫時還是少來往的好……

趙臻計議已定，忽然聽到上方傳來清脆的「叮鈴鈴」聲。

他仰首一看，卻見高牆上方的亭子上一位女子正背對著這邊坐在美人靠上，烏髮如雲，頸項雪白，耳垂上的金鈴鐺耳墜正發出細碎的脆響。

趙臻一怔，總覺得這背影莫名的熟悉，不由停住了腳步。

恰在此時，那女子手中的帕子飄飄悠悠落了下來，被風一吹，徑直向著趙臻這邊落了下來。

趙臻下意識伸手接住了。

宋甜正倚著美人靠坐著。

前世此時，她因為想家中瑣事想得出神，帕子落了下去她都不知，還是聽到趙臻的聲音這才發現的。

當時她起身往下看，恰好看到了趙臻，認出是在梅溪酒家見過的那位清俊少年，一時驚豔，忍不住盯著趙臻看了又看，直到發現趙臻眉頭皺起，這才意識到自己見色忘情了，羞得滿臉通紅，捂著臉奔下臥雲亭，一溜煙跑回前院去了。

後來她變成了一縷遊魂追隨趙臻，才發現當年自己的帕子，被趙臻一直好好地收在一個小小的錦匣裡，與端妃留給他的繡帕放在一處，供在了她們的靈前。

所以宋甜猜測自己約莫是同端妃有相似之處，趙臻從她身上看到了母妃的影子，這才把她的帕子與端妃的繡帕放在一起供養。

有了這番猜測，宋甜花費極大的毅力，驅走了心中綺念，發誓這輩子要像母親一樣守護趙臻，報答趙臻前世的恩情，然後就去過自己的日子。

想到這裡，宋甜當即起身，趴在欄杆上，看向下方握著帕子的趙臻，大大方方道：「哎，這是我的帕子，方才不小心掉下去了！」

趙臻看了看手中的帕子，又看了看趴在臥雲亭欄杆上的宋甜，道：「等我一下，我有法子把帕子還給妳。」

宋甜「嗯」了一聲，眼中含笑看著趙臻。

趙臻單膝蹲下，揀起一個小石子放在手帕裡綁好，然後抬手朝宋甜左側扔了上去。

「噹」的一聲，裹著小石子的帕子落到宋甜旁邊的地板上。

宋甜彎腰撿起帕子，掂了掂，取出裡面的小石子，向趙臻搖了搖帕子。「多謝！」

趙臻已經認出眼前這可愛的大眼睛圓臉小姑娘，正是前天晚上他在梅溪酒家外面遇到的那個，不由微笑。「不必客氣。」

他灑然地對著宋甜擺了擺手，頭也不回大步向前去了。

琴劍忙跟了上去。

宋甜左手托腮趴在欄杆上，看著趙臻高䠷的背影消失在松林之中，心中滿是安樂，因宋府諸人而起的陰霾一掃而空。

不管何時，趙臻都是她的暖陽，能夠幫她驅散陰霾濕寒，帶給她溫暖喜悅。

宋甜今日的目的就是要加深趙臻對她的印象，好方便實施下一步計劃，如今算是圓滿達成了。

她開開心心下了臥雲亭，與帶著暖手爐過來的紫荊遇上，一起回前院去了。

眼看著暮色降臨，謝丹要去廚房吩咐廚娘準備晚飯。

金太太忙交代宋甜。「大姐兒，跟著妳嫂子過去，看她怎麼管家理事。」

宋甜知道舅母這是擔心吳氏不肯教自己管理中饋，特意讓自己跟嫂嫂學習，脆生生「哎」了一聲答應，當即跟著謝丹去了。

謝丹帶著宋甜往廚房那邊走，一邊走一邊道：「大姐兒，妳就安安生生在家裡住幾日，我明日教妳算帳理事。」

宋甜輕輕吸了吸鼻子，「嗯」了一聲。

這些其實她都會，可是舅母和表嫂如此關心愛護，宋甜哪裡會拒絕？

到了晚間，金雲澤和金海洋父子倆從外面回來了。

金家人口少，又都是至親，因此也沒分男女席，一家人圍坐在一起用晚飯。

席上有謝丹娘家送來的風乾魚和風乾兔，還有宋甜愛吃的各種菜餚，滋味甚佳，宋甜吃得很開心，還跟著舅母飲了兩盞熱桂花酒。

用罷晚飯，金雲澤和金太太帶著宋甜去了西廂房。

謝丹安排丫鬟奉上茶點，金海洋用鐵爪子提了燃得正旺的銅火盆進來，放在屋子中間。

一家人圍坐在火盆四周，烤火喝茶，聊天吃點心，甚是輕鬆自在。

宋甜正與謝丹商量明日去書院街逛街之事，忽聽金太太咳嗽了一聲，忙看了過去。

金太太見眾人都看過來了，便吩咐在旁邊侍候的丫鬟。「妳們都下去吧！」

等侍候的三個丫鬟都離開了，金太太這才看向宋甜，溫聲道：「大姐兒，妳的親事妳爹有沒有什麼主張？」

宋甜眼波流轉看了一圈，發現問自己的人只有舅母，可是舅舅、表哥和表嫂都雙目炯炯看著自己，顯見都很關心此事，不由得笑了，道：「我爹還沒提呢！」

不管前世還是今生，對最疼她的舅舅一家，宋甜都是報喜不報憂，不給他們增添負擔。

金太太伸手握住了宋甜的手，道：「實話和妳說了吧，妳舅舅和我擔心妳爹勢利，選女婿時只看財勢門第，不管人品；妳那繼母又不是個好相與的，就想著幫妳相看相看，從和咱家相熟的兵衛人家中選幾個家世品貌都和妳相襯的，讓妳親自見一見，選一個好的，到時候，我和妳舅舅拚著和妳爹撕破臉，也要為妳作主。」

宋甜眼睛不禁濕潤了。她連忙低頭用帕子拭去眼角淚水。

前世此時，舅母也是這樣和她說的，可那時的她多傻啊？想著不給舅舅、舅母添麻煩，說什麼「父母之命媒妁之言，此事須得爹爹作主」，結果她爹就把她嫁給了黃子文，換得宛州提刑所副提刑這個職位。

這一世，宋甜選擇自己作主。

她思索片刻，抬眼看向舅舅。「舅舅，我聽說豫王府要遴選女官了，您聽到消息沒有？」

金雲澤一聽，疑惑地看向宋甜。「大姐兒，妳問這個做什麼？」

宋甜雙目盈盈看著金雲澤，等著他的回答。

金雲澤看著宋甜那酷似妹妹的眉眼，心裡一軟，當即道：「豫王府的確要遴選女官了，不過王府情況複雜，蔡長史和藍指揮使各有想法，王爺不置可否，因此還未頒布具體方案……不過，甜甜妳的意思是——」

宋甜燦然一笑。「舅舅，我打算參加豫王府女官遴選。」

西廂房裡頓時靜了下來，金家四口都看向宋甜，眼中滿是疑問。

宋甜的臉似被閃爍的火光籠上一層金光，莫名的沈靜美麗。她端起茶盞抿了一口，在心裡梳理著跟隨趙臻時知道的王府運行狀況。

本朝施行的是實封制，皇子被分封到各地做藩王，鎮守各地。在封地之內，藩王就是土皇帝，不但有自己的官員，還保留自己的軍隊。

王府官員以「掌王府之政令」的王府長史為首，王府護衛則以王府護衛指揮使為首。

其中王府指揮使麾下設有五個衛所，統率近三萬士兵。

豫王府長史便是永泰帝的親信蔡和春，王府護衛指揮使則是開國功臣藍和的孫子藍冠之。而王府內宅之事，由各級女官負責，如今豫王府內宅只有趙臻從宮裡帶來的陳尚宮，早晚得遴選女官。

金雲澤聽了，一下子愣住了。「大姐兒，豫王府是要遴選女官，可是妳——」

宋甜抬眼看著金雲澤，神情嚴肅而認真。「舅舅，如今我爹想要利用我向上爬，只要能助他升官得實職，即使把我送到太監的府邸他也願意；我繼母想要我帶著大筆嫁妝嫁回她娘家去，好貼補她的姪子吳二郎。」

未等他們反應，她接著道：「比起被他們操控，我更願意按照自己的心意活著。進入王府，我可以選擇一直做女官，也可以選擇二十五歲時歸家，少說能得到十年的自由，十年之後，誰知道我爹如何了？到時候我有錢有閒，自由自在，豈不是很好？」

若是按照前世軌跡，她十七歲時，她爹就要一命嗚呼了。而這輩子有她阻撓，繼母若是沒能生下兒子，能不能獨霸宋家產業，還真不一定呢！

金雲澤和金太太面面相覷，竟都無話可說。

金海洋忽然開口道：「爹，娘，我覺得大姐兒說的有理。」

按照姑父宋志遠的為人，為了向上爬，別說把親生女兒送給權貴了，若是權貴看上了他的屁股，他恐怕也照樣會樂顛顛清洗乾淨奉上。

謝丹想想吳氏的人品，忙道：「我也覺得大姐兒的想法很好。」

金太太沈吟片刻，緩緩道：「吳氏的為人，別的不說，尹妙兒的死，還有碧月的事，與吳氏都脫不了關係。甜甜被吳氏捏在手裡，誰知吳氏會使出什麼陰招？」

吳氏初嫁入宋家時，宋志遠很寵愛小妾尹妙兒和從金家過去的通房丫鬟碧月，可是不到兩年，尹妙兒好好的卻得了血崩之症死了，而碧月則被吳氏的養娘抓到與小廝私通，被發賣到了外鄉。

眾人齊齊看向金雲澤。

金雲澤低頭思索良久，這才道：「待我好好想想……」

宋甜忙懇求道：「舅舅，若是豫王府那邊有了消息，請您務必幫幫我！」

金雲澤抬眼看著宋甜，見她大眼睛矇著一層淚光，可憐兮兮看著自己，與亡故的妹妹在娘家時如出一轍，當下不再遲疑，道：「舅舅知道了，妳放心吧！」

宋甜知道舅舅兵衛出身，講究武德，素來一諾千金，得了舅舅這句話，開心極了，依偎在舅母身上甜甜笑了。「謝謝舅舅！」

金太太把宋甜攬在懷中，柔聲道：「傻姑娘，妳娘只得妳一個，妳舅舅和妳是骨肉至親，如何會不顧著妳？」

宋甜依偎在金太太懷裡，淚光閃閃，心中道：舅舅、舅母疼我，這骨肉至親是真的親，可是我爹對我卻是待價而沽，有價值才能親，而趙臻的父皇，對他那才更是狠呢……

第二天是金海洋的休沐日，他親自套上馬車，預備陪謝丹和宋甜到書院街逛逛。

金家是金太太管家，她拿了兩個裝碎銀子的荷包，一個給了謝丹，一個給了宋甜，板著臉道：「一人給妳們三兩銀子，不夠花了就問金大郎要。」

金海洋是獨子，名海洋，字子潤，不過行伍中人沒那麼講究，街坊都叫他金大郎。

謝丹和宋甜一左一右攙扶著金太太，齊齊笑了起來。

金太太長得比實際年齡顯老，再加上既有抬頭紋，又有法令紋，而且不愛笑，因此帶著幾分刻薄相，其實性子最是善良寬厚體貼。

謝丹和宋甜由金海洋陪同，整整逛了半日，一直到傍晚時分才滿載而歸。

謝丹為她的兩隻愛貓買了一對銀鈴鐺，還買了抹臉的蓮花香脂和塗唇的玫瑰香膏。

宋甜買了十方揚州白綾挑線帕子，十方揚州縐紗帕子，一盒二十四色絲線，另有一箱子新書。

姑嫂倆都心滿意足，在馬車上說個不停，宋甜送了謝丹四方白綾帕子和四方縐紗帕子，謝丹則送了宋甜一盒蠟梅香脂。

第五章

馬車駛入王府後巷不久就停了下來。

「到家了嗎？」謝丹一邊問金海洋，一邊掀起了車簾，卻「咦」了一聲。

宋甜知道謝丹驚訝的原因，不禁抿嘴笑了，抬眼向車窗外看了過去，卻見金海洋在大門口與一個小廝說話。

這小廝細眉細眼，清秀可喜，不是琴劍又是誰？

琴劍也看見了車窗內的謝丹和宋甜，認出了宋甜正是他隨著王爺見過兩面的女孩子，當下仗著自己年紀小，笑嘻嘻問金海洋。「金百戶，這兩位女眷——」

金海洋含糊道：「是拙荊與舍表妹。」

琴劍似乎很了解金海洋家的親眷關係，瞇著眼睛笑吟吟道：「是金百戶姑母家的表妹嗎？」

金海洋含糊答了兩句，命車夫把馬車趕進大門內，自己則敷衍著琴劍。

宋甜和謝丹下了馬車，先去見金太太。

謝丹快言快語。「娘，方才那個小廝瞧著甚是大膽，到底是誰家派來的？」

金太太正在衲鞋，聞言道：「這是豫王的貼身小廝，是來尋妳爹爹的。」

宋甜陡然想起了前世琴劍的結局，心中慘然——前世趙臻中毒而亡，琴劍為他報仇，當場刺死了蔡春和，然後自盡而亡……

宋甜午睡罷起來，見金太太還在衲鞋，便湊過去道：「舅母，妳這是給誰衲鞋？」

金太太把針尖在鬢角抿了抿，道：「我給妳做一雙大紅素緞子白綾平底鞋，鞋尖上扣繡一對金鳳凰。」

宋甜嘟囔著道：「原該我給您做鞋的，還累得您費眼費手給我做……」

金太太笑了。「妳的針線活，我是知道得很，可不敢抱希望。」

宋甜讀書識字知書達禮，針線上卻不行，頂多能繡方帕子。

宋甜不禁微笑。

其實前世她嫁到京城黃太尉府後，黃子文不喜她，總在外頭廝混，她待在府內鎮日無聊，再加上黃蓮在家愛穿家常衣服和千層底布鞋，常命宋甜去做，因此宋甜針線活倒是大有進步。

宋甜正陪著金太太閒聊，卻聽到外面傳來說話聲，似乎是她爹宋志遠的聲音，便起身去看，原來是金雲澤陪著宋志遠過來了。

宋志遠是來接宋甜回家的。

父女相見，各自無言。可宋志遠滿面春風，分明是有喜事的模樣。

宋甜見她爹開心，心中狐疑——因為根據她的經驗，若是她爹開心，那這世上定會有一個好人不開心了。

回到宋府，宋甜下了馬車，沒有立即回房，而是隨著宋志遠去了書房。

宋志遠嗜甜，一坐下就吩咐宋竹。「濃濃地點兩盞蜜餞金橙子泡茶送過來。」待宋竹出去了，宋志遠見宋甜目光炯炯看著自己，不由笑了。「大姐兒，怎麼了？」

宋甜直截了當問道：「我瞧爹爹心情很好，是有什麼喜事嗎？」

宋志遠實在是太開心了，忍不住想和人炫耀，只是這件事還不能讓外人知道，眼下有個一向嘴嚴的宋甜，和她說說倒是無礙，當下便道：「明日豫王府長史官蔡大人在府裡宴客，蒙蔡大人青眼，妳爹我也接到了蔡大人下的帖子。」

他實在是太得意了，忍不住賣弄道：「就連知府江大人，都沒有接到蔡大人的帖子。」

宋甜聞言心裡一驚——前世她可沒聽說她爹與蔡和春交好。

難道她爹其實跟蔡和春有交往，只是她不知道？蔡和春那個人，從來不理會對他沒用之人，爹爹對蔡和春能有什麼用處？

宋志遠沈浸在美好的暢想中。

結交蔡和春，藉著蔡和春之力成為豫王府的座上賓，然後把女兒送入豫王府……當今天子只有太子、韓王和豫王三個皇子，若是女兒得了豫王的寵愛，說不定他會成為未來皇帝的外祖父呢！

宋甜默然片刻，把這件事記在心裡，見宋志遠喜孜孜尚在回味，乘機道：「爹爹，藥庫的備用鑰匙給我用一下，我晚上得空了，去裡面尋一些用得著的藥材。」

宋家的生藥鋪是家傳產業，就開在宋家前面的門面房處，藥庫則在生藥鋪後面的庫房院二樓，距離宋甜居住的東偏院並不遠。

宋志遠為人精明，若是平常必定會追問原因的，這會兒沈浸在美好幻想中，隨口道：「就在博古架上那個雕花匣子裡，妳自己去找，上面綁了標記。」

宋甜拿到了藥庫的鑰匙，還順手把庫房院子大門的鑰匙也帶上，屈膝福了福，便帶著紫荊離開了。

回東偏院梳洗換衣罷，宋甜這才去後面上房給吳氏請安。

上房內熱鬧得很，宋甜帶著紫荊剛繞過影壁，就聽到上房裡傳來唱經聲。「……百年景賴剎那間，四大幻身如泡影。每日塵勞碌碌，終朝業試忙忙……」

紫荊湊近宋甜，低聲道：「姑娘，太太又召集姑子唱佛曲了，怪不得人都說咱們太太是大善人呢！」

宋甜狐疑地瞅了紫荊一眼，竟不知這丫頭是在說真心話，還是在反諷。

她抿嘴一笑，湘裙款擺，緩步向前。

元宵掀起了明間門上的錦簾，宋甜走了進去。

羅漢床上盤膝坐著一個胖壯尼姑，正在宣唱佛曲——正是吳大太太介紹過來的王姑子。

王姑子旁邊坐著一個約莫十二、三歲的清秀小姑子。

吳氏、吳大太太、張蘭溪和魏霜兒散坐在房裡，都在聽王姑子唱經。

王姑子剛宣講到「功名蓋世，無非大夢一場；富貴驚人，難免無常二字。風火散時無老少，溪山磨盡幾英雄」，便見門上錦簾掀起，一名生得美麗纖弱的少女走了進來，猜到是宋家大姐兒，心中一驚，忙收斂心緒，繼續唱勸善的佛曲。

宋甜含笑上前，給吳氏和吳大太太請安，隨後又向坐在一邊的二姨娘張蘭溪和三姨娘魏霜兒福了福。

吳氏正聽得入神，擺了擺手，示意宋甜先在一邊坐下。

待王姑子唱完佛曲，宋甜見中秋和元宵用托盤送了茶點進來，便親自在八仙桌上擺好，請眾人吃茶。

見王姑子還帶了個十二、三歲的小姑子過來，宋甜特地送了一碟素餡玫瑰餅和一盞胡桃松子泡茶過去。

王姑子看著宋甜，笑咪咪道：「這位小菩薩可是貴府大姑娘？」

吳氏還沒說話，魏霜兒便道：「可不是嗎？妳瞧她長得多像她爹爹！」

魏霜兒兩日未見宋志遠了，甚是思念，居然開始在宋甜臉上找與宋志遠的相似點了。

這話宋甜很不愛聽，當下便道：「我長得更像我娘。」

魏霜兒急了，指著宋甜的鼻子讓眾人評理。「妳們看，大姑娘鼻子像不像老爺？都是高高的鼻子、肉肉的鼻頭！」

宋甜可不愛聽這話，她總覺得爹爹的狡詐狠毒、好色膽大是胎裡帶來，生怕自己像爹爹，將來生個孩子也像外祖父的性子，正要反駁，張蘭溪笑著打圓場。「老爺是宛州城的美男子，以相貌魁偉、富有男子氣概出名，大姑娘一個嬌滴滴的深閨小姑娘，怎麼能說她長得像老爺呢？名聲傳出去，怕是沒人敢上門求親了！」

眾人都笑了起來。

魏霜兒一時不好再說什麼，悻悻地閉上了嘴巴。

這兩日宋志遠不知道浪到哪裡去了，整整兩日沒回家，別人都沒事，卻只有她是受不得這相思之苦，只要開口說話，必定要帶上宋志遠。

吃罷茶點，眾人圍坐說話。

吳氏問王姑子。「王師父，我聽說妳們法華庵求子很有靈驗？」

王姑子緩緩道：「靈驗是有，只是須得沐浴焚香，在佛前感受佛光，有佛緣之人才得因果。」

吳大太太忙道：「既如此，三妹，妳還是往法華庵走一趟吧，持心虔誠，說不定回來就能有孕，給宋家誕下承繼家業之人。」

魏霜兒愛湊熱鬧，在一邊攛掇道：「太太，咱們鎮日在家無聊，不如出去走走？」

張蘭溪一向形同寡居，也盼著能懷上身孕，聊解寂寞，當下也出言勸說道：「太太，我也聽說過法華庵求子的名聲，咱們去拜拜吧！」

吳氏沈吟了一下道：「既如此，為了宋家子嗣，我們姊妹說不得要走這一趟了，二娘、三娘也都一起去。」接著她看向宋甜，溫聲道：「正月二十是先太太的忌日，大姑娘也跟著過去，在菩薩面前給先太太上香祈福。」

宋甜見王姑子、吳大太太與吳氏一唱一和，怕就是為了吳氏這一句話，心中了然，當下便答應了下來。

吳氏見計謀奏效，心中甚喜，看向王姑子，兩人四目相對，眼中閃爍，都低下頭去。

到了晚飯時間，吳氏命人擺上素齋，請王姑子用齋。

魏霜兒不愛吃素，笑盈盈起身道：「我不慣吃素，還是回我院裡用飯的好。」

宋甜乘機也跟著起身，一起出去了。

外面夜幕已經降臨，風颳在身上冷颼颼的。

紫荊和冬梅打著燈籠一前一後走著。宋甜和魏霜兒並排走在中間，都沈默不語。

出了正院門，宋甜住東偏院，魏霜兒住西偏院，兩人互相點了點頭，分道揚鑣，各自走開。

魏霜兒帶著冬梅走在空蕩蕩的女貞木小徑上。

冬梅的心思慧黠，見四周無人，便輕輕問魏霜兒。「三娘，太太待大姑娘從來不慈愛，對先太太金氏也不見得如何尊重，今日怎麼有這一齣？還要帶大姑娘到法華庵為先太太燒香？」

她皺著眉頭道：「我總覺得太太是黃鼠狼給雞拜年——沒安好心……要不要提醒大姑娘一下？」

魏霜兒冷笑一聲，道：「提醒她做什麼？大姑娘不是會投胎，生得美，爹有錢，嫁妝多嗎？這下，她怕是要落到吳家那債殼子裡去填坑還債了！」

她出身貧窮，十二歲就被親娘賣給了一個遭瘟的六十多歲老頭子，後來又多次流落，不知歷經了多少磨折、費了多少心機，才熬出頭來有了如今在宋府的富貴生活。

可是像宋甜這樣的女孩子，只不過會投胎，爹爹英俊瀟灑，有錢能幹，長袖善舞，自己生得嬌嫩美麗，嫁妝豐厚，若是沒有意外，定會攀上朱門富戶做親。

魏霜兒最恨宋甜這樣不勞而獲的人了，若是能看到宋甜受苦受罪跌落下來，她心裡才痛快呢！

冬梅到底還存著一絲善念，雖然沒再作聲，卻把這件事記在了心裡，預備明日尋個機會跟紫荊說一聲。

宋甜覺得魏霜兒和前世黃子文的姘頭鄭嬌娘很像，明明自己也受盡了磨折殘害，回過頭來卻為虎作倀，把刀尖對準比她更弱的人，成了壞人的幫凶。

對魏霜兒、鄭嬌娘，宋甜一向心情複雜，既憫其可憐，又恨其狠毒，所以當時她手刃黃子文，卻放過了鄭嬌娘。

進了東偏院，宋甜緊繃的背脊瞬間放鬆了下來。

東偏院看門的婆子金姥姥是她娘金氏的奶娘，既老且聾，且最是疼她，宋甜對她放心得很。

見金姥姥門上院門，宋甜吩咐道：「金姥姥，等一會兒廚房的人送晚飯來，妳接過來送到我房裡。」

金姥姥耳朵雖聾了，卻有一個本事——單是盯著宋甜的嘴唇，她就能猜出宋甜說什麼，因此笑嘻嘻看著宋甜，回答道：「大姐兒，我曉得了，到時候直接接過食盒，送到妳房裡。」

見金姥姥笑，宋甜也不由得笑了，點了點頭，帶著紫荊沿甬道往前走了。

如今正是初春時節，甬道兩旁的玉蘭枝條光禿禿的，沒什麼景致。

宋甜回到房裡坐下，吩咐紫荊。「咱們從舅舅家帶回來的那些點心、帕子之類，妳拿了些去，與元宵好好結交，想辦法打聽一下太太、吳大太太和王姑子到底在幹麼。中秋妳就不要理了，她不是什麼好人。」

紫荊答應了下來，又道：「姑娘，我和冬梅兩個人好，三娘好小氣，冬梅一向沒有好帕子用，我拿兩方帕子給她，好不好？」

宋甜笑了。「妳自己作主就好。」

她又吩咐道：「拿一匣子桂花餅給金姥姥送去，這種餅，她的牙能吃得動。」

到了深夜，宋甜拿了鑰匙，帶著紫荊往庫房院子裡去了。

宋家庫房院子夜裡是沒人的。

亥時小廝巡視完畢，鎖上院門，　直到第二天早上生藥鋪子開門才會打開。

宋甜熟門熟路帶著紫荊進入庫房院子，從裡面閂上院門，然後直奔位於二樓的藥庫。

木梯舊了，踩在上面發出「嘎吱嘎吱」的聲音，紫荊有些慌。「姑娘，我有點怕……」

宋甜笑了，右手接過紫荊手中的燈籠，伸出左手握住她的手。「別怕，有我呢！」

她歷經兩世，沒見過鬼，卻知人更可怕。

紫荊本來就沒什麼主心骨，習慣了聽宋甜的，原本怕得發抖，被宋甜暖和的手一握，就什麼都不想、什麼也不怕了，等她回過神，已經進到藥庫裡面了。

宋甜讓紫荊給自己打著燈籠，拿出一沓裁好貼好的紙袋便開始取藥。

她要用的這些藥材，若是在外面生藥鋪買，若是出了事官府一查一個準，可是在自家藥庫裡隨便取，沒人會來追究。

紫荊常見宋甜私下裡研讀藥譜、醫經，因此也不吃驚，緊緊跟著宋甜用燈籠給她照明。

回去的路上，紫荊終於忍不住問道：「姑娘，咱們要是被人看到了，那可怎麼辦？」

宋甜笑了，輕輕道：「我是我爹的獨生女，我就是喜歡晚上到藥庫看一看，拿點清熱去火的藥材，誰能把我怎麼樣？」

反正，她已經和她爹報備過了。

紫荊對宋甜這膽大篤定愛冒險的性子很是服氣，心道：大姑娘可真是老爺的親閨女，太像老爺了，若是男子，將來必定能承繼老爺的家業，可惜生為姑娘家，將來還是要嫁人，在內宅相夫教子……

她覺得很可惜，在心裡嘆了口氣。

回到東偏院，宋甜開始按照方子研磨配製藥物，一直忙到了夜間子時才洗漱睡下。

第二天上午，宋甜把金姥姥買來燉湯用的兔子抓了過來，左手攥住兔子耳朵，右手把一方帕子劈頭蓋臉捂在兔子口鼻上，然後便開始數數，還沒數到十，兔子就暈迷了過去。

紫荊在一邊看呆了。「姑……姑娘，這兔子還能吃嗎？」

「能啊！」宋甜口裡答應著，把一碗涼水潑在兔頭上。

躺在地上的兔子抽搐一下，又抽搐一下，沒多久就爬了起來，一溜煙跑走。

紫荊見狀忙追兔子去了。

準備好加藥帕子之後，宋甜又去了一趟外書房。

宋志遠到蔡和春府上赴宴去了，並不在家。

管書房的小廝宋竹知道宋甜是來讀書的，奉了盞茶就出去了。

宋甜直奔書架後，在一個書篋裡尋到一把精緻的匕首，拔開刀鞘看了看。

她原本瞧這匕首手柄鑲金錯玉，擔心是銀樣鑞槍頭，誰知一拔出來，卻是雪刃閃光，刀體上帶著血槽，顯見鋒利十足。

宋甜知道她爹東西太多，除了銀錢之外，別的她爹都沒認真數過，就徑直把匕首塞進衣袖裡，又尋了兩本書，這才施施然帶著紫荊離開。

回到東偏院，紫荊自去尋冬梅她們玩耍，宋甜則關門閉戶在房裡忙碌。

她在匕首上塗了些藥汁，晾乾後才套上刀鞘。

這藥汁是她家家傳的，前世她曾在黃太尉府使用過，藥效是不必試驗的，堪稱見血封喉蟲子死光。

下午宋甜正在睡午覺，被紫荊給搖醒。「姑娘，冬梅悄悄告訴我，說明日去法華庵，讓咱們小心點！」

宋甜閉著眼睛，聲音沙啞。「我知道啊，妳忘記我做的那些準備了？」

紫荊見她甚是篤定，這才鬆了口氣。「唉！咱們這家裡可真不省心。」

宋甜依舊閉著眼睛。「沒事，兵來將擋水來土掩，這世道，哪裡都一樣。」

所以宋甜想要強大起來，擁有自己的家，她的家裡，定不會有這些爾虞我詐、勾心鬥角的魑魅伎倆。

正月二十上午，宋家眾女眷出發去往法華庵。

宋志遠昨晚沒回來，他在外養了個外室，正是情熱時候，哪裡捨得回家？

法華庵就在宛州城東北的獨山腳下，兩進院落，除了王姑子外還有三個姑子，倒是清靜得很。

宋家女眷剛在法華庵安置下，吳大太太也過來了，送她過來的正是其子吳二郎。

眾人齊聚，開始燒香參拜。

中午用罷素齋，王姑子笑著央求吳氏。「大菩薩，有施主給庵裡施捨了些做豆腐用的黃豆，可惜摻了不少石子土粒，貧僧想借貴家各位小姑娘用一用，到廚房那邊幫著揀豆子。」

吳氏笑吟吟道：「這是她們的造化。」

王姑子便讓小尼姑淨空帶了元宵、冬梅、紫荊和張蘭溪房裡的丫鬟錦兒往廚房那邊揀豆子去了，自己親自給宋家女眷奉上素茶。「這是用獨山採摘的松子、胡桃和山楂炒熟後製成的素茶，各位菩薩嚐一嚐。」

輪到宋甜的時候，王姑子特地從小姑子端著的托盤裡選了一個白底藍花茶盞。「大姑娘嚐嚐，喜歡的話離開時帶走一些，也是大姑娘的佛緣。」

宋甜接過來，聞到了撲鼻的甜香，便笑著道：「有些燙，我到房裡再吃。」

王姑子忙道：「貧僧竟忘了，各位菩薩是要歇午覺的，這就安排眾菩薩去靜室歇息。」

宋甜的屋子在最後一排，屋外是一堵牆。

宋甜推開窗子往外看，卻見白牆內靠牆處有幾棵樹，牆外是一片林子，有的樹枝都探到了白牆內。

她端起茶盞，把裡面的茶全傾倒在窗外地上，然後關上窗子。

這時候外面傳來腳步聲，接著便是中秋的聲音。「大姑娘歇了嗎？我來幫王師父取茶盞。」

宋甜坐在床上。「沒呢，進來吧！」

中秋推開門進來，見宋甜歪在床上，便試探道：「大姑娘您怎麼了？」

宋甜雙目微合。「我覺得有些暈，大概是太累了……」

中秋眼睛閃爍。「哦，吃飽了就是容易犯睏，紫荊等一會兒才回來，我先服侍大姑娘歇下吧！」

宋甜「嗯」了一聲，裝作嗜睡極了，在中秋的服侍下寬了外衣，在床上睡下了。

中秋安頓好宋甜，收了茶盞，見茶盞裡空空的，當下暗自點頭，扭頭瞅了睡在床上的宋甜一眼，輕輕叫了聲「大姑娘」，見宋甜沒有回答，就「哼」一聲，端了茶盞離開了。

第六章

片刻後，中秋引著吳二郎過來了。

到了宋甜住的屋子門前，中秋推開虛掩的門，低聲道：「紫荊她們過會兒就回來了，你得快一些。」

吳二郎滿臉脹紅，連連點頭，然後低著頭進了屋子。

中秋守在門外，忽然聽到裡面傳來「啊」一聲低呼，是吳二郎的聲音，忙探頭進去看。她剛伸頭進去，一隻溫暖柔軟的手就抓住了她後腦的髮髻，與此同時，一方濕漉漉香噴噴的帕子捂到了她的口鼻上。

暈過去的人死沈死沈。

宋甜實在是沒力氣把吳二郎和中秋拖到床上了，只好因陋就簡，剝去這兩人上衣，推在了坐禪用的矮腳榻上，又把他們擺成相依相偎的姿勢，蓋上被子，然後她便推開後窗，跳了出去。

這法華庵果真不是什麼清淨之處，宋甜原本還打算攀著牆內的矮梨樹越過牆去，誰知一出去，就看到窗外地上橫著一架簡陋的小梯子。

宋甜攀著梯子爬到了牆上，小心翼翼地撩起裙襬，抬腳把梯子踢翻，然後慢慢調轉身子轉向牆外。

她一轉過身子就愣住了——前方幾步遠的林間小徑上，趙臻穿著騎裝騎在馬上，正神情複雜地看著她。

宋甜為了方便行動，穿了件繡藍花的白綾襖，攔腰繫了條藍織金裙，這會兒坐在牆頭上，方才搬運吳二郎和中秋時背脊上冒出的那層汗被寒風一吹，變得冰冷潮濕，渾身冷颼颼的。

宋甜脹紅著臉，竭力尋找自己待在牆上的理由，誰知她還沒開口，就覺得右腳一鬆，緊接著腳上的大紅緞子繡鞋就掉了下去，「咚」的一聲，落在了鋪著厚厚一層枯葉的牆外地上。

趙臻平生第一次見到這種場景，實在不知道說什麼好，這會兒見小姑娘繡鞋掉了下去，露出穿在裡面的白綾襪，再看她的小圓臉脹得通紅，大眼睛盈盈含水，似乎下一秒就要流淚了，心裡一軟，當即開口道：「需要我幫忙嗎？」

宋甜一聽，急急搖頭。「不用不用，我自己可以跳下去！」

根據方才繡鞋落下去的情形和這牆的高度，宋甜覺得自己跳下去應該沒事。

時間不等人，吳氏、吳大太太和王姑子怕是正在往她住的靜室過來，她得趕緊從法華庵大門進去才行。
想到這裡，宋甜乾脆俐落地跳下去，腳穩穩地踩在厚厚的落葉上。
看來她的判斷沒錯。
宋甜不敢看趙臻，只覺得臉頰熱辣辣的。
她彎下腰，飛快地撿起先落下的繡鞋，套在白綾襪外面，然後起身理了理衣裙，又蹦了幾下，讓裙子更垂墜、齊整些。
趙臻一直看著宋甜的動作。
其實他早該離開了，可是這地方極其偏僻，留小姑娘獨自一人在這裡並不安全。
這時候不遠處傳來一陣雜亂的馬蹄聲，有人在高聲呼喊。「王爺！王爺！」
趙臻沈聲道：「孤在前方，你們不可過來。」
靜默兩息後，那邊傳來應答聲。「標下遵命。」
宋甜顧不得其他，急急解釋道：「我得趕緊從法華庵正門進去了！」
她朝趙臻揮了揮手，拎起裙裾，小鹿般兩步就跳到了林間小徑上，然後一陣風般向著法華庵正門狂奔而去。
趙臻在人世間活了十六年，還是第一次看到女子翻牆，第一次看到女子穿著白綾襪的腳，第一次看到女子狂奔……他的心情實在是複雜至極。

見女孩子越跑越遠，趙臻略一思索，一夾馬腹，追了上去——一個挺好看的小姑娘在山裡奔跑，到底不安全。

目送宋甜進了法華庵大門，趙臻才調轉馬頭，向來時路馳去。

他今日本來是到獨山衛所視察的，午後無聊，就帶著獨山衛所的五個千戶在獨山打獵，誰知竟又遇到了這個女孩子。

吳氏、吳大太太在王姑子的禪房裡坐著，聽王姑子講說因果。

吳氏一直計算著時間，估計差不多了，便道：「王師父，我第一次過來，還不知道妳這法華庵景致如何。」

王姑子會意，起身合掌問訊。「小庵雖簡陋，卻也有幾分景致，菩薩若不嫌棄，請隨貧僧品鑒一二。」

吳氏欣然應允，與吳大太太一起隨著王姑子出了門，路過張蘭溪屋門時，又叫上了張蘭溪。

只是叫魏霜兒時，魏霜兒懶得起身，躺在禪床上道：「我累了，太太帶著大舅太太和二姊姊轉吧！」

張蘭溪笑吟吟道：「偏這三妹妹憊懶可惡！」

眾人往法華庵東邊去看梅花，路過宋甜住處時，吳人太太道：「姑娘家最愛花花草草，咱們也把大姑娘叫上吧！」

吳氏一臉慈愛。「我們大姐兒確實愛好鮮花香草。」

吳大太太的丫鬟萬兒越眾而出，上前敲門。

無人應門。

萬兒又敲了幾下，還是無人應答，便抬手去推門，口中道：「大姑娘起來啦，王師父來請妳去看梅花。」

房門應聲而開，裡面傳來男子迷迷糊糊的聲音。「誰呀？」

眾人面面相覷。

萬兒一臉震驚，扭頭道：「是我們家二郎的聲音！」

張蘭溪臉色蒼白，意識到今日之事怕是有人要害宋甜，她雙手捏緊帕子，飛速想著主意。

還沒等她想出應對之法，吳氏已經滿面嚴霜道：「二郎為何在我們大姑娘房裡？到底是怎麼回事？咱們進去瞧瞧！」

萬兒忙閃到一邊，吳氏昂首帶領眾人進了屋子。

屋子明間的北牆上掛著一幅拈花觀音，觀音前是一個坐禪用的矮腳榻，榻上兩人正蓋著被子摟抱在一起。

眾人一進去，那兩人中的男子便抬手遮著眼坐了起來——正是吳大太太的次子、吳氏的姪子吳二郎！

看著吳二郎光裸的上身，眾女眷瞬間靜了下來。

還是吳氏反應最快，她一臉驚恐，用手指指著吳二郎。「二郎，你……你這是……」

吳二郎總算是清醒了些，可是腦子依舊亂糟糟的，他呆呆坐在那裡，兀自懵著。

吳大太太怒氣沖沖走上前，抬手在吳二郎腦袋上拍了一下。「你這孩子……你若是與你表妹兩情相悅，只管告訴母親和你姑母，母親去給你求親，你姑父、姑母自會為你們作主，你為何做出這等沒臉之事！」

張蘭溪渾身冷汗如漿，她抬眼看向吳氏，心道：沒娘的孩子還真是可憐，吳氏看著快言快語胸無城府，誰知竟這樣狠毒，這樣一番做作，大姑娘的名聲算是被毀了，即使最後她嫁給了吳二郎，一床大被掩蓋了，婚前無媒苟合，淫奔無恥的罪名也會永遠扣在她頭上了。

恰在這時，外面傳來清脆悅耳的聲音。「咦？誰與誰兩情相悅？」

正是宋甜的聲音！

張蘭溪轉過身，卻見一個穿著白綾襖繫著藍緞裙的美麗少女正立在門外，大眼睛滿是好奇地看向這邊，不是宋甜又是誰？

她一顆心落了地，滿心都是歡喜，走上前挽住宋甜，連忙高聲道：「大姑娘，妳這是去哪兒了？」

宋甜隨著張蘭溪進了屋子，口中道：「用罷午飯，我有些不克化，想著得消消食，就和來取空茶盞的中秋說了聲，讓她幫我看著屋子，然後我就到前面散步去了，誰道不知不覺竟自己走出了庵門，剛才我進來時，守門的老婆子還囉嗦了我兩句呢！」

吳氏眼中的歡喜一掃而空，眼含鋒芒看了張蘭溪和宋甜一眼，又看向吳二郎。「二郎，你是怎麼回事？」

吳二郎一臉迷茫。

他記得自己是按照姑母和娘親定下的計策，來到了宋甜表妹的房間，後面的事卻全忘記了。

吳大太太伸出微顫的手，剛要去掀吳二郎身側的被子，卻聽得一聲尖叫傳出，一個只穿著肚兜的女孩子掀開被子坐了起來——正是吳氏房裡的貼身大丫鬟中秋。

屋子裡靜極了，中秋伸出手臂擋在胸前，不停尖叫著。

張蘭溪攬緊了宋甜——只差一點，在這裡尖叫的女孩子就是宋甜了。宋志遠原本要給宋甜招婿上門的，若是出了這事，勢必惱怒至極，還不知道會如何處置宋甜……如今真是萬幸啊！

宋甜待中秋停止尖叫，這才出聲道：「我記得我爹曾經……收用過中秋……」

她爹宋志遠以好色出名，他不喜年紀小的丫頭，宋府年紀大些又有姿色的丫鬟，通通被他收用過，譬如吳氏的大丫鬟中秋，還有張蘭溪的丫鬟錦兒，以及魏霜兒的大丫鬟冬梅。

這三位其實都是宋志遠的通房丫鬟。

吳氏這才感受到了恐懼——宋志遠自己在外花天酒地，不是在院裡梳攏妓女，就是和有夫之婦勾搭，或者包養外室，卻不允許家裡的女人有二心，他若是知道今日之事，怕不會善了。

宋甜嘆了口氣，道：「太太，您看這可怎麼收場？」

外面傳來魏霜兒的聲音。「咦？怎麼這麼熱鬧？到底怎麼回事？」

吳氏扭頭看去，卻見魏霜兒立在門外，手裡拿著葡萄紫縐紗帕子正在拭嘴角，紫荊、錦兒和冬梅等人都擠在她後面。

吳氏心一橫，道：「沒什麼事，不過是家裡二郎貪玩，咱們且去賞梅花去。」

見眾人都不動彈，吳氏厲聲道：「都擠在這裡做什麼？還不出去！」

眾人剛隨著吳氏到了廊上，便見到宋榆滿頭大汗飛奔而來，一個小姑子跟在他後面。

宋榆跑到廊下，這才停住腳步，也來不及行禮，右手捂著肚子，氣喘吁吁道：「老爺來了！」

他話音剛落，眾女眷便看到宋志遠提著馬鞭子氣勢洶洶走了過來，口中嚷嚷道：「是誰讓來這裡的？」

三年前王姑子得了他的二十兩銀子，幫他和如今知州大人的二房太太在這法華庵裡偷情，這法華庵本是藏污納垢之處，誰敢把他的閨女和妻妾帶過來？

眾人都看向吳氏。

吳氏心知避無可避，臉色蠟黃，上前請安。「老爺，是妾身帶眾人來法華庵燒香求子。」

宋志遠指著宋甜，厲聲道：「妳要求子，帶我女兒來做什麼？」

吳氏面如死灰，無話可答。

這時屋子裡又傳出中秋帶著哭腔的聲音。「我的妝花膝褲呢？」

吳二郎聲音驚惶。「我……我不知……」

宋志遠用鞭子指著吳氏，恨恨道：「妳這賤人！」

張蘭溪心知宋志遠愛面子，忙道：「老爺，這件事……說來話長，咱們不如回家再說。」

回到城裡，宋志遠命紫荊陪宋甜回東偏院歇息，讓魏霜兒陪吳氏回上房待著，冬梅和錦兒守著中秋，自己帶著張蘭溪去了書房。

宋志遠的書房是明間和兩個暗間打通的大通間，十分寬敞。

書架上整整齊齊擺滿了書，花架上茂蘭盛放，幽香暗送，清新雅致。

進宋府好幾年了，張蘭溪還是第一次進宋志遠的書房，若不是她了解宋志遠的為人，單是看這書房，還真有可能誤會他是個酷愛讀書的赤誠君子。

宋竹用托盤送了兩盞紫蘇話梅茶進來，一盞奉給了宋志遠，一盞放在張蘭溪手邊的黃花梨木小几上，然後悄無聲息退下去，關上了書房門。

宋志遠端著茶盞，聞著紫蘇特有的香氣，想著心事。

張蘭溪看著宋志遠沒有表情的俊臉，心中莫名有些傷感。

宋志遠有許多張面孔。

初見時，他急需她的銀子，卻一直若即若離，似近又似遠，招惹得她芳心動盪，不顧別人的勸阻嫁入了宋家。

一下轎子，看到穿著大紅通袖袍，繫著嬌綠緞裙出來迎接的大太太吳氏，她才發現自己上了宋志遠的當——可張蘭溪卻又無話可說，因為宋志遠從來沒說過娶她為妻，話都是媒人說的……

宋志遠想著今日的糟心事，把茶盞放在了身前的黃花梨書案上，抬眼看向張蘭溪。「說吧，今日到底是怎麼回事。」

雖然他嫌張蘭溪沒女人味，可是他心裡清楚得很，內宅這些妻妾，就數張蘭溪最聰慧理智，遇到事情和她商議也能得到一些好的建議。

張蘭溪略微整理了一下思緒，然後把自己知道的都說了出來。說完她抬眼去看宋志遠，卻見他挑了挑右唇角，做了個鄙夷不屑的神情，不由一凜，忙低下頭去。

宋志遠冷笑道：「聽妳說起來，吳氏可是什麼錯都沒有呢！」

張蘭溪沒有答話。

她若是有了感情傾向，宋志遠又怎麼把她留下，聽她說話？

宋志遠閉上眼睛，身子靠回椅背上，靜靜思索著。

他最近新相交了一個叫賀蘭芯的少婦。

賀蘭芯是吏部員外郎賀大人的女兒，與前夫和離後獨居在幽蘭街宅子裡，最是風流肆意，實在是合他的心意，因此他接連在賀蘭芯家裡逗留了兩日。

今日上午，他本想著回家拿些香料送給賀蘭芯，誰知一到家，就從小廝宋榆那裡得知吳氏帶著闔家女眷，與吳大太太母子倆會齊，一起往法華庵燒香去了。

宋志遠差點氣暈。

法華庵是個什麼地方他可比誰都清楚，因此急急趕了過去，誰知果真出了事。萬幸的是出事的不是他的女兒。

他原本便懷疑吳氏的用心，如今聽張蘭溪這一說，心裡更如明鏡似的。吳氏這是要害他宋志遠的獨生女啊！

他這女兒，自有大用途，可不是吳家這債殼子、破落戶能消受的。

片刻後，宋志遠開口道：「妳去和吳氏說，大姐兒的親事，我自有主張，讓她以後不要再插手了。」

張蘭溪答了聲「是」。

宋志遠又開口道：「以後家裡的帳目，妳來管吧，吳氏只管親朋好友女眷間的禮尚往來。對了，既然吳二郎喜歡中秋，妳讓人把中秋送到吳家去吧！」

張蘭溪恭謹地答了聲「是」，抬眼看向宋志遠。「老爺，要不要我去看看大姐兒？」

宋志遠「嗤」的一聲笑了，道：「不必。」

若他一直沒有兒子，宋甜將來勢必要繼承他的萬貫家財。宋甜若是一隻綿軟溫順的小羊羔，將來絕對會被別人生吞活剝吃入腹，他留下萬貫家財，也只是白白給她增加危險罷了。

他宋志遠的女兒，得是一隻有著獠牙的小狼，這樣才能保護她自己，保全這萬貫家財。

魏霜兒陪吳氏在上房待著。

見吳氏臉色灰敗，魏霜兒便安慰道：「太太也不必憂心，吳大舅可是鎮平衛所的千戶，老爺不看僧面看佛面，定不會為難太太的。」

魏霜兒拿了個紅通通的蘋果咬了一口，又道：「再說了，即使為了大姑娘的名聲，老爺也會把這件事蓋下去的。」

吳氏嘆了口氣，道：「三妹妹這是說什麼，我竟沒聽懂？今日之事，頂了天去，不過是我管家不嚴，房裡大丫鬟竟和娘家姪子好上了。」

魏霜兒沒想到到了如今這地步，吳氏還把大家當傻子看，不由冷笑一聲，「咔嚓」一聲咬了一大口蘋果，專心地吃了起來。

正在這時，元宵的聲音傳了進來。「太太，二姨娘來了！」

得知管家權被剝奪，吳氏還不算氣，可是當她聽到要把帳目移交給張蘭溪，一下子氣得發昏，半日才緩了過來。

宋家家大業大，單是每日的銀錢流水，她就能剋扣下來不少——這些都是她的，是她將來的兒子的，絕對不能落入別人手中！

好在她還是宋府的主母，慢慢來，她的東西，她都會重新搶回來。

吳氏躺在床上，心中恨極。

今日之事，都怪宋甜這小賤人！絕對不能放過她！

此時宋甜正在東偏院忙碌。

她今日活動量太大，在法華庵又不怎麼敢吃東西，回到東偏院時饑腸轆轆，看到金姥姥的那隻肥兔子居然還活著，正在竹籠裡吃菜葉子，便主動提出要幫金姥姥把這隻兔子給宰了。

金姥姥還以為宋甜說著玩，笑嘻嘻只是不信——宋甜一個嬌怯怯的姑娘家，如何敢見血殺生？

宋甜正有心試試從她爹那裡拿來的那把匕首，就浸洗掉上面塗的毒藥汁，在磨刀石上磨了又磨，然後當著金姥姥和紫荊的面，把那隻肥兔子給提了出來，一刀割喉，然後手起刀落開始剝皮。

這匕首可真鋒利呢！

也許是前世手刃黃子文的緣故，宋甜宰殺這隻肥兔子時竟有一種極痛快的感覺。

宋甜把宰好的兔子給了金姥姥，自己坐在廊下打量這把匕首，頗有將遇良才的愉悅。

金姥姥見生得嬌弱婀娜的宋甜居然親手殺死兔子，而且如此乾淨俐落，簡直不知道說什麼好了。
她一邊在東偏院的簡陋小灶上做紅燒兔肉，一邊唉聲嘆氣，憂心忡忡。
先太太若是還活著，見姑娘竟然敢殺兔子，一定會好好管教她的……沒親娘的小閨女，可真可憐，這樣下去都要變成野丫頭了，到時候被婆家嫌棄，那可怎麼辦？
雖然心裡擔憂，金姥姥做好紅燒兔肉，又給宋甜炒了道蒜蓉燒菜薹，煮了一碗雞蛋湯——菜薹是她在東偏院小菜園裡種的，雞蛋是她自己養的雞下的。
紫荊給宋甜擺好飯菜，猶自擔心。「姑娘，老爺會不會叫妳過去問話？」
宋甜挾了一塊兔肉吃了，覺得味道鮮香肉質緊實，美味得很，便又挾了一塊，口中道：「我爹不會叫我過去的。」嚼了一塊嚥下，又道：「妳也快去吃吧，一會兒涼了就不好吃了。」
吳氏的大哥，吳二郎的親爹吳順成，乃是豫王府治下鎮平衛所的千戶，她爹一向勢利，不會輕易得罪吳順成的，對吳氏也會維持表面的尊重。
所以今日之事，她爹不會再和她提起。
金姥姥雖然又老又聾，可廚藝實在是高妙，一葷一素一湯都極美味，就連米飯也蒸得軟硬正好，宋甜難得放開肚皮飽餐了一頓。
見宋甜吃完，金姥姥過來收拾碗筷。

宋甜坐在那裡，看著金姥姥的身影，不由得想起了前世之事。

前世宋甜擔心自己出嫁後吳氏不肯贍養金姥姥，就帶著金姥姥去了京城黃太尉府，後來也是宋甜給金姥姥養老送終，把金姥姥安葬在京城西郊的惠安寺墓園。

她給金姥姥入殮安葬，而她自己卻是讓趙臻收屍安葬，人世間的緣分真是說不清楚……

第七章

接下來這段時日，宋志遠終於巴結上豫王府長史蔡和春，常常陪著蔡和春飲酒玩耍。宋府管家之權由張蘭溪接手，她一向辦事妥當，倒也平安順遂。

吳氏以吃齋敬佛為名，不理家事，只負責與各府女眷間的禮尚往來。

宋府難得平靜了下來，宋甜也等閒不出東偏院的門，不是讀書習字，就是待在屋子裡煉製各種藥物，也算頗有收穫。

一個多月時間匆匆而過，轉眼便進入了三月。

三月初一這日，宋府花園裡的瑞香花開了，紫色小花香氣撲鼻，甚是好聞，張蘭溪便請示了宋志遠，在瑞香花前安排了上好酒席，又讓小廝從院裡叫了兩個唱曲的姐兒，請家中女眷一同賞花吃酒。

酒是上好的金華酒，因是女眷飲用，又加了蓮花蜜，清甜可口。

兩個唱曲的姐兒，一個叫張嬌娥，一個叫肖蓮兒，據說都是宛州城的名妓。張嬌娥彈琵琶，肖蓮兒打著紅牙板，齊聲唱曲。

宋甜擎著水晶盞吃著酒，賞著花，聽著曲，覺得愜意之極。

酒過三巡，歌唱兩套，張嬌娥和肖蓮兒放下樂器，花枝招展地向宋府女眷行禮。她們自是知道吳氏是府裡的太太，專門給吳氏行禮。按照規矩，吳氏該吩咐人給兩個唱曲的賞銀，可吳氏如今不管帳了，管帳的張蘭溪因小廝來交帳臨時離開了，吳氏又捨不得拿自己的私房出來打賞，因此端坐在那裡，不提賞銀子的事。

兩個唱曲的有些驚訝，以為吳氏拿喬，便又齊齊行了個禮。

宋甜一直在一邊看戲，到了此時，這才開口吩咐錦兒。「二娘不在，我且做回主，給她們一人封三錢銀子的賞賜吧！」

錦兒答了聲「是」，自去封了兩個紅封給張嬌娥和肖蓮兒。

張嬌娥和肖蓮兒在別家內宅唱，往往只得一錢或者二錢銀子的賞封，見宋甜如此大方，也不理吳氏了，笑吟吟給宋甜行禮。「多謝大姑娘賞賜。」

肖蓮兒最會巴結，貼上來嬌滴滴道：「奴剛學了幾首新曲子，唱給大姑娘聽吧？」

宋甜見肖蓮兒肌膚微黑，濃眉大眼，生得頗為英氣，卻做此小女兒嬌媚之態，不由暗笑，道：「妳唱吧！」

肖蓮兒輕扶羅袖，款擺腰肢，在袖口邊搭著一方大紅絲帕，唱了起來。「舉止從容，壓盡勾欄占上風。行動香風送……」

宋甜覺得肖蓮兒口氣雖大，唱的功夫卻著實不如張嬌娥，不由得微笑，心道：人還是得有幾分真本事的，這樣拿出去說嘴才能讓人信服。

她由此又想到了豫王府即將進行的女官遴選。

前世宋甜的魂魄跟著趙臻，倒也見識過豫王府如何遴選女官。眾多參選女子，只有讀書通文理者才能通過初試，成為女秀才，然後逐級提升，女史，宮官，以至六局掌印，成為尚宮。而尚宮就是女官的最高職位了。

宋甜打算好好準備遴選，從女秀才做起，一直升至尚宮。想到有朝一日，別人會尊稱她一聲「宋尚宮」，宋甜心裡還挺舒暢的。

這時一陣腳步聲傳來，宋甜看了過去，卻見張蘭溪分花拂柳急匆匆走了過來，身後跟著的正是金家的小廝阿寶。

阿寶不到十二歲，還是個小童，不須在女眷這裡迴避。

他走過來先給吳氏行了個禮，又給眾人見禮，然後才道：「我們太太有要緊之事，命我們家大郎來接大姑娘過去說話。」

阿寶用衣袖拭去額頭的汗，繼續道：「我們家大郎正在二門外候著。」

宋甜站起身，看向吳氏，道：「太太，我隨著大表哥去金家看看。」

吳氏好面子，當著外人面是不會為難宋甜的，當下看向張蘭溪。「她二娘，妳吩咐人去給大姑娘安排馬車。」

阿寶忙又拱手行了個禮。「啟稟太太，我們大郎是親自趕著家裡的馬車來的。」

吳氏點了點頭，不再說什麼了。

到了王府後巷金家，宋甜一下馬車，就看到等在二門的舅舅金雲澤、舅母金太太和表嫂謝丹，當即上前，笑盈盈屈膝行禮。

金太太上前一步，不待宋甜行完禮就把她給扶了起來。「大姐兒，先進去說話吧！」

到了上房明間，謝丹自去安排茶點。

宋甜在靠東牆放置的松木圈椅上坐下，看向金雲澤和金太太。「舅舅，舅母，是不是豫王府遴選女官的事有消息了？」

金雲澤點頭。「正是。」

他捋著鬍鬚，緩緩道：「上次妳和我說了之後，我特地和王爺身邊得用的小哥琴劍說了此事，拜託他若是有消息了，就先給我遞個信。」

「今日我到王府應卯，琴劍跟我說女官遴選的事情已經定下來了，三月初十報名截止，若是初選過了，三月二十再由陳尚宮主持面選。」

宋甜當即起身，鄭重地屈膝福了福。「煩請舅舅給我報上名籍。」

金雲澤沈吟，道：「那妳爹爹那邊——」

「我爹那邊，我去和他說，」宋甜笑容狡黠。「我是最能號我爹的脈。」若不是重活過一次，她又怎會知道，對她爹宋志遠來說，只要對方出價合乎他的期待，他就能毫無負擔地把親閨女當做貨物一樣賣掉，而且還會在人前人後得意洋洋地炫耀「我那極得陛下信重的親家黃太尉」，根本不理會別人在背後笑他死皮不要臉，為了巴結奉承把親閨女嫁給了太監姪兒。

不過宋甜有些不能肯定的是在她爹心目中，豫王府的女官和太監姪媳婦相比，到底哪個分量更重些。

也罷，到時候她就大吹法螺，給她爹描繪她到豫王府做女官後美如畫卷的未來好了。

金雲澤見宋甜態度堅決，便道：「既然妳已經決定了，我這就去王府尋陳尚宮，給妳報上名籍。」

宋甜眼睛彎彎。「那晚夕我回去說服我爹。」

金雲澤剛離開，後腳就有客人來拜訪金太太，謝丹要在一邊服侍，宋甜想起金家後面園子裡的那株梨花該開了，便帶著紫荊往後面賞花去了。

趙臻正帶著小廝琴劍在王府花園的松林裡散步。

殿前太尉黃蓮從江南接花石岡回來，路過宛州，特地來豫王府見他。
黃蓮是永泰帝近臣，可這次過來，黃蓮話語間隱隱透露出他是太子趙室的人。
另外，朝中傳出的一些信息令趙臻有些煩。
趙臻不知道永泰帝到底是什麼意思。
太子趙室既嫡且長，為人寬厚，禮賢下士，深得朝臣和百姓擁戴，可永泰帝卻一直暗暗地扶植韓王趙致，好讓趙致在朝中與趙室抗衡。
雖說天家無骨肉，可在兩個親生兒子之間搞制衡，趙臻覺得他這位父皇實在是千古奇葩。
在幽靜的松林裡走了一會兒之後，趙臻的心緒終於平靜了下來。
如今他實力不濟，連被永泰帝利用搞制衡的資格都沒有。
為今之計，他還是繼續韜光養晦，好好經營宛州吧！
趙臻沿著慣常走的路負手而行，不知不覺便踱到了靠近院牆的那段小徑上。
他下意識抬頭看向隔壁的高亭，卻見上面空蕩蕩的，只有一枝開得甚是熱鬧的雪白梨花橫了過來，蜜蜂在邊上「嗡嗡嗡嗡」飛舞著。
琴劍見狀，忽然開口道：「王爺，隔壁便是金校尉家。」
趙臻一愣，這才發現自己不知何時停下了腳步，只顧仰首看那枝梨花。

他「哦」了一聲，收回視線，抬腳向前走去。

趙臻還沒走兩步，隔壁就傳來「蹬蹬蹬」的上樓聲，中間夾雜著女孩子的聲音。「紫荊，妳在下面等著就行，咱家沒有梨樹，我折兩枝梨花帶回家插瓶！」

聲音很熟悉，趙臻很快就想起來了。

他抬頭向上看去，卻見一個穿著紫紗衫子，繫了條白紗繡花裙子的女孩子跑到了隔壁金家的亭子上，伸手去搆探出來的梨花枝條——正是趙臻在獨山腳下法華庵牆上見過的那個女孩子！

見那女孩子爬到了美人靠上去搆梨花枝條，苗條的身子向外傾斜，趙臻忍不住開口提醒道：「哎，妳這樣太危險了！」

宋甜正專心致志搆那枝猶帶花苞的梨花枝條，猛地聽到下面有人說話，聽著是趙臻的聲音，嚇了一跳，身子頓時失去平衡向外栽去。

她忙抓住美人靠上方的欄杆，竭力穩住了身形，然後探頭看向趙臻，笑嘻嘻道：「多謝你提醒我。」

說著話，宋甜終於伸手搆到了心儀的那枝梨花，「咔嚓」一聲掰了下來。

她拿著粉白晶瑩的花枝對著趙臻搖了搖——前世趙臻給端王妃上香時，也給擺在一邊的她的蓮位上香，靈前供奉的果子一般是鴨梨、白梨、紅梨等各種梨子，而供奉的香花最多的便是梨花，所以宋甜猜測趙臻大概是喜歡吃梨，喜歡梨花。

趙臻還沒見過這麼皮的女孩子，吁了一口氣，忍不住教育她道：「君子不立於危牆之下，妳方才那樣實在是太危險了。」

宋甜得意洋洋道：「孟子原句是『莫非命也，順受其正。是故知命者，不立乎巖牆之下』，你自己都說錯了，還來指導我！」

趙臻一愣，搖了搖頭，不理這伶牙俐齒的淘氣姑娘了，轉身向前走去。

宋甜趴在欄杆上，目送趙臻離開，心中歡喜得很。

趙臻生得可真好看，不僅臉好看，身材也好得很，身材高䠷，肩膀寬寬，腿也好長啊！

她腦海裡忽然浮現出趙臻行軍途中因陋就簡沖澡時的模樣，臉忽然有些熱。

宋甜羞澀地摸了摸臉，心道：這樣美好的少年，將來不知道便宜哪個姑娘呢？

看著趙臻的背影，宋甜給自己加油打氣。

宋甜啊，妳可得努力啊，一定要讓趙臻平平安安活到九十歲，看看他會娶什麼樣的妻子，他的兒女長什麼樣，還要看看像趙臻這樣俊美的少年郎老了後會是什麼模樣。

晚夕宋甜在金家用了晚飯，又陪著舅母和表嫂說了會兒話，這才乘了馬車，由表哥金大郎護送回臥龍街宋府。

在角門外下了馬車，宋甜讓紫荊回去把梨花插瓶，自己去上房回話。

初一晚上沒有月亮，宋府內宅燈火通明，煞是熱鬧。

進了上房，宋甜卻見房裡除了吳氏、張蘭溪和魏霜兒，還有一個小巧玲瓏頗為秀麗婉約的少婦。

一見面，她很快就想起來了——這位滿頭珠翠、衣飾華麗的少婦，正是賀蘭芯，她爹不久後就要接進門的第四房妾室，她未來的四娘。

當真是該發生的還是會發生，該來的還是會來。由此可見，她想要做的事情有多難。

宋甜心中感嘆著，恭恭敬敬上前屈膝行禮。

吳氏一副慈母之態，指著賀蘭芯吩咐宋甜。「大姑娘，這是幽蘭街賀家姨母，快來給賀姨母見禮。」

宋甜答了聲「是」，看向賀蘭芯，便要屈膝行禮。

賀蘭芯忙起身扶住了宋甜，含笑打量著，口中卻道：「貴府大姐兒生得真好，我瞧這鼻子，倒是像她爹爹，又高又挺。」

這話說的孟浪，宋甜看著她，猜測著賀蘭芯到底是故意還是無意的。

房裡一時靜了下來。

吳氏、張蘭溪和魏霜兒臉上的笑意都凝固了下來。

宋甜卻知這賀蘭芯前世最終還是進了宋府，而且不久就懷上身孕，被吳氏和魏霜兒聯手害死，一屍兩命。而賀蘭芯帶來的大筆金銀，最後都被吳氏搬進上房鎖了起來。

前世的賀蘭芯，是宋府少有的對宋甜友善之人，宋甜不忍心再次見她蹈入火坑，有心讓她知難而退，以救她一命，當下便故意一臉刁蠻道：「我鼻子長得才不像我爹，我鼻頭圓潤些，是有福氣的長相，才不像我爹命硬富貴，一般女子不像太太和二娘、三娘命格特殊，怕是抵不住我爹的刑剋，好多看相的都這樣說的！」

賀蘭芯驚呆了——宋志遠提到這位獨生女時，總是說什麼「乖巧得很」、「特別聽話」、「將來是要招婿上門的」……能說出這番話的女孩子，會和「乖巧得很」、「特別聽話」沾邊？

吳氏、張蘭溪和魏霜兒也都愣住了。

宋甜一向沈默乖巧，待客體面，做事周全，這會兒怎麼突然牙尖嘴利起來？

宋甜好人做到底，索性掰著指頭道：「我爹的確是剋妻相啊，我娘、死去的尹姨娘，還有別的人，都是人死了，銀子留下了，唉！」

賀蘭芯看向在座的吳氏、張蘭溪和魏霜兒，見她們都面無表情，卻都沒有呵斥宋甜，便知宋甜說的是真的，頓時臉色蒼白，強笑著遮了句「是嗎」，就坐了下去。

宋志遠是發女人財起家的，宛州城人人皆知，而且人們背後悄悄議論說宋志遠是剋妻的面相，只是賀蘭芯這些年都是在京城生活，不久前才回到原籍宛州居住的，根本沒聽過這些傳聞。

她雖然和宋志遠打得火熱，卻也沒到暈頭轉向不要命的地步，當下又搭訕了幾句，尋了個藉口便告辭離開了。

吳氏等三人見賀蘭芯走得匆忙，顯見被宋甜的話給嚇壞了，心中都頗快意——賀蘭芯出身高貴，家資豐厚，為人囂張，又得宋志遠喜愛，若是進了門，怕是要把她們都給壓下去了！

送走賀蘭芯後，宋甜笑嘻嘻向吳氏、張蘭溪和魏霜兒討賞。「太太、二娘、三娘，我幫妳們驅走了窺伺我爹的虎狼，妳們給我什麼好處呀？」

她的目的是封這三位的嘴。

這話說的，吳氏倒也罷了，張蘭溪和魏霜兒都直接笑了起來。

張蘭溪親熱地攬著宋甜道：「我的大姐兒，我們少不得要在妳爹面前替妳瞞上一瞞了！」

宋甜眼睛含笑看向吳氏和魏霜兒。「那太太和二娘也得保證不和我爹說，這樣下次再有人找上門，我還可以出手替妳們驅賊。」

其實，她是不想再有女人進入她家這火坑。

宋甜沒有大本事，能救一個是一個罷了。

魏霜兒嬌笑著把紅紗帕子甩到宋甜肩上，道：「大姑娘，放心吧，今日多虧妳呢！」

吳氏忽然問道：「大姑娘，妳金家舅母接妳去，有什麼事？」

「沒什麼大事，表嫂娘家送了些我愛吃的風乾野兔肉，舅母想著我愛吃，就接我過去嚐嚐。」宋甜微微一笑，看向張蘭溪，轉移了話題。「我爹呢？怎麼還沒回來？」

她爹這段時間一直不和吳氏見面說話，他若是在家，又豈會讓賀蘭芯自己來見他的妻妾？

張蘭溪當即道：「黃太尉押著花石崗回京，經過宛州城，王府蔡長史請黃太尉飲宴，妳爹被請去做陪客了。」

宋甜笑容瞬間凝固——黃太尉終於又來了。

該來的總會到來。那她就勇敢面對吧，大不了又是一死罷了！

想到即將面對黃太尉，也許會再次見到黃子文，想到前世黃子文對她的侮辱、毆打和虐待，宋甜心情有些低落。

她不等紫荊打燈籠來接，與張蘭溪她們搭訕了幾句，便離開了上房，向東偏院走去。

暮春的夜裡，春風和暢，花香浮動，宋甜一邊走，一邊鼓勵自己。

宋甜，黃太尉沒那麼可怕，黃子文更不可怕。前世妳手刃黃子文，這一世妳可以避開他，如果避無可避，妳可以毒死他，可以刺死他，可以買凶殺了他……

在臆想中把黃子文殺死無數次之後，宋甜終於重新鼓起了勇氣，告訴自己：宋甜，重活一世，妳能做的太多了，而不是白白在這裡擔心恐懼！

想通之後，宋甜腳步變得輕快起來，見前面影影綽綽有人打著燈籠走了過來，便提高了些聲音問道：「是紫荊嗎？」

「姑娘，是我。」

果然是紫荊來接她了。

宋甜不由得微笑起來。這一世，她要保護趙臻、保護紫荊，要做的事多著呢，若是遇到黃家的人就害怕，那她還能做什麼？

回到東偏院，紫荊去準備洗澡水，宋甜走進臥室，隨手揭開鏡袱看了看，卻發現自己身上穿著紫紗衫子，繫了條繡紫花的白紗裙，不由抿嘴笑了——原來她今日在臥雲亭上見趙臻，穿的居然是趙臻最厭惡的紫色衣裙，也不知道趙臻當時看著她，心裡有沒有覺得她不順眼……

這一夜宋甜睡得特別香。

一夜無夢。

早上起來，宋甜穿了件白紗衫，繫了條白杭絹繡花裙子，外面則罩了件銀紅比甲，打扮得整齊俐落，端坐在窗前，對著窗外的月季花，翻開書冊，開始誦讀詩書，以應對即將到來的女官遴選初試。

根據前世魂魄追隨趙臻時的見聞，宋甜記得陳尚宮出身江南書香門第，平生最愛宋代蘇軾的詩詞文章，於是她便開始一篇篇朗讀背誦起來。

宋甜正在背蘇軾的〈赤壁賦〉，一個頭髮齊眉的小胖丫頭走了過來，正是張蘭溪新買的小丫鬟繡兒。

紫荊迎上前與繡兒說了幾句話，便引著繡兒來見宋甜。「姑娘，老爺在蘭苑，請您過去。」

宋甜吩咐紫荊拿把松子糖給繡兒，含笑與繡兒說話，沒幾句就把繡兒知道的都問了出來。

原來昨夜宋志遠喝得醉醺醺從外面回來，歇在張蘭溪的蘭苑，早上一醒，他就讓繡兒來喚宋甜過去。

到了蘭苑，宋甜見宋志遠坐在明間內吃粥，便上前行禮問安。

宋志遠昨夜宿醉，今日略顯憔悴。

他看了宋甜一眼，見她神清氣爽，甚是齊整，不由得點頭，道：「我去年在城外買了個莊子，讓人在前面蓋了三間捲棚，三間廳房，建了疊山子花園、井亭和射箭廳；後園讓人挖了個湖，湖裡養魚，湖面養蓮，還可以泛泛舟，湖邊建了個聽雨榭——今日帶妳和妳幾個娘看看去。」

這是前世沒有的事。

宋甜略一思索，試探道：「爹爹，我今日在家有事，就不去了。」

第八章

張蘭溪在一邊侍候，見宋甜居然敢跟一向在家中說一不二的宋志遠頂嘴，不由心驚肉跳，當即看向宋志遠，隨時預備為宋甜解圍。

宋志遠似沒聽到宋甜說話一般，徑直道：「莊子是給妳準備的嫁妝，妳還是去看看吧！」

宋甜打量著宋志遠，猜測他的用意。

前世這個莊子自然也是有的，全家人也一起去過，只是那時吳氏已經有了身孕，她爹志得意滿指著吳氏的肚子，說什麼「孩兒，這都是爹爹給你打下的家業」，根本沒提是為她準備的嫁妝。

宋志遠臉色蒼白，眼睛卻甚是清澈，口氣也溫和得很。「明日便是三月三上巳節，我在莊子裡請客，請眾人賞花吃酒，女眷在後院玩耍就是。」

宋甜總覺得她爹這次叫她一起去莊子，定是藏著什麼心思，再想想黃太尉如今就在宛州，心中更加起疑，當下便道：「爹爹，我有話要和你說。等你用罷早飯，咱們去木香花架那邊說。」

宋志遠難得如此有耐性，唏哩呼嚕把剩下的粥吃了，用清茶漱了口，便起身帶著宋甜去了院子東邊的木香花架。

張蘭溪目送這父女倆的背影，忽然發現宋甜一個嬌怯怯的女孩子，走路時的背影居然與宋志遠一樣，都是背脊挺直，昂首而行。

她低聲和一邊侍候的錦兒說道：「平時瞧著老爺不怎麼關注大姑娘，可畢竟是親父女，到底不一樣，剛才大姑娘衝撞老爺，老爺居然沒事人一般，換了我，怕是老爺一個眼風過來，就嚇得我膝蓋發軟，心兒亂跳了。」

錦兒往四周看了看，見沒有別人，這才輕輕道：「二娘，老爺想要兒子，可咱們進府這幾年，老爺經歷的女人沒有幾十，也算不少了，卻也沒見誰懷上。算來算去，老爺膝下還真只有大姑娘一個了。您膝下沒有孩兒，將來要在宋府養老，得和大姑娘好好處，不要再一味奉承太太了。」

見張蘭溪分明是聽進去了的模樣，錦兒又道：「大姑娘平時不顯山不露水，卻啞巴吃餃子心裡有數，二娘如今能夠管家理事，多虧了大姑娘，您也得自己心裡有數才行。」

張蘭溪笑了，抬手撫了撫錦兒的肩膀，低聲道：「我知道了。」

她以前也覺得宋甜怯懦沈默，又不受宋志遠重視，因此並沒把宋甜放在心上，只是向來與人為善，不交惡罷了。沒想到宋甜過了十四歲，竟似一下子長大了，人越來越好看，性子也越來越爽利，做事算有章法，如今連太太吳氏也被她攏了道，不得不待在上房裡吃齋念佛，連宋志遠的面都見不到……

走到了木香花架下，宋甜停住腳步，掐了一朵嫩黃的木香花，放在鼻端嗅了嗅，這才看向宋志遠，眼神清澈。「爹爹，我得到一個消息，豫王府要舉行女官遴選了。」

宋志遠一愣，卻沒有立即說話，而是看著宋甜，等著她繼續說下去。

宋甜深吸一口氣，道：「我已經讓舅舅幫我在豫王府報上名籍，預備參加遴選了。」

「誰讓妳自作主張的？」宋志遠眉頭瞬間皺了起來，沈聲道：「女官聽著好聽，可妳知道女官是做什麼的嗎？是伺候人的！我宋志遠的女兒，難道還用得著低賤地去伺候人嗎？」

罕得見到宋志遠發怒，宋甜到底有些害怕，可她知道自己不能退縮，不能再像前世一樣，讓宋志遠擺布自己。

她悄悄吸了口氣，讓自己平靜一些，然後開口道：「爹爹，朝廷官員是服侍皇帝的，宮廷女官是服侍皇室的，女官並不比一般做官的低賤。」

「女官陳瑞貞，善書數、知文義，後宮多師事之，被稱女君子，高皇帝讓她管理六尚之事。女官黃惟德在歸家時，皇太后親自作圖及詩賜予她，表彰她的功績。還有女官王怡然——」

宋志遠氣得七竅生煙，高聲打斷宋甜的長篇大論。「我管什麼陳女官、黃女官、王女官，妳是我的獨生女兒，妳得延續宋家的香火，將來我死了，得有墳上祭掃之人，到了地下，我也有臉見妳祖父！」

宋甜見她爹失儀暴怒，自己倒是平靜了下來，忽然開口問道：「爹爹，你是不是已經有了什麼打算？」

宋志遠正在咆哮，聽到宋甜發問，一下子噎了，張了張嘴，這才道：「沒打算。我能有什麼打算？我就是要招婿上門，承繼家業，承繼宋氏香火。」

宋甜上前半步，仰首盯著他的眼睛。「爹爹，你不會是想……把我嫁給哪個太監的養子或者姪子吧？」

宋志遠心事被宋甜猜中，一時說不出話來，結結巴巴道：「胡……胡說什麼！」

宋甜雙手背在身後，圍著宋志遠轉了一圈，口中道：「不是就好。把閨女許給太監姪兒，可是要被人在背後笑話的，將來在《宛州志》裡也要記一筆，『富商宋某，諂媚事某宦官，獻上親女，為鄉里唾棄』。」

宋志遠無言以對。

他昨晚在給黃太尉接風洗塵的席上得知，黃太尉有一個姪兒，生得極好，又聰明伶俐，將來是要承繼黃太尉家業的。

黃太尉疼愛這個姪兒，捨不得委屈他，想要給他尋一個容貌既美、出身又好的閨秀為妻。

宋志遠當下就想到了自家閨女宋甜，還趁著酒意特地問黃太尉，若是親事得成，願不願意將來過繼一個姪孫給外家。

黃太尉竟然滿口答應了，說若是有兩個男孫，就可以過繼一個給姪媳婦娘家。

宋甜見宋志遠神情篤定，並不在意自己的話，就知道他一定和前世一樣，與黃太尉達成了某個約定，當下心一橫，做出羞澀之態。「爹爹，有一件事我一直不敢和您說……」

宋志遠見女兒語氣驟變，剛才還在暴風驟雨慷慨陳詞，瞬間就變成了羞澀扭捏的小女兒情態，心中不禁警覺，試探著道：「到底什麼事？」

宋甜低著頭，握著手，輕言細語道：「舅舅家園子隔壁，就是豫王府花園。舅舅家園子裡有一座臥雲亭，我有次登上臥雲亭，恰好看到了豫王，豫王對我一見鍾情，與我說了好多話，問了我的姓名身世，還交代我報名參加王府的女官遴選……」

宋志遠懷疑自己耳朵聽錯了，打了個哈哈，道：「甜姐兒，跟妳爹開什麼玩笑，哈哈！」

宋甜一臉羞澀，蚊子哼哼似的道：「爹爹，是真的。豫王身材高䠷，肌膚白皙，生著一雙丹鳳眼，鼻子高高的，還挺好看……」

宋志遠雖沒正式管見過豫王，卻也曾在迎接豫王進城時遠遠見過，知道宋甜說的還真沒錯，豫王的確是高個子，小白臉，年紀小又生得好。

他原本是打算明日在城外莊子宴請黃太尉和蔡長史，尋個機會，悄悄讓黃太尉見一見宋甜，若是太尉瞧上了，黃宋兩家就可以商談親事結兩姓之好了——誰知宋甜不顯山不露水，竟然給他劈下這麼一道炸雷。

饒是宋志遠一向狡猾多詐，這下子也不知道該怎麼辦好了。

把宋甜從上到下打量了一番之後，宋志遠心道：甜姐兒能準確說出豫王的長相，而金家確實又在王府花園的隔壁……難道甜姐兒真的見到了豫王？還真的跟豫王說話了？

不過十四、五歲的小姑娘家，最愛自作多情，少年郎看她一眼，她就覺得人家看上她了，就能從對方對她一見鍾情，想像到將來生同衾死同穴，估計甜姐兒也是這種情況。

這個年齡的女孩子，正是倔強時候，與其明著拒絕她，讓她鬧個不休，還不如先糊弄著她，等今晚酒宴上見了蔡長史，再尋個機會打聽一番……

心中計議已定，宋志遠擺出一副慈父面孔。「這件事咱們以後再商議，我已經和妳二娘、三娘說過了，今明兩日全家要去莊子上玩耍。」

他如今厭惡吳氏，話裡話外根本不提吳氏，這次去莊子過上巳節，他也根本沒打算帶吳氏一起去。

宋甜認真地看著他。「那今日爹爹帶著二娘、三娘去莊子上散心兩日吧，我就不去了。」

宋志遠眉頭皺了起來。「家裡人都去，妳為何不去？」

宋甜低下頭，看著腳下被她扯成　片片的木香花花瓣，聲音略帶著些落寞。「明日是我娘的忌辰，我舅舅、舅母每年這一天都要給我娘上墳的。」

宋志遠一下沈默了下來。

原配金氏初亡故的那兩年，每到忌辰，他都會帶著宋甜上墳祭掃。

後來吳氏進門，他又有了新歡，再到金氏忌辰，他就不再上墳祭掃，只是在金氏的蓮位前奉上一支香了。

前些年，吳氏命人把金氏的靈床抬出去燒了，他也就把金氏的忌辰給忘了，連每年的那支香也欠奉了。

宋甜一直在悄悄觀察宋志遠，見他這模樣，便知他此時正心中羞愧，忙乘機道：「爹爹，那我今日就不陪您和二娘、三娘往莊子上去了。」

宋志遠低低「嗯」了一聲。

宋甜眼珠子滴溜溜轉了轉，接著又道：「爹爹，您既然說莊子是我的嫁妝，今日就讓人拿了名帖去知州衙門，把莊子寫在我名下唄！」

聽到宋甜這句話，正在傷懷亡妻的宋志遠當即清醒了過來，皺著眉頭道：「妳又沒有獨立的戶籍，莊子如何能登記在妳名下？」

宋甜經歷了兩世，哪會那麼容易被忽悠。「爹爹，你以為我不知道，按照我朝律法，只要在某地居住滿一年以上，或者擁有土地，就可以登記戶籍。你把莊子的地契寫在我名下，我不就可以登記戶籍了？這樣將來即使我要和離，或者再嫁，這個莊子也都是我的，誰也搶不走。」

宋志遠一向臉皮奇厚，這會兒被女兒將了一軍，難得的臉上有些熱辣辣的，心道：大丈夫一言既出駟馬難追，既然說了莊子是給閨女的嫁妝，提前把地契寫到她名下也是可以的，反正甜姐兒的話也有道理，即使親近如夫妻也要留一手，莊子提前記在甜姐兒名下，未來女婿再不成器，只要甜姐兒不同意，他就不能偷賣這個莊子……

想到這裡，宋志遠慨然道：「好吧！」

宋甜趁熱打鐵。「爹爹，那咱們這就去書房，您寫個帖子，讓宋竹同葛二叔去州衙辦這件事，好不好？」

她爹的這些小廝中，宋槐聰明卻奸猾，宋榆忠心耿耿卻過於老實，倒是宋竹，識文斷字不說，既有忠心，又有辦事能力，倒是可以指望的。

前世她爹暴斃，吳氏只顧著攬財，別的統統不理，家裡家外亂成一片，掌櫃投靠別家，夥計拐了貨物盜賣，小廝偷了金銀文物逃走……倒是生藥鋪的掌櫃葛二叔和管書房的小廝宋竹，一直堅持到與吳氏做好交接，這才告辭離去。

宋志遠沒想到宋甜還挺有眼光——他手底下人裡，就數葛二郎和宋竹為人志誠，辦事能力也強，當下便答應了下來。「那咱們去書房吧！」

宋甜覺得她捉到了與她爹來往的竅門，她陪著宋志遠往外走，口中嘀咕著。「爹爹，你書房裡有一把匕首，我拿去防身了。」

宋志遠覺得女孩子拿把匕首防身也不錯。「那妳小心些，別傷著了自個兒。」

宋甜又道：「我今日要同舅舅他們一起祭拜我娘，爹爹，你看我帶些什麼禮物過去？」

父女倆說著話往前面書房去了。

張蘭溪出來，卻見宋志遠和宋甜已經說著話走遠了，納悶道：「老爺怎麼就走了？他的纓子帽和藍羅褶還沒穿戴呢，這父女倆到底在嘀咕什麼……」

目送葛二叔和宋竹拿了宋志遠的名帖離開書房，往外去了，宋甜這才放下心來，又交代宋榆安排馬車，然後才帶著紫荊回了東偏院。

她怕夜長夢多，換了素淨的衣服妝飾，先去蘭苑和管家理事的張蘭溪說了一聲，然後帶著金姥姥和紫荊登車去了王府後巷金家。

今日金雲澤和金海洋都被豫王府派遣出去了。

金太太已經備好了果品點心、香燭冥紙和金銀錠之類物品，見宋甜來到，就留謝丹看家，自己帶了宋甜乘馬車出了宛州城北門，一徑往北去了——金氏就葬在城北麒麟湖南邊的丘陵上。

宋甜立在一邊，呆呆看著金太太帶著金姥姥往墳上祭臺擺設果品點心。

金太太擺設完畢，拈著兩支香，自家拿了一支，遞給宋甜一支，插在香爐內，帶著宋甜拜下，喚著金氏的閨名低聲道：「靈姐兒，妳活時為人，死後為神。今日是妳的忌辰，嫂嫂帶著妳的女兒甜姐兒，來妳墳前給妳燒一陌錢紙。妳保佑甜姐兒無災無難長命百歲……」

宋甜立在那裡，眼淚滾珠般從兩頰滑下。

她娘臨死前，大約是知道宋志遠這當爹的指望不住，眼睜睜看著她，一直不能閉眼，當真是死不瞑目。而前世的宋甜，所嫁非人，受盡苦難，年少橫死，果真令她娘在九泉之下也不能瞑目……

金太太想起自己剛嫁入金家時，年幼的金氏抱著自己的膝蓋，笑容甜美可愛，甚是依戀自己，如今卻埋在一抔黃土之下，不禁悲從中來，與宋甜哭成一團。

金姥姥坐在地下放聲大哭，就連紫荊也忍不住在一邊拭淚。

宋甜哭了良久，見金太太眼睛都腫了，忙用帕子拭去眼淚，又拿了方潔淨帕子遞給金太太拭淚。

一時祭掃完畢，金太太帶著宋甜去麒麟湖邊的一戶王家食肆歇息。

她家每年過來祭掃，都在這家歇息用飯，彼此都熟悉。

宋甜洗了臉出來，見飯菜還未做好，金太太帶了金姥姥，與王家食肆的老太太在院門外的葡萄架下說話，便和金太太說了一聲，要帶著紫荊和阿寶往湖邊散步。

王家老太太看了看天色，道：「大姑娘，我瞧這天色，過會兒怕是要下雨，姑娘記得早些回來。」

宋甜道了聲謝，帶著紫荊和阿寶往湖邊去了。

麒麟湖畔景色美麗如畫，漫天碧桃映著一江碧玉似的麒麟湖，竟如仙境一般。

宋甜繞著湖邊小徑散步，沈浸在湖光山色之中，心裡的煩悶一掃而空。

明日才是三月三上巳節，因此今日湖邊沒什麼人煙，極為幽靜，只在前方不遠處的老柳樹下，一個戴著斗笠披著蓑衣的人正在垂釣。

宋甜覺得此情此景很像前世在黃太尉那裡見過的一幅傳世名畫「老叟孤釣圖」，注目良久，忍不住走了過去，站在距離釣叟不遠的地方，看那釣叟釣魚。

還沒等那釣叟釣上魚來，宋甜發現陽光不見了，抬頭一看，烏雲罩頂，天色變暗，眼看著就要下雨了，忙提醒那釣叟。「哎，釣魚的，快下雨了，你快去避雨吧！」

那人聽到宋甜聲音，扭頭看了過來。「我有傘。」

斗笠的寬沿遮住了這人的大半張臉，只露出雪白尖俏的下巴，分明是個年輕人。

宋甜只覺得聲音莫名的熟悉。

她知道自己該飛奔離開，可雙腿發軟，雙腳移動不得，只是呆呆看著眼前的人。

那人站起身來，伸手取下了斗笠，竟是一個二十四、五的年輕男人，白白嫩嫩一張瓜子臉，眉眼如畫，十分秀逸。

正是黃子文的親叔叔，當今永泰帝寵愛的大太監，殿前太尉黃蓮。

宋甜呆若木雞，腦子裡只剩下一句話——爹爹不是說今日要在城西莊子上舉辦晚宴，招待黃太尉和豫王府的蔡長史，為何黃太尉會在這裡？

黃蓮見眼前這美麗可愛的少女變成了一隻呆頭鵝，不由笑了起來，仰首看了看天色，溫聲道：「雨真的要下來了，也罷，我送妳三把傘吧！」

他一向不是熱情和善的人，可眼前這個小姑娘卻莫名地令他覺得熟悉和喜愛。

宋甜沒有說話，只是看著黃蓮。

黃蓮見眼前這少女靜靜看著自己，眼睛生得極好，黑白分明，盈盈欲滴，眼皮微紅，似乎下一秒就要流下淚來，不由微怔。

這時隱藏在蘆葦叢裡的衛士現身出來，拿了三把傘遞給了紫荊和阿寶。

宋甜看著黃蓮，心道：我怕見他做什麼？前世他除了一心一意想讓姪兒娶我，也沒別的壞心思，反倒對我十分慈愛……

這時候雨已經開始下了，湖面被雨滴激起無數漣漪。

宋甜接過紫荊遞來的傘，遮住漫天雨滴，向黃蓮屈膝福了福，低聲道：「多謝。」

她轉過身去，擎著傘向來路走去。

黃蓮目送宋甜單薄的背影消失在雨幕之中，心中莫名有些悲涼。

他嘆了口氣，剛轉過身，親信衛士就低聲稟報道：「大人，蔡大人來了。」

黃蓮嘴角噙著一絲笑。「蔡和春倒是來得不巧，雨正好下起來了。」

湖面上不知何時出現了一艘烏篷船，向這邊駛了過來。

烏篷船停靠在簡陋的碼頭上。

一個黝黑瘦小約莫二十七、八歲的無鬚男子鑽出烏篷船，跳到了碼頭上。一個青衣小廝背著氈包打著傘跟在他的後面。

黃蓮打著傘立在那裡，衛士隱蔽地散在四周警戒。

那男子走上前，拱手行禮。「卑職見過太尉大人。太尉大人迎接花石崗辛苦了。」

「為陛下效力，哪裡敢說辛苦？」黃蓮微笑。「倒是蔡長史，人在王府，心在京城，也算是勞心勞力了。」

蔡長史上前給黃蓮行了個禮，嘴角扯了扯。「蔡某是豫王府的屬官，自然該多用些心的。」

兩人一邊說著話，一邊漫步往前走去。

第九章

黃蓮的衛士早在湖邊撐起了一張大油紙傘，傘下是兩套釣魚器具和兩個竹凳。

蔡長史坐在凳子上，一邊往魚鉤上掛魚餌，一邊道：「宛州城內文官由知州江大人領頭，連同地方統制、守禦、都監、團練和各衛掌印千戶等武官，清蹕傳道，人馬森列，專門在宛州城西宋家莊園設宴以待太尉大人，誰知……太尉大人竟在這幽僻之處等著蔡某人。」

黃蓮懶得同他廢話，直接問道：「豫王到宛州後，每日都在做什麼？」

豫王府外鬆裡緊，尤其是豫王內宅，被陳尚宮管理得滴水不入，他安插在豫王府的人，至今沒有傳出關於豫王有價值的消息。

蔡長史瞅了黃太尉一眼，明白他想知道什麼，決定賣黃太尉一個好。「豫王好動，每日不是待在獨山衛所，與那幫糙漢子大兵待在一起，就是在王府內院散散步、寫寫字，倒也未曾結交文官。」

他和黃太尉都是永泰帝的人，只是歸屬不同系統，都明白永泰帝最怕皇子結交文官。

黃太尉得到此訊，不禁微笑，也坦誠道：「豫王不結交文官，陛下也就放心了。」

蔡長史和黃太尉相識於微時，此時與幼時舊交相見，又在這偏僻幽靜之地，忍不住就說了實話。「陛下也太小心了，也就三個兒子，還這樣防備……」

雨滴落在湖面上，激起無數漣漪，遠處群山隱隱，似在煙霧中。

黃太尉眼睛注視著前方湖面，聲音很低。「你自幼在御書房服侍，書也讀了不少吧？難道不曉得我朝迄今為止，沒有一個皇帝壽終正寢？不是被兒子逼宮，就是被兄弟刺殺……陛下不得不防啊！」

蔡長史道：「那為何不防備韓王？」

黃太尉笑了笑，道：「是人都會偏心。陛下寵愛蕭貴妃，疼愛蕭貴妃所出的韓王，也是人之常情。」

兩個人都沈默了下來。

片刻後，蔡長史起身告辭，登船離去。

麒麟湖與鴨河相通，他乘的船能夠直接駛入宛州城。

黃太尉目送蔡長史的船消失在雨霧濛濛的水面上，吩咐衛士。「回宛州城吧！」

這一面之後，再與蔡和春相見，他是高高在上的殿前太尉，蔡和春是豫王府的長史官，他們只是官場上有一面之交的人罷了，多年前他們在潛邸的往事，早已被歲月湮沒。

黃太尉剛在馬車坐定，就有一個極不顯眼的衛士匆匆跑了過來，湊近車窗低聲回稟道：「啟稟太尉，屬下探得方才那女子，乃是宛州金吾衛衣左所副千戶宋志遠的獨女，閨名喚作宋甜。」

黃太尉聞言，沈默片刻，道：「先回皇船上吧！」

昨日酒宴上，宋志遠經由他的親信，單獨給他請安行禮，孝順了三千兩銀子給他，想買一個實職。

難道今日與宋志遠獨女的相遇，乃是宋志遠的安排？這也不對啊！宋志遠怎麼會知道他的行蹤？

也罷，晚上的酒宴就要再見，到時候叫了宋志遠進見，用言語試一試便知。

宋志遠接受知州江大人囑託，代表宛州的文武官員做東，在城西莊子設晚宴請黃太尉。他請來了宛州最好的廚子，備好了上佳餚饌，請了宛州最出眾的歌妓和小優在莊子上候著。

待一切齊備，雨也停了，宋志遠就請了江大人並宛州眾官員來觀看筵席。

江大人今年三十五、六歲年紀，是正經的兩榜進士，極會做人做官。

他帶著眾官員看了一遍，見大花廳內掛著描金大紅燈籠，鋪著嶄新的紅氈，全套的紫檀桌椅，鋪設著錦繡桌幃，妝花椅墊，為黃太尉準備的是吃看大插桌，為他和蔡長史準備的則是觀席兩張小插桌，其餘地方文武官員都是平頭桌席，而歌姬、小優一旁候著，只等主客來到。

看罷筵席，宋志遠陪著江大人等官員在一旁的捲棚內喝茶等候。

一直等到了天黑時分，差役才來回報，說黃太尉大轎來了。

眾官員忙去迎接，卻見黃太尉坐了八抬八簇銀頂大轎，被無數執事人役跟隨簇擁過來。

蔡長史始終未至。

眾人一直飲宴到了深夜，又把黃太尉恭送到泊在運河碼頭的皇船上。

黃太尉登了船，眾官員依舊不敢散，由江大人帶領著在岸上候著。

這時一個小廝從皇船下來，對著眾官員拱手行了個禮，道：「太尉請宋志遠宋大人過去說話。」

眾官員皆看向宋志遠，都頗為驚訝——宋志遠雖有錢，卻只有一個用錢買來的職銜，連實職都沒有，為何獨得黃太尉青睞？

宋志遠心裡有數，知道是自己送給黃太尉的三千兩銀子起了作用，卻故意裝作吃了一驚，眼睛瞪得溜圓，做作一番後隨著小廝上了皇船。

船房內甚是寬敞清雅。

黃太尉已換上了月白直綴，閒適地坐在圈椅上，見宋志遠上前行禮，也只是說了句「請起」，自有小廝上前引宋志遠坐下。

寒暄兩句後，黃太尉便直奔主題。「宋大人，昨日席上曾聽你提到令嬡，我隱約記得令嬡尚未及笄，還未曾許人家。」

宋志遠心中連連嘆氣，面上卻春風和暢，恭順異常。「啟稟太尉老爺，小女今年十四歲了，的確未曾許人家，不過——」

「不過什麼？」黃太尉眼神銳利看向宋志遠。

昨日宋志遠可是巴結得很，頗有把女兒許給他姪子之意。

宋志遠在心裡埋怨著先斬後奏的宋甜，口中解釋道：「豫王府遴選女官，小女舅父在豫王府做校尉，本著一片疼愛甥女之心，就給小女也報了名。」

黃太尉這下全明白了。

宋志遠昨日酒宴提到自己的獨生女，還提到了以後的過繼問題，的確有聯姻之意，誰知豫王府遴選女官，他的大舅子越俎代庖給他女兒報了名。

想到在麒麟湖見到的那個叫宋甜的女孩子，不知為何，黃太尉總覺得莫名的熟悉，心裡不由自主軟綿綿的，覺得她稚弱可憐，想要保護她、照顧她、給她庇護……

他不知道這種情感類似父母親情之愛，還想著是因為宋甜長得特別的我見猶憐，沈吟了一下，含笑看著宋志遠，意味深長道：「日後不管令嬡中選或是落選，宋大人請務必寫信告知在下。」

宋甜若是中選，他自有安排，也許可以讓宋甜成為他的暗探，為朝廷效力。宋甜若是落選，他打算讓宋甜嫁給姪兒黃子文，這樣也可以對宋甜有所庇護。

黃太尉身為太監，自然是沒有子嗣，早有意過繼姪兒黃子文為嗣子。

宋志遠聞言大喜，忙起身長長一揖。「下官多謝太尉美意。」

黃太尉十分愛財，卻一向取之有道，想到自己收了這宋志遠三千兩銀子，總得有所回報，略一思索，道：「出京時，陛下賜了我幾張空名告身札付，你又無實職，我安排你在宛州提刑所做個理刑副千戶，你可願意？」

宋志遠簡直喜出望外，當即拜倒在大紅地氈上。「多謝太尉，太尉之恩，下官粉身碎骨，莫能報答一二！」

黃太尉微微一笑，吩咐小廝侍候，當場簽押了一道空名告身札付，提筆填上宋志遠名字。

宋甜隨金太太回到了王府後巷金宅。

謝丹帶著一個身材小巧、容顏俏麗的少女在二門迎接，正是謝丹的表妹李玉琅。

李玉琅的父親是淅川衛所掌印千戶李忠。

李忠所在的淅川衛所，隸屬豫王府，因此也給女兒報名參加了豫王府的女官遴選。

他想著金雲澤在豫王府當差，因此送女兒李玉琅來金宅作客，好打聽一下豫王府這次女官遴選的情況。

宋甜記得前世李玉琅嫁給了陝州王都監的次子，隨其夫前往京城，曾去太尉府見過自己。

後來黃太尉失勢，她們就再也沒見過面。

如今與李玉琅重逢，想起前世舊事，宋甜覺得恍似一場夢。

李玉琅和宋甜年齡相仿，又都活潑好動精力旺盛，因此頗為投契，很快熟悉起來，談笑著往金家後園盪鞦韆玩耍去了。

第二天正是三月三上巳節，宛州風俗是要到獨山踏青登高的，李玉琅想要去獨山踏青登高，便和宋甜一起攛掇謝丹去求金太太。

謝丹不肯去，笑著道：「爹爹和太郎都不在家，母親不會允許咱們出去玩的。」

三個人正亂成一團，宋家卻派了小廝宋竹領著馬車來接宋甜了。

宋甜心中警戒，便叫了宋竹進來，問他道：「我爹不是要帶著二娘、三娘在莊子上住兩日，怎麼這麼快就來接我了？」

宋竹拱手行禮。「大姑娘，老爺得了實職，新升了宛州提刑所理刑副千戶，命小的接了大姑娘回去。」

宋甜一聽大驚——前世她爹就是把她許給了黃子文，換得了宛州提刑所理刑副千戶這個實職，這世她爹是用什麼換的？

她當機立斷，告辭了金太太等人，乘馬車回了臥龍街宋宅。

和宋甜記憶中一樣，宋府人來車往，熱鬧非凡。

原本寬闊的臥龍街今日也有些擁堵了，宋甜乘坐的馬車被堵在離家門幾步遠的地方。

金姥姥和紫荊陪著宋甜坐在馬車裡。

金姥姥拿著金太太給宋甜做的兩雙鞋細看，嘴裡不停地誇讚著。「……太太的針線活就是好，看這針腳多細密，雲頭兒也比外面人繡得大氣……」

宋甜也不急，坐在馬車裡，聽著金姥姥嘮叨，回憶著往事。

時來誰不來？時不來誰來！

她爹升了從五品的宛州提刑所理刑副千戶這個實職後，她家每日訪客不斷，就連吳氏，結交的女眷也從各個小吏、富戶的娘子，變成了官員太太和舉人娘子。

前世做了她爹妾室的賀蘭芯去世後，喪事煊赫一時，就連知府江大人都來吊喪了。

可等她爹暴亡，門前冷落，先前結交的官員富商親自上門的寥寥，能派家人來吊喪就已經很難得了。

眼看他建高樓，眼看他宴賓客，眼看他樓塌了。從宋家的興亡到黃太尉府的興亡，宋甜不知見識到多少人間冷暖……

馬車開始緩慢移動。

吳氏正陪一群女客說話，聽說大姑娘回來了，當即擺出一副慈母面孔，微笑道：「我們大姑娘去她舅舅金校尉家作客了，家裡今日忙碌，我就命人接她回來了。」

房裡的女眷皆是宛州官員的家眷，大多以前並不與宋家來往，並未見過宋甜，都好奇得很，其中有一位梁皇親家的三太太，心直口快，問道：「宋大姑娘長得可像宋大人？」

吳氏笑容不變。「女兒肖父，自然是很像的。」

梁三太太眼睛看著在座的知州江大人的二太太申氏，拍手笑道：「宋大人生得那樣英俊，宋大姑娘應該也是高眺英氣的姑娘家！」

眾人聞言，彼此心照不宣，都笑了起來。

江二太太還是申三姑娘的時候，曾與宋志遠相好，如今雖然嫁給知州大人做了二房，生了兒子，尊榮富貴，可這些前塵往事，宛州這些富貴人家誰不知道？

申氏端起茶盞，低頭吃茶，並不接話。

反正在座地位最高的章招宣夫人，也是宋志遠情人，而且還是現任情人，要是揭出來大家都沒臉。

說話間，卻見門上鳳尾竹細絲簾子掀起，一個容顏美麗，體態嬌弱婀娜的少女走了進來，容光似雪，杏眼盈盈，纖腰一握，竟是個極出色的美人。

屋子裡一下子靜了下來。

那美貌少女上前屈膝行禮。「給太太請安。」

聲音悅耳，使眾人都沈默了，視線都落在宋甜身上。

她們都以為宋志遠的閨女，若說肖父的話，應該是高眺英氣那種的，誰知竟然是這樣一位我見猶憐的小美人，可又不能說她長得不像宋志遠。

在一邊服侍待客的張蘭溪不禁笑了。

宋志遠是宛州城有名的風流浪子，長相英偉，在座女眷至少三位都曾與宋志遠有交情，卻因吳氏不帶著宋甜出門交際，誰都未曾見過宋甜，都想不到宋甜是這樣一個嬌怯怯的小美人。

張蘭溪給宋甜引薦了在座女眷，宋甜一一見禮，然後便退了下去。

宋甜離開之後，快言快語的梁三太太馬上道：「我的天啊，宋太太，妳家大姑娘如此美貌可愛，妳家居然瞞得這樣緊，若我早些見了，就命官媒來說親了！」

吳氏彎起嘴角笑了笑，分明是皮笑肉不笑——她不是想把宋甜嫁回娘家吳家去嗎？哪裡敢讓宋甜美貌之名傳揚開？

正因為如此，她出去交際，從來不帶宋甜，別人問到宋甜，她也都是含糊過去，說長得像爹爹，給人造成誤會，認為宋大姑娘長得五大三粗像男兒。

眾女眷都笑了起來。

她們也覺得奇怪，如此美貌可愛的小姑娘，若是生在別家，到了說親年齡，怕是早招搖得人人皆知了，誰知宋家竟然藏掖著。不過轉念一想，吳氏是後娘，倒也說得通了。

張蘭溪何等聰明，早知眾女眷想法，含笑解釋道：「各位有所不知，因為我們大姑娘是獨女，所以我們老爺先前一直打算招婿上門的。」

眾人恍然大悟——有點根基的人家，誰會讓自家兒郎做上門女婿？怪不得宋家沒有張揚。

章招宣夫人地位最是尊崇，款款道：「先前？那妳家老爺如今是什麼打算？我家可是有好幾個兒子的！」

她的嫡子娶的是閩州宋巡按的女兒，可家裡還有三個庶子，倒是可以與宋府聯姻。

張蘭溪福了福這才回話。「啟稟夫人，我家大姑娘要參加豫王府女官遴選，親事就先不提了。」

眾女眷都意味深長地笑了——原來宋家是奇貨可居，打算送女兒去侍奉豫王，走一條通天捷徑！

她們沒有一個認為宋家讓如此美貌的女兒參加豫王府女官遴選，是真的打算去做女官。張蘭溪有心解釋，自家大姑娘是真的準備去豫王府做女官，卻也知沒人相信，便只一笑了之。

宋甜離開上房便回了東偏院，舒舒服服泡了個澡便睡下了。

白日她爹還有得忙，等到有時間見她，也已晚上了。

她得養精蓄銳，好與她爹鬥智鬥勇。

一直到了深夜亥時，宋甜才被叫到了外書房。

宋志遠散著頭髮坐在醉翁椅上，小廝宋竹拿著木滾子給他滾身上，行推拿導引之術。見宋甜進來，宋竹行了個禮便要退出去。

宋志遠吩咐道：「在廊下看著，別讓人接近。」

宋竹答應了一聲，退了出去。

宋甜在一邊坐下，見手邊放著美人捶，便拿起來有一下沒一下地在宋志遠肩膀上敲著，口中問道：「爹爹，你這提刑所理刑副千戶是用什麼換來的？不會是用我換的吧？」

想到獻給黃太尉的那三千兩銀子，宋志遠有點心疼，又覺得很值，他閉著眼睛道：「好好敲！」待宋甜用美人捶認真敲打了幾下，才又道：「是我用三千兩銀子買來的。」

宋甜停下了手上動作，只盯著宋志遠。「三千兩銀子是送給了黃太尉？」

前世黃太尉倒臺抄家，單是現銀就抄出了幾十萬兩，沒受賄才怪。

宋志遠覺得女兒實在是聰明，「嗯」了一聲，道：「給妳那個莊子，才花了四百兩銀子；爹爹這個官兒，就花了三千兩！」

聽不是拿自己換的官，宋甜笑了。「爹爹，你這三千兩銀子值得很，你以後做生意，宛州地界誰敢賴你的帳扣你的貨？」

宋志遠睜開了眼睛，眼睛發亮看著宋甜。

「沒想到我的閨女居然是我的知音！」他忍不住發牢騷道：「人人都以為我做這官是為了撈錢，我缺那仨瓜倆棗嗎？我是為了以後做生意更順暢，賺更多的銀子！」

宋甜想起往事，忍不住道：「爹爹，貪贓枉法的事你可別做，你得為我積攢陰德。」

宋志遠沒什麼道德感，也從不怕什麼因果報應，不過想到女兒要繼承家業，他勉為其難地答應了下來。「我儘量吧！」

他又補充了一句。「反正我只是副提刑，大事自有正提刑李大人作主。」

宋甜心裡輕鬆了些，一邊給宋志遠敲肩膀，一邊道：「爹爹，我的地契呢？」

宋志遠閉著眼睛道：「就在書案上那個紫色錦匣裡，妳自己拿去吧！」

宋甜起身去拿，口中道：「我過幾日就要去豫王府參加女官遴選了，爹爹你就沒什麼表示？」

宋志遠「哦」了一聲，道：「那匣子裡有銀票，都是五十兩面額的，妳拿一張吧，明日該買什麼首飾自己去買，衣料什麼的妳不用管，我明日讓咱們鋪子裡的女裁縫拿了料子過去，妳挑選好衣料和款式，再讓她們給妳量身，幾個裁縫一起動手，衣服很快就齊備了。」

宋甜要的就是這句話，拿了地契，就著燭臺看了又看，心裡覺得甚是暖和。

她前世沒有房產和地產，她爹陪嫁的都是金銀，黃太尉給她的都是字畫首飾，這些金銀珠寶字畫首飾，要麼抄家時被搶走，要麼被吳氏扣下，要麼被黃子文揮霍，以至於她落得兩手空空死於非命。

女兒半日沒動靜，宋志遠睜開眼睛看了過去，見宋甜拿著地契對著燭臺細細觀看，心裡莫名有些柔軟，難得大方一次。「妳明日要出去買首飾，就多拿一張吧！」

宋甜前世奉承黃太尉奉承出了經驗，收起地契，拿了兩張銀票過去，笑盈盈道謝。「謝謝爹爹！」

她爹著實慳吝，連最寵愛的妾室魏霜兒都難得弄到他的銀子，至今連件皮襖都沒撈到。不過……如今她懂得怎麼應付她爹了。

宋志遠見女兒領情，心裡滿足，覺得銀子給女兒花，好像也沒便宜外人。

宋甜趁熱打鐵，拿起美人捶給宋志遠敲敲，口中道：「爹爹，我今日在舅舅家，聽到舅母和金姥姥說起我娘的嫁妝，舅母還特地拿出我娘的嫁妝單子給我瞧呢！」

按照本朝律例，女子若是亡故，有親生子女的話嫁妝歸子女，沒有的話，嫁妝須得還給娘家。

第十章

宋志遠面上的笑一下僵了。

金氏的嫁妝，早被他用來做生意了，如今都是他的財產，哪裡還有金氏的嫁妝？

因為死了心，覺得自己應該不會再有兒子了，因此他不再對女兒瞞著家裡的銀錢家產，實話實說道：「妳娘的嫁妝，都被我用去做生意，早沒了。」

宋甜悠然道：「那我娘的那些首飾呢？我舅母說裡面有一套赤金紅寶石頭面，還有一對赤金綠寶石手鐲，是我外祖母的嫁妝，我娘嫁給你時，我舅母讓人拆了重新鑲嵌，給我娘做了陪嫁。」

宋甜外祖母是武將之女，祖輩和金家一樣，曾隨高祖出征，兩家門當戶對，出嫁時十里紅妝甚是顯赫——只是後來金家敗落了。

宋志遠想起來了。「啊，妳娘的首飾，都被吳氏給收起來了！」

宋甜當即道：「爹爹，我娘的首飾，我想留著做念想。」

宋志遠懶得動。「此事以後再說。」

「以後你就忘記了。」宋甜自然不依，她知道她爹最怕什麼，又道：「我好些年沒見我娘的那些首飾了，誰知道是不是被人送到吳家去了呢？」

前世吳氏也曾被宋志遠厭棄過，可是吳氏搞了個月夜焚香，探得宋志遠夜歸，便在角門內對月祈禱，讓菩薩保佑丈夫身體康健，官運亨通，多子多福。

宋志遠在角門外聽到了，很是感動，兩人很快和好。

宋甜要去豫王府了，她打算在離開前做些事情，讓吳氏跌得更狠一些，免得她離開後吳氏再動手腳害人。

宋志遠這下不累了，他眨了眨眼睛，一下子坐了起來。「妳說得有理，咱們這就找吳氏去！」

宋甜放下美人捶，口中道：「既然爹爹要把這件事說開，何不請二娘和三娘做個見證？」

吳氏最好面子，有張蘭溪和魏霜兒這兩個妾室在旁圍觀，效果會更好。

宋志遠很贊同，叫了宋竹進來，讓他喚才十二歲的小廝宋梧和宋桐進來，讓他們分別去請二娘和三娘到上房角門外候著。

宋甜趁熱打鐵。「爹爹，我娘的嫁妝單子呢？」

宋志遠親自開了櫃子，取出當年金氏的嫁妝單子。

捏著泛黃的紙張，宋志遠想起遙遠的往事，心中不勝唏噓，嘆息道：「若不是妳娘陪嫁這六百兩銀子，我哪裡會有今日……」

宋甜心道：爹，此言謬矣，您有今日豪富，不止我娘的六百兩銀子，還有歌妓出身的尹妙兒帶進來的八百兩纏頭銀子和張蘭溪嫁進來時帶的上千兩銀子。

她看向自己的爹，眼神複雜。

她爹真真是靠長得英俊哄騙女人發女人財起家的啊！英俊的男人不少，可像她爹這樣哄女人哄出一番事業的男人，真的可以記入宛州志了。

宋志遠感慨了一會兒，把嫁妝單子遞給了宋甜。「妳先收著，到時候再拿出來。」

待事情都安排妥當，宋甜讓宋竹服侍宋志遠梳頭穿衣，自己拿了個空錦匣到外面廊下去了。

紫荊在庭院裡跟宋榆說話，見宋甜出來，便走了過來。

宋甜瞅見，心思就有點活絡了。將來紫荊有了喜歡的人，我可得為她作主。

紫荊走過來，逕自伸手摸了摸宋甜的手背——若宋甜手背是涼的，說明宋甜覺得冷，她就會伺候宋甜穿上手臂上搭著的寶藍繡花寬袖褙子。

現下她發現宋甜的手暖暖的，便沒吭聲。

宋甜把空錦匣遞給紫荊，低聲道：「妳先拿著，等會兒有用。」

一時，宋志遠出來，宋甜便陪著宋志遠，一行人往內院上房去了。

宋志遠帶著宋甜剛走到角門外，便見一叢女貞木後閃出四個人來，當先兩人正是張蘭溪和魏霜兒，後面跟著錦兒和冬梅。

張蘭溪和魏霜兒齊齊上前行禮。

宋志遠抬了抬下巴。「我和太太說話，妳們陪著我。」

張蘭溪笑盈盈答應了。

魏霜兒雙目盈盈看著宋志遠，腰肢款擺走上前，挽住宋志遠的胳膊嬌聲道：「我和二姊自然都陪著你了！」

宋甜最看不得她爹當她的面和妾室及丫鬟親暱，咳嗽了一聲。

宋志遠也知在女兒面前這樣不妥當，抽出手臂，吩咐宋槐。「敲門吧！」

宋槐上前用力拍門。

過了整整半盞茶工夫，元宵的聲音才傳了出來。「來了來了！」

她打開門訥訥解釋道：「太太……都……都睡了，聽說老爺來了，才……才起身。」

宋甜隨著宋志遠進了上房明間。

一進門，她就聞到了撲鼻的甜香，再一看，吳氏眉目鮮明，衣裙華麗，方才分明是在描眉畫眼，塗抹香膏，換上衣裙。

吳氏原本以為宋志遠回心轉意了，特地打扮出來迎接，誰知來的竟然還有張蘭溪、魏霜兒以及宋甜，心中失望，卻不動聲色，引著眾人在明間內坐下，又吩咐元宵去沏茶。

宋志遠擺擺手。「不必。我說完就走。」

他看向吳氏，開門見山道：「如今大姐兒大了，金家問大姐兒她娘的嫁妝，首飾珠寶是妳收起來的，趁今晚我有空，都拿出來吧，當著大家的面交給大姐兒，咱們了結了此事。」

吳氏正拿了一碟宋志遠愛吃的松子送過來，聞言心裡一驚，手中的碟子晃了晃，裡面的松子滑出來好幾粒，落到了地氈上。

她定了定神，把碟子放在小炕桌上，慢慢道：「怎麼突然說起這個來了？都多少年了，我都忘記了。」

宋志遠知道她是在故意拖延，更懷疑吳氏把那些珠寶首飾都拿到娘家了，這可犯了他的大忌，口氣越加不耐。「忘記什麼？金家有嫁妝單子，打官司妳也贏不了，快拿出來吧！」

金氏陪嫁的銀子他拿去用了，他是絕對不會吐出來的；可金氏陪嫁的珠寶，絕對不能落在吳家人手裡。女兒也沒向他要銀子，只說要珠寶首飾做念想，他今日定要讓吳氏交還了。

張蘭溪在一邊，見宋志遠把話說得如此直白，想起了自己帶進來的一千多兩銀子，垂下了眼簾。

魏霜兒是兩手空空嫁進來的，樂得看戲，樂滋滋道：「太太，前頭太太的珠寶首飾，大姑娘小的時候，您幫著收著就是了；如今大姑娘都十四歲了，該讓大姑娘自己保管了，不然金家也不依啊！」

吳氏抬眼看了魏霜兒一眼，手放在小炕桌上，手背青筋暴起，說話卻依舊不緊不慢。「大半夜的，吵嚷得一家人不安，明日再說吧！」

凡是到她手裡的物件，就是她的，誰都別想從她手裡拿走。

宋志遠身子靠回椅背上，緩緩道：「不會都拿回吳家去了吧？」

吳氏聞言，抬眼看向宋志遠，恨恨道：「我倒不是那樣的人！」

她會做出把宋甜嫁到吳家，用宋甜的嫁妝貼補吳家這樣的事，卻絕對不會把已經到了她手裡的金銀珠寶給吳家。

魏霜兒幽幽插了一句。「是或不是，咱們看看先頭太太的嫁妝和首飾不就得了。」

吳氏見魏霜兒居然敢在她面前這樣詆毀自己，冷笑一聲，道：「我們夫妻說話，哪有小老婆插嘴的道理？」

魏霜兒正要回嘴，一直未曾吭聲的張蘭溪忽然道：「三妹妹，妳別耽誤老爺和太太的正經事了。」

眾人都聽懂了張蘭溪話中之意——「妳別被吳氏利用轉移話題」，當即都看向吳氏。

吳氏見無計可施，只得吩咐元宵。「把我那串紫銅鑰匙拿出來。」

若是中秋還在，自然懂得吳氏的意思是讓她藉口鑰匙丟失拖延時間，可惜現今中秋到了吳家，成了吳二郎的通房丫頭，而留下的元宵是個老實人。「太太，咱們房裡沒有紫銅鑰匙，只有一串黃銅鑰匙！」

吳氏氣得閉上眼睛。「原是我記錯了，就是那串黃銅鑰匙。」

待元宵打開櫃子，宋甜這才取出她娘當年的嫁妝單子。「嫁妝單子在這裡呢，爹爹，你來同我一起看著吧！」

吳氏胸口一起一伏，簡直要被宋甜活活氣死了，她死死盯著宋甜，恨不得撲上去掐死宋甜。

宋甜倒不是多在乎那些東西，只是不想娘親的遺物像前世那樣落在吳氏手裡，因此認認真真對著嫁妝單子，把她母親留下的那些珠寶首飾挑了出來，裝進紫荊捧著的錦匣裡。

忙碌了半日，只剩下單子上記錄的一對獨玉鐲子不見影蹤。

吳氏原本在榻上坐著，見眾人都看向她，用手支著額頭，道：「吳家大郎娶親時，我把那對鐲子做禮物送給大郎媳婦了。」

宋甜知道吳氏性情，這對獨玉鐲子是絕對要不回來了，當下便道：「爹爹，夜深了，太太也該休息了，咱們都走吧！」

走到院子裡，宋甜似乎聽到了身後傳來一聲壓抑的哀鳴——是吳氏的聲音。

宋甜沒有停下腳步。

出了角門，宋甜屈膝福了福，跟宋志遠和張蘭溪、魏霜兒道了別，便帶著紫荊離開了。

魏霜兒上前挽住了宋志遠的手，眼神帶勾，聲音媚得可以滴出水來。「老爺，咱們回去吧！」

宋志遠頓時把在場的張蘭溪給忘得乾乾淨淨，喜笑顏開地隨著魏霜兒離開了。

張蘭溪落寞地看著宋志遠與魏霜兒依偎著走遠，這才帶著錦兒往回走。

此時已過子時，一彎娥眉月掛在天際，風吹過竹林，發出簌簌之聲，四周靜極了。

錦兒打著燈籠走在前面，輕輕道：「二娘凡事想開點，男人……不過也就那麼回事，咱們吃好穿好快活過日子就是。」

她自被宋志遠收用後，因缺乏風情，很快就被撂到了一邊，冷落至今，早想開了。

張蘭溪「嗯」了一聲，慢慢往蘭苑走去。

第二天宋甜帶著紫荊，乘坐家裡的馬車，往書院街逛街去了。

書院街是宛州城內最繁華之處，珠寶首飾、綾羅綢緞、胭脂水粉、文房四寶、書冊話本……在這裡都能買到，就連宋家，也在這裡有一個門面三間上下三層專賣洋貨的鋪子。

宋甜在珠寶樓買了一對水滴形銀鑲翡翠耳墜，然後就帶著紫荊直奔書院街後的金桂曲街。

金桂曲街彎彎曲曲，街道深幽，遍植金桂，街道兩旁，不是書肆，就是古玩玉器鋪子。

紫荊覺得自家姑娘心事重重，總是抬頭看天上的日頭，便道：「姑娘，妳是不是想看時辰？我替妳去旁邊鋪子裡問問吧！」

宋甜抿嘴笑了。「不用，咱們慢慢走就是。」

她想找一家汗青書肆。

前世今日，在金桂曲街的汗青書肆，宋甜再次遇到了趙臻。

時至今日，宋甜還記得那時她爹剛當上提刑所副提刑，她為了買幾本與本朝律法相關的書冊給爹爹做禮物，才到書院街這邊的金桂曲街逛，誰知竟又見到了趙臻。

前面一家鋪子門外是木柵欄圍著的小花池，花池裡全是碧綠茂盛的薄荷——這正是前世記憶中的場景，她當即向前走去。

看著鋪子上方的匾額——「汗青書肆」，宋甜大眼睛笑成了彎月亮。「就是這裡了，我聽說這個書肆裡有律法書冊。」

宋甜走了進去，立在那裡打量著眼前這間書肆。

書肆裡靜悄悄的，一排排書架，上面擺滿了書冊，角落裡放著幾盆茂蘭，後窗前擺著一張羅漢床，上面的小炕桌上擺著一套素瓷茶具，茶香裊裊，甚是清雅。

前世宋甜第一次過來，並不知這是趙臻的一個秘密據點。

後來魂魄跟著趙臻，宋甜才知道了許多自己以前不曾知道的事情，比如趙臻並不像他表現出來的那樣與世無爭。

宋甜伸手撫了撫鬢髮，朗聲問道：「請問書肆裡有沒有本朝律法書冊？」

片刻後，窗外傳來熟悉的聲音。「妳買律法書冊做什麼？」

聲音低低的，很好聽，是趙臻的聲音。

宋甜眼睛莫名濕潤了。她凝神盯著窗邊的細青竹絲門簾。

門簾掀開，一個身材高䠷、容顏清俊的少年書生走了進來，鳳眼朱唇，鵝蛋臉龐，膚白如玉，青綃直綴，布鞋淨襪，不是趙臻又是誰？

宋甜看見趙臻就歡喜，眼睛看著他，抿著嘴笑，然後道：「我爹新近得了個與律法有關的官兒，正在興頭上，卻對本朝律法一竅不通，我想買幾本律法書冊送給他。」

趙臻自然已經知道宋甜的身分，看了她一眼，見她正看著自己，杏眼清澈，眼神灼熱，耳朵不由有些臊，移開視線，看向書架，溫聲道：「書在那邊，我幫妳挑選。」

宋甜對趙臻自然是滿心滿眼的信任，「嗯」了一聲，隨著趙臻走到了一排書架前。

趙臻比她高好多呀！

與律法相關的書冊擺的位置有些高，趙臻伸手取下一本，翻看一下，交給宋甜。「妳看看這本《大安律》，這是本朝最基礎的律法。」

宋甜接了過來。「你再幫我挑選幾本。」

趙臻這段時間也在隨著先生研讀本朝律法，自然很熟悉，很快就又幫宋甜選出幾本書。

宋甜抱著這一摞書，眼睛亮晶晶地看著趙臻。「我就買這幾本書！」

趙臻見她滿目歡喜看著自己，毫不懷疑自己是在哄騙她多買書，不由得笑了，開口道：「我叫掌櫃過來結帳。」

他伸手掀開細竹絲門簾，正要出去，忽然又扭頭看宋甜，發現宋甜果真在盯著他看，瞬間有些慌亂，不由自主開口問道：「妳……餓不餓？」

宋甜就等他這句話呢，老老實實點頭道：「餓。」

她聲音中不由自主帶了些委屈。「我用罷早飯出來到現在，什麼都沒吃呢！」

趙臻「哦」了一聲，說了聲「等著」就離開了。

書肆裡只剩下宋甜和紫荊。

紫荊已經認出眼前這個清俊的少年書生，正是在梅溪酒家外面見過的豫王，心中又是害怕，又是擔心，又是疑惑。

她低聲埋怨宋甜。「姑娘，妳不能因為人家長得好看，就傻乎乎問人家要東西吃呀！」

聽聽姑娘方才那語氣，不是撒嬌是什麼？

宋甜瞇著眼睛笑，並不答話。

她還記得前世趙臻親自提了一個食盒過來，那時的她只顧著害羞，一直到離開都沒嚐出點心的味道。

這一次，她可要珍惜這個機會，好好品嚐一下了。

趙臻很快就提著一個食盒過來了。

宋甜毫不客氣地迎上前去接過食盒。「我幫你擺吧！」

她打開食盒，取出裡面的兩碟點心，一一擺放在小炕桌上，這才發現是一碟松子百合酥和一碟醬鯆魚乾。

見宋甜在小炕桌前坐定，清凌凌杏眼盯著兩碟點心，趙臻不禁微笑，在她對面坐了下來，沏了兩盞茶，遞了一盞給宋甜。「妳喝得慣清茶嗎？」

宛州這邊常飲的是果仁泡茶。

宋甜在京城生活過幾年，也習慣了京城的清茶，喜孜孜道：「果仁泡茶太甜了，而且吃松子百合酥和醬鯆魚乾，清茶更配些。」

紫荊在一邊拾掇食盒，聞言心道：姑娘，妳不是最喜歡加了蜂蜜的果仁泡茶嗎？

這時候琴劍過來請紫荊。「姊姊請到後面用些點心吧！」

紫荊看向宋甜。

宋甜正拿了雙竹箸遞給趙臻，見狀忙道：「紫荊，妳儘管去吧！」

宋甜知道趙臻愛吃甜食，把那碟松子百合酥往他那邊移了移。「你嚐嚐這個。」

趙臻看了宋甜一眼，果真挾起一個松子百合酥吃了起來。

宋甜挾了片醬鮒魚乾吃了，這醬鮒魚乾鹹香，與平常吃的糟鮒魚滋味不大相同，便又挾了一片。

趙臻看她愛吃，脫口而出。「愛吃鮒魚嗎？」

宋甜連連點頭。「愛吃。」她又挾了一片醬鮒魚。「只是這鮒魚太過珍貴，難得品嚐。」

「鮮鮒魚滋味更好，」趙臻抿嘴笑了。「下次我得了鮮鮒魚，請妳吃鮮鮒魚。」

鮮鮒魚作為貢品，一直是專供皇室。

趙臻雖然不受永泰帝寵愛，畢竟也是親王，明面上該有的都會有。

宋甜在趙臻這裡才不客氣，忙道：「一言為定！」她生怕趙臻得了鮒魚忘了她，忙伸出尾指。「勾勾手指！」

趙臻還沒見過這麼饞的小姑娘，燦爛地笑了起來，伸出尾指，與宋甜勾了勾，道：「一言為定！」

宋甜笑咪咪看著趙臻，又挾了一片醬鱖魚。

眼前這個少年，曾經抱著滿身鮮血的她的屍體離開，曾經親自把陳尚宮用綾羅綢緞裝裹好的她放進桃花心木棺材裡，親自往她的墓裡揚了第一鏟土……她又如何會跟他客氣？

吃飽喝足，宋甜要離開了，汗青書肆的掌櫃終於出現，把她選購的書冊用紙包好，用紙繩繫緊，微笑道：「盛惠八錢五分。」

紫荊隨即付了帳。

宋甜一出門，就看到門外停著一輛精緻的馬車，她知道這是趙臻安排的，忙回頭和趙臻說道：「我家馬車在書院街口大柳樹那裡等著呢！」

趙臻抬手示意，待車夫把馬車駛近臺階，這才道：「我讓人去和妳家車夫說一聲，妳就乘這輛車回去。」

從這裡到書院街口，距離頗遠，姑娘家步行走過去怕是累得很。

宋甜坦然接受了他的好意，屈膝福了福。「多謝。」

說罷，她便帶著紫荊登上馬車。

趙臻立在汗青書肆外，目送馬車消失在前方轉角處，這才回返汗青書肆。

琴劍緊跟著他進了後院，才小聲道：「主子，王府女官遴選，宋大姑娘也報名了。」

趙臻聽了，看向琴劍。

琴劍沈吟了一下道：「宋大姑娘的父親宋志遠，先前攀上了徐永亭的管家徐桂，在徐永亭過壽時送上了一份厚禮，得了個七品的武官虛銜在身；近來又攀上了黃蓮，得了宛州提刑所副提刑這個從五品的實職。這位宋大人，不僅情場得意，商海馳騁，在官場也善於逢迎左右逢源。」

這樣一個市儈之人，居然能生出宋大姑娘這樣精靈的女子！

趙臻「哦」了一聲，邁開長腿大步流星往前去了。

琴劍也猜不透趙臻的想法，索性不再多想，緊跟著過去。

馬車駛入臥龍街，在宋府前停了下來。

宋甜扶著紫荊下了馬車。

跟車是一個十三、四歲的清秀小廝，他提著宋甜買的那包書，一直送到宋府大門內，交給守門的宋榆，這才拱手告辭。

宋甜忙道：「且慢！」

她急急吩咐紫荊。「拿個紅封給棋書，讓他買點心吃。」

跟車的正是趙臻的貼身小廝棋書，他不肯接賞封，卻沒直接離開，而是笑著問道：「敢問姑娘，如何知道我叫棋書？」

他記得自己從未在宋大姑娘面前出現過。

宋甜理直氣壯道：「我聽到你們公子這樣叫你的呀！」

棋書將信將疑，含笑拱了拱手，告辭離開了。

第十一章

宋甜剛走到二門外，迎面便與一個豔妝少婦碰上，定睛一看，原來是賀蘭芯。

她當下屈膝福了福，心裡卻是一跳，心道：難道賀蘭芯又和我爹好上了？

想到前世賀蘭芯死時滿床是血浸透床褥的淒慘場景，宋甜心裡一陣冰冷。

賀蘭芯是被吳氏和魏霜兒聯手害死的。

宋志遠年底前往京城述職，升了提刑所正提刑，家裡女眷得到消息，置辦酒席慶祝。吳氏親自給懷著身孕的賀蘭芯遞酒，賀蘭芯不肯喝，魏霜兒便在一旁敲邊鼓、說風涼話，最後逼得賀蘭芯連喝了三盞吳氏敬的酒，回到房裡不久就見了紅，當夜便流產身故，連宋志遠最後一面都沒見著。

賀蘭芯伸手扶住了宋甜，見她一雙大眼睛滿是狐疑地看著自己，不禁笑了起來，道：「大姐兒，三月底我父親要過六十大壽，我要回京城與他老人家賀壽，這是來跟妳幾個娘道別，畢竟交往一場。」

上次被宋甜氣走之後，她派人出去探聽，把宋志遠的底細打聽得清清楚楚，知道他剋死了好幾個女人不說，還專發女人財，心中也是怕的。與宋志遠又藕斷絲連了一段時間後，賀蘭芯發現自己實在是迷戀宋志遠，為了保命，這才下定決心回京城讓自己冷一冷。

只是經歷過宋志遠，別的男人她都看不上了，以後可怎麼辦……

宋甜聞言，長吁了一口氣，笑咪咪道：「我有一句話要與賀姨母說。」

她湊近賀蘭芯，用極低的聲音道：「若是喜歡我爹爹，與他私下來往就是，何必非要進我家？」

前世賀蘭芯對宋志遠的癡情，宋甜可是清楚得很。

不進家裡，這樣賀蘭芯就既能受用她爹爹的服侍，又不必承擔財物損失和性命之憂了。

賀蘭芯恍然大悟，笑著在宋甜肩上拍了拍。「妳這小鬼靈精！」

下午張蘭溪帶了宋家鋪子裡的幾個女裁縫過來給宋甜量身裁衣選料子。

宋甜挑選了六套內外衣裙，又吩咐帶頭的女裁縫花四嫂。「花四嫂，給我二娘、三娘也量一量，一人做六套衣裙——這件事就擱在我身上好了，我爹一回來，我就去和他說。」

她爹實在是小氣，再加上以前一直是吳氏管家，吳氏更加慳吝，家裡女眷的衣裙首飾都是有數的，宋甜自己也一直緊巴巴的，又還在長身子，往往得把舊衣服修改了再穿。

最重要的是，單是她給二娘、三娘做衣服這件事，就能把吳氏氣個半死。

吳氏老是覺得家裡的產業都是她的，是她未來兒子的，誰多花多用了一點點，她都心疼難忍。而宋甜就是要她日日難受。

花四嫂答應了一聲。「我們都聽大姑娘的。」

想到宋志遠的脾氣，花四嫂忙又交代了一句。「大姑娘一定記得和老爺說，免得我沒法報帳。」

宋甜安撫她。「放心吧，我自有主張。」

張蘭溪攬著宋甜，笑得嘴都合不攏。「大姐兒，今日可真是得謝謝妳！」

魏霜兒得到消息趕了過來，心知是宋甜做的主張，卻依舊嘴硬。「嫁漢嫁漢，穿衣吃飯，我只管領老爺的情好了。」

宋甜原本便是為了給張蘭溪做衣服，同時氣吳氏，根本不把魏霜兒的想法放在心上，笑了笑，沒說什麼。

晚上宋甜給宋志遠送書，順便把給張蘭溪和魏霜兒做衣服的事情說了。「……如今太太身子不適，女眷往來，二娘和三娘得出面待客，穿戴漂亮些，也是爹爹你的體面。」

宋志遠躺在醉翁椅上，翻看著宋甜幫他買的《大安律》，口中道：「她們喜歡什麼，不會自己去買？」

宋甜瞅了她爹一眼，知道對她爹這樣的人，絕對不能慣壞，當即道：「我二娘的銀子都被你拿去做生意了，三娘是淨身嫁進來的，她們手裡哪有銀子？」

宋志遠啞口無言。

他狐疑地打量著宋甜，心道：曾聽人講古，說「富不過三代」，人積攢再多家底，再捨不得花用，總會有不肖子孫替他揮霍……難道甜姐兒就是那個揮霍我財產的不肖子孫？

宋甜不知道她爹內心的想法，兀自道：「過些時候我去了豫王府，紫荊和金姥姥暫時要住在家裡，爹爹你幫我關照她們一些，別讓人趁我不在時欺負她們……」

宋志遠忍不住坐起來打斷宋甜。「妳怎麼知道妳就一定能通過豫王府的女官遴選？」

宋甜眨了眨眼睛，理直氣壯道：「因為豫王喜歡我呀！」

宋志遠悻悻躺了回去，心道：等妳發現全是自己自作多情，妳就老老實實嫁給黃太尉的姪兒吧！豫王身分太高，高如雲端，高不可攀，可黃太尉能讓我做提刑所副提刑，就能讓我擠掉李提刑，成為正提刑……

夜幕降臨，豫王府松風堂靜悄悄的，草叢裡小蟲在鳴叫，剛剛掛上的月白宮燈在晚風中微微晃動，散發著幽幽光暈。

趙臻送走來給他授課的大儒方同鶴，剛回到書房，琴劍就在門外通稟。「王爺，陳尚宮在外面候見。」

趙臻略一思索才道：「請她進來。」

陳尚宮是他母妃端妃娘娘在景仁宮時的舊人，忠心耿耿，為人謹慎，把豫王府內院管理得井井有條。

行罷禮，陳尚宮遞上了一個摺子。「王爺，這是此次女官遴選初選的名單，有幾位我不能決斷。煩請王爺定奪。」

女官遴選，既怕別有用心之人混進來，又得讓別有用心之人混進來，分寸的拿捏就很重要了。

趙臻想起琴劍說宋甜也報名參選了，當下接了過來，打開後先飛速瀏覽了一遍。

待找到「宋氏，小字甜，十四歲，宛州金吾衛衣左所副千戶宋志遠女」這一行字，他心裡莫名先鬆了一口氣。

見宋甜名字前方用硃砂點了一個點，趙臻看向陳尚宮。「陳尚宮，這是──」

陳尚宮恭謹回道：「啟稟王爺，這位宋氏女，其父先攀附太師徐永亨，又投靠殿前太尉黃蓮，立場不明，下官有些難以決斷。」

趙臻腦海裡浮現宋甜熱切望著自己的模樣，低聲道：「宋志遠沒有那麼大的野心，讓她通過吧！」

就算宋志遠有那麼大的野心，他也不怕。

陳尚宮答了聲「是」，接過摺子，又稟告了幾件事，這才退了下去。

三月十五是豫王府女官遴選初試結果公布的日子。

宋志遠提前尋了門路，託人往豫王府打聽，誰知豫王府門戶極嚴，他託的人什麼都沒能打聽出來。

既然盡了力，那結果也就無所謂了。

這日宋志遠進了衙門，與正提刑李鑫升廳，兩邊刑杖羅列，命人帶上人犯，開始查辦案件。

一直忙到了傍晚時分，宋志遠才騎著馬，帶著小廝宋槐回返臥龍街。

他在書房換了衣服淨了手臉，打扮得齊齊整整，打算等天黑出門去見新相交的情人齊三嫂。

齊三嫂是宋家絨線鋪新來的夥計齊三的娘子，二十七、八歲年紀，是個風情萬種的黑裡俏少婦，兩人最近打得火熱。

離天黑還有一段時間，宋志遠就躺在醉翁椅上，讓宋竹給他讀宋甜送他的《大安律》。

宋竹讀不到一盞茶工夫，宋志遠就進入了甜美的夢鄉。

他正睡得迷迷糊糊，忽然聽到宋竹的聲音傳來。「老爺！老爺！您快醒醒！」

宋志遠睜開了眼睛。

宋竹急急道：「老爺，金舅爺家派了小廝阿寶過來傳信，說大姑娘通過了豫王府女官遴選初試！」

宋志遠晃了晃腦袋，終於清醒了些，道：「快叫阿寶進來。」

阿寶年紀雖小，口齒甚是伶俐。「……大姑娘過了初試，李千戶家的姑娘也過了初試，我們老爺說三月十九那日，豫王府會派轎子來接大姑娘去豫王府，參加三月二十由陳尚宮主持的面選，讓大姑娘好好準備一下。」

宋志遠又問了些細枝末節之事，心下也是歡喜，賞了阿寶三錢銀子，讓宋竹送阿寶出去了。他在書房裡踱了一會兒步，最後下定了決心。

黃太尉那邊的交情不能斷，豫王府這條路也得試著走一走，萬一成功了呢？

決心已定，宋志遠吩咐宋竹。「你悄悄去東偏院，把這件事和大姑娘說一下。」事情沒成之前，還是不要大肆宣揚，免得到時候沒選上，甜姐兒面上無光，被人嗤笑。

宋竹答應了一聲，自去傳話。

宋甜正在臨摹蘇軾的《寒食帖》，聞言把筆擱在素瓷筆擱上，含笑道：「我知道了。你和我爹說，我會好好準備的。」

宋竹又補了一句。「阿寶說李千戶家的姑娘也通過了初試。」

宋甜送走宋竹，心裡納悶。若是按照前世軌跡，李玉琅應該是嫁給陝州王都監的次子為妻……難道這一世已經和前世不一樣了？

不過有李玉琅作伴，去豫王府參加面試時她就不孤單了。

轉念宋甜又有了一個疑問。

陳尚宮呈上通過初選的名單時，趙臻看到我的名字，心裡究竟在想什麼？

想到這裡，宋甜心裡有些亂，索性到外面散步去了。

太陽已經落山了，庭院裡黯淡了下來。

宋甜獨自立在欄前，閉上眼睛，聞著晚風中氤氳的月季花香，告訴自己：宋甜，妳進豫王府是為了保護豫王，萬不可像前世一樣，對豫王產生那種小兒女的綺思！

一顆躁動的心漸漸定了下來，宋甜渾身充滿了力量，也不再繼續臨摹蘇軾的《寒食帖》了。

她轉身去了東廂房，開始擺弄她那些瓶瓶罐罐，繼續試煉解毒的方劑。

蔡和春只是一枚棋子，即使扳倒了蔡和春，他背後的人還是會利用別人向豫王下毒，宋甜打算煉製出解毒的方劑，以備不時之需。不過即使是毒藥，也得對症下藥，因此最好能弄到蔡和春的毒，她才能針對毒性煉製解藥。

進了豫王府，她可不能像現在這樣悠閒度日了，須得緊張起來，保護豫王，報答豫王恩情，護得豫王周全，然後她就能海闊天空過自己的日子去。

宋志遠自從到任，每日坐在提刑所衙門裡面，升廳畫卯，問理公事，十分有興頭。

轉眼到了三月十九，這日宋志遠有些坐不住，沒等到下衙時分，就匆匆起身，辭別了李提刑，急急騎馬回到臥龍街。

一進二門，宋志遠下了馬，把馬韁繩扔給迎接他的小廝宋梧，口中道：「家裡有事麼？」

宋梧忙道：「老爺，家裡平靜得很，沒什麼事。」

宋志遠皺著眉頭。「大姑娘那邊也沒事？」

宋梧撓了撓頭。「大姑娘一直待在東偏院，今日未曾出門。」

還是宋槐聰明，忙提點宋梧。「外面有沒有人來給大姑娘下帖子，或者來接大姑娘？」

「沒有沒有！」宋梧連連搖頭。「倒是吳家大舅太太派婆子來給太太請安，三姨娘的娘魏嬤嬤來瞧三姨娘……」

魏嬤嬤沒錢付轎子錢，三姨娘也不肯出，最後還是他和宋桐湊了一錢銀子，打發了抬轎子的。

宋志遠這會兒才不關心什麼吳大舅太太或魏嬤嬤，徑直進了二門。「我去東偏院看看大姑娘去！」

進了東偏院，宋志遠一眼就看到宋甜正蹲在兔子籠前看兔子，當即一拍手道：「我的小姑奶奶，都什麼時辰了，妳還在看兔子！」

宋甜給金姥姥買回來的兔子服了毒藥，算準時辰又給予解藥，正蹲在兔籠前觀察兔子的反應，見她爹來了，忙低聲吩咐金姥姥。「姥姥妳幫我看著兔子什麼時辰醒來。」

金姥姥盯著宋甜的嘴唇，點了點頭答道：「嗯，我知道了。」

宋甜笑著道：「辛苦姥姥了。」

她起身理了理裙裾，屈膝福了福。「爹爹，到明間說話吧！」

這裡離東偏院大門太近了，說什麼話很快就能傳遍全宋府。

宋志遠在明間坐下，往四周看了看，見女兒的屋子十分簡陋，沒什麼擺件，除了牆上掛的幾幅明顯是宋甜臨摹的蘇軾的畫外，就只有幾個不值錢的花瓶陶盆了，渾不像官家小姐的閨房，他心裡一陣心虛，知道是自己疏忽了女兒，別人自然也跟著忽略了，當下便道：「甜姐兒，妳這屋子也太簡陋了，爹爹明日親自給妳收拾收拾。」

他可是最會佈置屋子的！

宋甜正在鏡架前用香胰子洗手，聞言道：「爹爹，我很快就要離開了，再回來不知是何時，佈置這屋子做什麼？」

前世宋志遠去世，她回來奔喪，被吳氏冷淡的攆走。後來黃太尉府被抄家，黃子文虐待她，她逃了回來，卻被吳氏綁住送回給黃子文。

而後回這東偏院，只能是魂夢之中了……

聽了宋甜的話，宋志遠心中陣陣淒涼，他接過紫荊奉上的茶，嚐了一口，也沒嚐出什麼味道，口中道：「說這些喪氣話做什麼？以後爹爹百年了，這宅子都是妳的，家業也是妳的，為何不回來?!」

宋甜整理心情，不再想不開心的事，笑盈盈道：「爹爹，你來做什麼？」

宋志遠見女兒開顏，心裡好受了些，又喝了一口茶，發現是蜂蜜薄荷茶，滋味很特別，便又飲了一口，這才道：「甜姐兒，錢舉人的三姑娘也參加了王府女官遴選，我聽說豫王府派的小轎已經去錢舉人家，接了錢三姑娘往豫王府去了，咱家怎麼還沒動靜？」

他習慣了凡事以錢開路，可豫王府不缺錢，水潑不進，根本打聽不出什麼來，可為這點事去尋蔡長史，又未免有些大材小用。

宋甜沈著得很，用帕子擦拭手上的水珠。「爹爹，反正我已經通過初選了，咱們就等著唄！」

即使真的出了什麼紕漏，這次她落選了，宋甜也會想辦法見到趙臻毛遂自薦，想盡法子讓趙臻留下她。

經歷了前世，宋甜已不是遇事就退縮的人。

山不來就我，我就去就山。此路不通，我就繞路走。

宋甜話音剛落，外面就傳來一陣急促的腳步聲，接著便是小廝宋榆的聲音。「老爺，豫王府派轎子來接大姑娘了！」

宋甜這就要離開了。

她穿了件鵝黃紗衫，繫了條月白繡花裙，髮髻上只插戴著一支赤金鑲嵌的珠釵，出來給宋志遠行禮。

憑我女兒的容色，哪家姑娘比得過？

宋志遠見女兒打扮得甚是齊整，心中很是驕傲。

轉念想到女官遴選可不是皇家選妃，憑的是才華德行，宋志遠心中不免惴惴，拿了一疊銀票交給宋甜，交代她道：「盡力就行，若是選不上，就回家裡，咱家這麼大的家業，盡著妳受用——」

宋甜正滿心感動，卻聽到她爹接著道：「黃太尉很願意與咱家結親，臨行前和我說了，若是妳落選，還要我去信告知他，怕是還想讓他姪兒娶妳……」

想到還要嫁黃子文，宋甜滿心的感動頓時化為烏有，胸臆間滿溢著厭惡與噁心，當下道：「爹爹，我絕對不會嫁黃子文，若是非要我嫁他，我早晚拿刀捅了他！」

宋志遠瞪大眼，不敢相信這樣的話出自一向嬌怯的女兒之口，懷疑自己的耳朵聽錯了。

宋甜趁他說不出話，直接交代道：「爹爹，你若是願意把家業留給我繼承，須得聽我的話，不要和夥計的老婆勾搭，不要吃夜酒行夜路，不要胡亂吃藥，不要隔牆聽到吳氏來個月夜焚香祈禱，就像個傻瓜似的感動！」

宋志遠吐出一口氣。「……哎，走吧走吧！」

父女倆原本的離情別緒都一掃而空，彼此覺得對方甚是討厭。

這時吳氏、張蘭溪和魏霜兒得知消息，也都過來陪宋志遠給宋甜送行。

宋甜行禮拜別眾人，頭也不回出了門，上轎去了。

宋志遠看著轎子離去，這才感覺到宋甜這一去，不知前途如何，也許同在一城也如天涯一般，再難相見，不禁悲從中來，熱淚盈眶，從袖子裡取出一方大紅縐紗帕子拭起淚來。

這大紅縐紗帕子上拴著一副揀金挑牙兒，分明是女子愛物，卻又不知是宋志遠哪個情人送他的定情之物。

在旁陪他的吳氏和張蘭溪看見了都默不作聲，只有魏霜兒仗著素日受寵，撇嘴道：「老爺，這帕子又是哪家娼妓送你的？大紅色的，還拴著副揀金挑牙兒，真是俗氣！」

這話宋志遠可不愛聽，當下甩開魏霜兒，抬腿便走了。

魏霜兒不死心，兀自道：「老爺，園子裡的晚玉蘭開得正好，不如讓人在望花樓上擺酒，再叫來小優兒在樓下彈唱，咱們在樓上飲酒賞花觀月，多有趣味！」

宋志遠正在難過，哪有心思賞花飲酒聽曲子，頭也不回，徑直回了書房。

書房裡書擺滿架，先前宋甜有空就來尋書看，如今她走了，書房裡冷冷清清，沒有一絲人氣。

宋志遠坐在書案後，看著桌上的《大安律》，心裡空落落的。

生個有大志向的女兒，還不如生個沒本事的，至少還能承歡膝下日日看見……

第十二章

宋甜下了轎子，手裡提著一只小小的包袱，隨著負責引路的媳婦進入一個綠樹掩映的院子。

天早已黑透，院子裡掛了無數白紗燈籠，燈籠上寫著「玉梨院」三個字，照得滿院亮堂堂的。

引路媳婦引著宋甜去二樓一個房間，把她交給負責侍候的丫鬟後就離開了。

負責侍候宋甜的丫鬟叫月仙，瘦瘦的，動作索利，卻不愛說話。她把宋甜安置好，只說了聲「我去給姑娘取飯」，便退了下去。

屋子裡點著兩個燭臺，很是明亮。

宋甜起身轉了轉，發現這屋子原本是一間，用一座屏風隔成了內外兩間。

看罷外間，她擎著燭臺又去看裡間，見床帳衾枕雖簡單，卻甚為潔淨，這才放下心來。

宋甜彎腰去摸被子，發現是嶄新的緞被，白棉布裡子，大紅緞面，散發著陽光曬後特有的氣味，心下甚是滿意。

正在這時，外面傳來清脆的女孩子聲音。「宋妹妹在嗎？」

是李玉琅的聲音！

宋甜心中歡喜，忙放下燭臺迎了出去。「李姊姊！」

一個身材小巧、容顏俏麗的少女掀開門簾走了進來，紅衣藍裙，笑容可掬，正是謝丹的表妹李玉琅。

在外間羅漢床上坐下後，李玉琅也不說閒話，湊近宋甜低聲道：「這次過初選的有三十個人，妳是最後一個來到的。我比較早到，後面來的人我都看了，有好幾個熟面孔，都是豫王麾下千戶之女。還有幾個江南口音的和幾個京城口音的，看著都不錯。另外還有幾個宛州城裡的姑娘，對了，長得最漂亮的是一個從晉州來的女孩子，和妳也差不離了，妳明日見了就知道了。」

宋甜對自己的容貌還算自信，聽說那從晉州來的女孩子有和自己差不離的美貌，也很好奇，道：「那明日可得好好見見了。」

李玉琅又帶著宋甜去瞧她住的地方。她的屋子距離宋甜這邊很近，中間只隔了三個屋子，屋子的擺設也都一樣，甚至連枕頭被褥和被子都一模一樣。

宋甜臨離開前，輕輕交代李玉琅。「接下來的這三日，陳尚宮會派人觀察咱們，妳若是想留下，就好好表現，別出什麼紕漏。」

李玉琅眼睛閃爍著。「那我若是不想留下呢？」

聞言，宋甜眨了眨眼睛。

李玉琅踮起腳尖，湊到宋甜耳畔，低聲道：「其實我不想做什麼女官，是我爹非讓我來參選。」

她娘與陝州王都監的夫人秦氏在閨中時就是好友，王都監的次子王霖和她年貌相當，原本兩家都要結親了，結果豫王就藩，王府遴選女官，她爹就擅自給她報了名。

宋甜輕輕道：「妳得考慮好，若不想留下，等陳尚宮單獨見妳的時候，妳直說就是。」

李玉琅想起王霖燦爛的笑顏，一顆心軟綿綿的，「嗯」了一聲，道：「我知道了。」

她雖比宋甜要大一些，可是和宋甜在一起，總有一種宋甜比她大、比她懂事的感覺。

宋甜剛從李玉琅那裡回來，月仙後腳就提著食盒回來了。

飯菜簡單而美味，宋甜用罷晚飯，洗漱完就睡下了。

月仙就睡在外間的羅漢床上。

接下來這三天，宋甜每日作息秩序，得空了就讀書習字，若是累了，就與李玉琅一起，或在樓上賞景，或到院子裡去散步，倒也自在悠閒。

其餘二十八個待選的女孩子，宋甜也陸續都見到了，其中有幾個生得頗有幾分顏色，其中最美的正是李玉琅說的那位來自晉州名叫姚素馨的女孩子。

宋甜見了姚素馨，只覺得她如月下白牡丹，豔麗卻又嫻靜，實在是個與眾不同的美人，自己著實比不上她。這樣的美人兒，若是家世清白，和趙臻倒也相襯。

姚素馨也是一眼看到了宋甜，見她生得嬌美可愛，笑容明媚，心道：這樣紅玫瑰花似的姑娘，居然也來參選豫王府女官，只可惜不知她是誰家安排進來的，不知底細如何……

三天時間很快過去，第四天考試才正式開始。

宋甜等三十個女孩子，排成一隊，在一位女官的帶領下去往陳尚宮住的院子。

院子裡花木扶疏，甚是清雅。

宋甜隨著眾人進入大花廳，見裡面整整齊齊擺放著許多書案，她數了數，發現一共五排，每排六個，總共三十個書案，上面擺放著筆墨紙硯等物品，配的都是簡單的圈椅。

她和李玉琅在最後一排尋了兩個相鄰的位置坐了下來。

一個胖胖的中年女官過來發放試卷。

拿到試卷之後，宋甜先把考卷從頭到尾瀏覽了一遍。

總共有四張試卷。

第一張試卷是摘錄古代典籍中的一句，只需在空白處填充缺的上下文，好在考察的是四書中簡單些的文章，對宋甜來說，並不算難。

第二張試卷考察的是詩詞歌賦，總共兩道題，一道是默寫蘇軾的〈赤壁賦〉，另一道是要作一首詠梅詩。

第三張試卷上只有幾道簡單的算學題。

第四張試卷考察的是策論，試卷正上方寫著題目——「論心術」。

心裡有數之後，宋甜開始提筆答題。

前三張試卷對她來說算得上簡單，真正難的是第四張策論。

答完前三張卷子，宋甜左手支頤，右手食指在宣紙上輕輕描畫。

今日考試，目的是為豫王府招收女官，那她的這篇策論，最好要著重在如何管理王府內院。

約莫一盞茶工夫後，宋甜心中有了成算，提筆寫下了第一句——「為官之道，當先治心」。

認認真真答完題，宋甜檢查了一遍，確定沒有問題，便把試卷擺好，等待著監考女官前來收卷，自己卻看向花廳外的竹林，讓眼睛放鬆放鬆。

花廳外的竹林旁立著兩個人。

宋甜眨了眨眼，定睛一看，發現多出來的那兩個人正是趙臻和陳尚宮。

趙臻戴著網巾，穿著青色直綴，瞧著就是一個俊俏的小書生，他正巧在看宋甜，冷不防宋甜扭頭望向自己，一時有些慌亂，白皙如玉的耳朵尖瞬間變得熱熱的，當下移開了視線，看向一邊的紅漆柱子。

宋甜且不看陳尚宮，一雙黑白分明的大眼睛只顧看趙臻。

趙臻被宋甜看得不好意思，負著手故作鎮定地離開了。

宋甜見他離開，就閉上眼睛假寐。

陳尚宮把這一切都看在眼裡。

這位宋大姑娘一雙大黑眼珠子，居然把我們王爺活生生給看走，她不會像她爹宋志遠一樣，是天生的情場高手吧？還有王爺也挺奇怪，這會兒明明該上騎射課的，卻尋了個理由，換了書生裝扮閒逛過來……難道是為了瞧這位宋大姑娘？

交完試卷出來，這三十個女孩子有的面帶欣喜，有的臉色蒼白，有的失魂落魄，有的成竹在胸……

李玉琅緊張兮兮地拉著宋甜。「甜妹妹，『禹思天下有溺者，由己溺之也』後面三句是什麼？」

宋甜還沒來得及回答，旁邊就有人朗聲道：「『稷思天下有飢者，由己飢之也，是以如是其急也』。」

宋甜抬頭一看，發現是那位來自晉州的美人姚素馨，當下看著她微微一笑。

姚素馨感受到了宋甜的善意，緩步上前。「我姓姚，名香之，小字素馨，是晉州人，妳們兩個都是宛州人嗎？」
宋甜總覺得「姚香之」這個名字有些耳熟，她一邊搜索記憶，一邊含笑道：「我叫宋甜，她是李玉琅，我們都是宛州人。」
電光石火間，宋甜全都想起來了，她看向姚素馨的眼神漸漸冷了下來。
李玉琅親熱地拉住姚素馨的手。「姚姊姊，妳那篇策論的立意是什麼？」
她打聽過了，姚素馨今年十六歲，比她和宋甜都大，因此稱呼姚素馨「姚姊姊」。
姚素馨反問李玉琅。「妳的立意是什麼？」
李玉琅嘆了口氣。「唉！我什麼都不懂，全是瞎寫的。」
宋甜伸手揪了一片竹葉，放在鼻端聞了聞，眼睛微彎，嘴角翹起，微微笑看著姚素馨，一邊聽姚素馨與李玉琅說話，一邊竭力搜尋更多記憶。
前世趙臻中毒身故，韓王趙致奉詔接收了趙臻的軍隊和戰功，一鼓作氣，取得了幽州保衛戰的勝利，把入侵的遼軍趕出了大安國境，聲望與民望達到了頂點；而太子趙室卻在此時傳出了與永泰帝宮妃有染，被廢為庶人，幽居北邙山皇陵，徹底與皇位無緣。
接下來永泰帝暴亡，韓王趙致登基，成為新帝，新帝最寵愛的妃子宸妃正是來自晉州的女官姚香之。
原來姚香之，就是眼前這位姚素馨。也不知她是永泰帝派來的，還是韓王趙致派來的。

姚素馨和李玉琅說著話，卻一直用眼睛的餘光打量著宋甜。

她原以為不過是一次普通的王府女官遴選，沒想到居然會遇上宋甜這樣容貌資質皆為上佳的勁敵。只是這樣出眾的女孩子，明明可以有更光明的前途，為何會來參加豫王府女官遴選？

周遭的燕語鶯聲忽然齊齊停下。

一名瘦得嚇人的女官走了出來，傳話要眾人回玉梨院安心等候，明日放榜。

晚上婆子送來熱水和香胰子等物，宋甜舒舒服服洗了個澡。

她正坐在窗前羅漢床上敞開窗子晾頭髮，李玉琅過來看她了。

負責侍候宋甜的丫鬟月仙極有眼色，見李玉琅過來，分明是要與宋甜說知心話，便尋了個理由出去了。

李玉琅和宋甜坐在羅漢床上說了會兒閒話，她忽然從衣袖裡掏出一個小小的荷包給了宋甜。「甜妹妹，這裡面是些碎銀子，妳拿著賞人用吧！」

宋甜急忙推讓道：「我來時也帶了些，妳自己花用吧，不必給我。」

李玉琅知道宋甜家裡是繼母，手頭一向不寬鬆，有時還得讓金太太貼補，就堅決把荷包遞給了宋甜。「妳拿著，給丫鬟、婆子打賞，要茶要水也方便。」

宋甜聽出她話音不對，忙道：「妳——」

李玉琅湊近宋甜耳畔，用極低的聲音道：「我白日是故意說那些話的，那首詩和策論我都是瞎寫的……不過我爹非讓我來參選，我只能這樣做了。估計明日榜單貼出來，我定是要落選的，這樣回去就可以求我爹答應王家的提親了。」

宋甜很佩服她敢於追求自己的幸福，看著李玉琅的眼睛，輕輕道：「此話以後不可再提。妳策論沒寫好，落榜很正常呀！妳盡力了，妳爹也無法埋怨妳。」

李玉琅雖然大著膽子糊弄過白天的考試了，其實心中惴惴，生怕被揭穿，被宋甜這樣一說，她心中那點不安一下子消失無蹤，點點頭。「嗯！我真是盡力了。」

宋甜和她相視而笑，把那個荷包又塞回她手裡，道：「我如今膽子大了，需要銀錢就會直接去問我爹要，妳不用擔心我。」

李玉琅見她態度堅決，只得把荷包收了回來，和宋甜聊起了和最後一關面試有關的話題。「甜妹妹，明日的面試，會不會考針黹女紅？」

她聽表姐謝丹說宋甜的針黹女紅不算好。

宋甜笑盈盈道：「誰知道呢？也許考如何算帳也未可知。」

兩人說了一會兒話，眼看著亥時到了，李玉琅這才起身回房。

陳尚宮辦事迅捷，第二天早上榜單就出來了，張貼在玉梨院的影壁上。

宋甜和李玉琅一起去看。

宋甜排名第二，而排在第一的正是姚素馨。

看罷自己的名次，宋甜又去找李玉琅的名字，發現李玉琅排在第十二，她忙看向李玉琅——

這次筆試，負責監考的女官早宣佈了，只擇前十名。

李玉琅這次可真是好險，差點就過了！

李玉琅眼睛睜大了，分明也在說「好險啊」。

兩人不禁相視而笑。

看榜的女孩子有的歡喜，有的沮喪，有的歡喜卻竭力壓抑，有的明明難過卻強顏歡笑，各自在影壁前上演著世態萬象。

宋甜看向姚素馨，見她立在那裡，幾個女孩子眾星捧月般圍著她。

姚素馨笑容婉約，氣度雍容，可是那種躊躇滿志之感卻滿溢了出來，令宋甜想到了一句話——

「好風憑藉力，送我上青雲」。

宋甜看了姚素馨一眼，嘴角翹了翹，轉身與李玉琅一起離開了。

不管姚素馨是誰的人，只要她敢對趙臻出手，宋甜就一定會快準狠出手送她上西天。

半個時辰後，那個瘦得嚇人的蘇女官來到了玉梨院，傳話讓排在前十的女孩子前往陳尚宮住的院子。

大花廳內的書案全被搬走了，空蕩蕩的。

十個女孩子都在四周的美人靠上坐下，看著風景說著話，等著叫到自己的名字。被叫走的女孩子都沒有再回來，大花廳裡人越來越少，只剩下四、五個人，其中就有姚素馨。

見宋甜看自己，姚素馨含笑對宋甜點了點頭。

宋甜粲然一笑，正要說話，卻見負責叫名的女官立在花廳門口叫名。「宛州宋志遠女宋甜。」

宋甜答了聲「到」，站起身來，隨著女官去了。

女官把宋甜引入書房就退下去。

簡單雅致的書房裡只剩下陳尚宮和宋甜兩個人。

陳尚宮端坐在書案後，打量著眼前這個女孩子。

的確生得很美，而且越看越耐看。

這幾日觀察下來，她發現這位宋姑娘雖然性格活潑了些、好動了些，可是舉止文雅，做事妥帖，而且最重要的是她具有一定的學識，雖然不算淵博，可是對一名女官來說足夠了。

只是不知其他如何。

陳尚宮直接開口道：「會寫青詞嗎？」

青詞是舉行齋醮時獻給上天的奏章祝文，得用駢儷體，要求格律工整和文字華麗，書寫時需寫在青藤紙上，使用紅色顏料，是當今永泰帝的最愛，若想得到永泰帝的信重，善寫青詞是第一要務。

宋甜雖不會寫，不過前世趙臻薨逝後葬在北邙山皇陵，她的魂魄在那裡滯留了一段歲月，曾經無數次見到瘋了的廢太子趙室書寫出一篇又一篇青詞，哭著讀給先皇永泰帝聽。永泰帝聽沒聽到宋甜不知道，可在那段寂寞無聊的時光裡，宋甜倒是背下許多篇廢太子創作的青詞，左右不用她寫太多篇，夠用了。

宋甜恭謹道：「啟稟尚宮，小女會寫青詞。」

陳尚宮有些動容，想了想，道：「那妳去寫一篇吧！」

宋甜寫好，待墨跡乾了，這才奉給陳尚宮。

陳尚宮見宋甜寫的居然是自己最喜歡的蘇體，用墨豐腴，落字錯落，率意天真，雖然風骨不夠，卻也頗有幾分意趣，心下先有了幾分好感，再細細通讀這首青詞。

「寶籙修真范，丹誠奏上蒼。冰淵臨兆庶，宵旰致平康。萬物消疪癘，三辰效吉祥。步虛聲已徹，更詠洞玄章。」

她讀了一遍後，咀嚼片刻，又看了一遍，心下滿意，道：「字不錯，詞章甚是工整。」

宋甜笑盈盈屈膝福了福。「多謝尚宮稱讚。」

陳尚宮一時被她笑顏晃了眼，心道：這宋甜果真人如其名，是往豫王府送甜來的啊！

想到豫王話語間似乎認識宋甜及其父宋志遠，陳尚宮心中凝重起來，緩緩問道：「除了青詞和書法，妳還擅長什麼？」

生得這樣美，又會寫青詞，還會寫今上喜歡的蘇體字，這樣的女孩子若是入宮，一定會受到永泰帝寵愛的，她的父親既然那樣會鑽營，為何不通過徐太師或者黃太尉把此女送入宮闈？依當今行事作風，若是她一朝得寵，其父封侯則指日可待。

宋甜收斂笑意，用極輕的聲音道：「啟稟尚宮，我初學解毒，正在研究解毒之法，我可以保證，一生一世忠誠於王爺，不再嫁人，不生外心。」

前世趙臻薨逝，陳尚宮遁入空門，她對豫王的忠心，宋甜心中最是清楚，因此敢在陳尚宮面前這般自剖。

陳尚宮頗為動容，盯著宋甜，想看出些端倪來。

宋甜坦然迎上她的視線，眼神清澈，內心堅定。

陳尚宮半日方道：「好了，妳退下吧！」

面試完這十個女孩子，陳尚宮直接去了松風堂，求見豫王。

陳尚宮敘述罷宋甜的原話「我可以保證，一生一世忠誠於王爺，不再嫁人，不生外心」，抬眼看向豫王，卻見他背脊挺直立在那裡，清俊的臉上沒有一絲表情，丹鳳眼波瀾不驚看向窗外，看不出什麼端倪，她當下就去看他的耳朵，發現豫王潔白的耳朵紅得似要滴血。

她這下全都明白了，心道：難道這位宋姑娘，早就心儀王爺，這才到王府來參加女官遴選？

趙臻立在書案後，半晌沒有動彈。

她願意一生一世追隨我？她竟然如此喜歡我？

想著，他胸臆間似有暖洋洋的春風在鼓盪，令手腳輕飄飄的，整個人都飄飄然。這是一種極其陌生的感覺，趙臻簡直不知道該怎麼做才好，眼睛濕潤了，鼻子也有些酸澀。

他吸了一口氣，心道：宋甜可真傻，不過才和我見了幾面，根本不知道我是什麼樣的人，就如此對我，萬一我坑害她呢？這樣的傻姑娘，還是好好留在豫王府吧！

心中計議已定，趙臻轉過身，背對著陳尚宮，啞聲道：「既如此，就留下她吧！安排她在藏書樓當值。先暗中察看，若是當真對孤忠心耿耿，再讓她進入松風堂當值。」

陳尚宮答了聲「是」，退了下去。

到了傍晚時分，陳尚宮親自來到玉梨院，宣佈面選結果。

姚素馨、宋甜、秦英蓮和朱清源四人中選，給假三日，三日後進入王府服役；其餘二十六人每人發放三十兩銀子、一套赤金頭面並一匣蘇州縐紗帕子，恭送回家。

李玉琅就立在宋甜身旁，聽到面選結果，心中歡喜，待陳尚宮離去，便一把抱住了宋甜。「甜妹妹，真好！」

她在宋甜耳畔輕輕道：「咱們都得償所願了，真好！」

宋甜抱了抱李玉琅，心中也是歡喜。「等我到家，我在家裡置辦酒席，請妳和表嫂過去吃酒賞花。」

李玉琅噗哧一聲笑了。「我才不去妳家！妳爹的名聲……」

宋甜訕訕道：「那我到外面請妳好了。」

她爹那「知交」遍宛州的名聲，老早傳揚了出去，堪稱宛州第一情人，誰家敢讓姑娘到她家做客？

第十三章

宋志遠正在李提刑家吃酒，得知宋甜回來，忙和李提刑說了一聲，急急趕了回去。

得知宋志遠回來，吳氏、張蘭溪和魏霜兒早早就在二門外等著了。

見宋志遠把馬韁繩扔給小廝，疾步走來，吳氏三人忙上前屈膝行禮。「恭喜老爺！」

宋志遠驀地停下腳步。「大姐兒中選了？」

魏霜兒越眾而出，挽著宋志遠奉承道：「老爺，大姐兒中選了，以後就是豫王府女官了，咱們宋家一門兩個官兒，也算是宛州城數得上的人家了！」

張蘭溪也笑吟吟捧場。「是啊，大姐兒成了女官，老爺您也面上有光。」

吳氏板著臉，面無表情立在那裡，等著宋志遠尋她說話。

宋甜被選中進入豫王府做女官，勉強也算得上是件體面事，宋志遠好面子，估計要在家裡宴請賓客。

如今宋志遠是實職官員，來往交際的也都是官員了，男客自有宋志遠招待，難道官員家的女眷能讓張蘭溪這個小老婆出面招待？還是得她這大老婆出面迎接待客，她就等著宋志遠過來找她服軟！

宋志遠卻沒那麼歡喜，顯得心事重重。

若宋甜在豫王府能得寵還好，以後自有錦繡前程。

若只是做女官，雖然在本朝女官地位頗高，可往往需要服役到二十五、六歲，到了那個年紀出來，也只能給人做續弦了。

他甩開魏霜兒，徑直進了二門，口中問道：「大姐兒呢？我去看看她。」

張蘭溪道：「大姐兒回了東偏院，正看著人收拾行李。」

宋志遠聽到那句「正看著人收拾行李」，心情更加低落，頭也不回往前走。「我去看看大姐兒。」

魏霜兒看著宋志遠的背影消失在月亮門後，跺了跺腳，便回西偏院去了。

張蘭溪也扶著錦兒離開了。

吳氏看著空無一人的月亮門，恨得牙癢癢，思索著慢慢走回內院上房。

進了上房明間，吳氏這才吩咐元宵。「去看看夏師父用過晚飯沒有。」

法華庵那事之後，宋志遠不許王姑子上門來往，吳氏便和先前來往密切的蓮花庵夏姑子重新續上了交情，這幾日夏姑子帶了兩個徒弟在吳氏這裡的西廂房住著，白日陪吳氏說話，晚夕說唱佛曲，相處十分融洽。

元宵很快就領著夏姑子和兩個小姑子來了。

夏姑子戴著潔淨僧帽，披著茶褐袈裟，長得甚為高大健壯，只是有些溜肩，再加上眼睛過於活泛，顯得略有些猥瑣。

她一進門，就合掌問訊，稱呼吳氏「大菩薩」。吳氏則稱呼她為夏師父，請她一同在螺鈿寶榻上坐下，吩咐元宵和剛買的小丫鬟七夕擺上茶點。

待元宵和七夕擺好茶點，吳氏就吩咐她們帶著兩個小姑子去外面玩。

待房裡只剩下夏姑子了，吳氏這才把自己的煩惱和夏姑子說了。「……前頭留下的這個妮子，真是攪家精，偏偏她爹偏心她，還想把家業都留給她。我還不到三十歲，還能為宋家誕下子嗣，老爺卻根本不進我的屋子……」

夏姑子安慰了吳氏半日。

吳氏心中不平，自言自語道：「這妮子如今要進豫王府做女官了，若是誰能把她這件事給攪黃了，我情願出三十兩銀子。」

夏姑子一聽，眼睛一亮，馬上有了一個主意。「大菩薩，貧尼倒是有一個主意……」

吳氏就等著這句話，當即看向夏姑子。「夏師父，您請說！」

夏姑子輕輕道：「豫王府是親王府邸，自有皇家體面，若是咱們暗中出錢，雇傭一群無賴扮作良民去豫王府喧鬧，揭露大姑娘是剋死親母的命格，大姑娘還能在豫王府做女官嗎？」

吳氏這會兒病急亂投醫，顧不得多想，急急問道：「夏師父，事情能否辦得隱密些？」

夏姑子笑了，道：「大菩薩請放心，和咱們一點關係都沒有，誰能想到您呢？」

吳氏又細細問了問，親自起身拿了兩個五兩一錠的銀子出來。「這十兩是訂金，事成了，我再拿出剩餘的二十兩。」

夏姑子笑咪咪收下銀子。「大菩薩，您且放心吧，貧尼明日就去安排。」

東偏院裡靜悄悄的。

紫荊在房裡收拾行李。

宋甜正在和金姥姥說話，她彎腰看著金姥姥懷裡抱的灰兔子，輕聲道：「這兔子果真是在服藥半個時辰後醒來的？」

金姥姥雙手攥著兔子耳朵，眼睛盯著宋甜的嘴唇，連連點頭。「我一直看著時辰，差不多就是半個時辰。」

宋甜伸手撥了撥兔子的三瓣嘴，細細觀察著，最後道：「再給我準備幾隻兔子，今晚我再試一試。」

她試的這種解藥，是先催吐，然後解毒，需要多次試驗才行。

兩人正說著話，大門外傳來一陣腳步聲，宋甜直起身子。「有人來了。」

金姥姥把兔子放回籠子裡，這才去應門。

過來的正是宋志遠。

宋志遠一進大門，就看見宋甜迎了上來，看著似乎比先前瘦了些，一時竟有些心疼。「怎麼瘦了？是不是豫王府的飯菜不好吃？」

宋甜理了理衣裙，走上前福了福。「爹爹，豫王府的飯菜比咱家可好太多了，咱家都是大魚大肉，肘子豬頭的，油膩得很，豫王府的飯菜精緻清淡美味，更合我的胃口。」

宋志遠聞言，滿腔心疼不翼而飛，悻悻道：「妳不是最愛吃回鍋肉、炙羊肉、風乾雞和滷鴿子嗎？怎麼才去了豫王府幾日，就嫌棄家裡的大魚大肉了？」

院子裡掛著燈籠，宋甜就著燈籠光線，發現宋志遠眼睛亮亮的閃著水光，納悶道：「爹爹，你眼睛怎麼了？」

宋志遠這會兒也沒什麼離情別緒了，道：「剛才過來時，夾道裡掛著燈籠，好多小蟲子在燈下飛，我眼睛被小蟲子迷著了。」

宋甜一心要繼續試驗解藥的藥效，直接開口問她爹。「爹爹，你還有事嗎？」

宋志遠聽出了女兒的不耐煩，垂頭喪氣道：「我沒事。」

宋甜忙道：「我只在家待三天，爹爹，你讓人去多換些一兩一錠的小銀錁子，我走的時候拿走，在豫王府花用著方便。」

宋志遠皺起了眉頭。「妳見了爹爹，難道只想到要銀子嗎？」

宋甜理直氣壯。「爹爹，你是宛州有名的富翁大戶，又是我親爹，我看到你自然就想到銀子了呀！」

宋志遠最後一丁點哀思都沒了，他悻悻地甩了甩衣袖，扭頭就走。

宋甜在後面跟著他。「爹爹，太太這些日子有沒有月夜隔著牆焚香，憂心你中年無子，缺少墳前拜掃之人，祈禱上蒼護佑你身子康健，留心家業，早生子息？」

宋志遠更是氣悶。

還真被宋甜說中了！宋甜離家的第一夜，他晚上歸來，吳氏就搞了個牆內月下焚香祈禱，虧得宋甜提醒過他，宋志遠這才沒有中計。

如今因這事被宋甜調侃，宋志遠面子上到底下不來，「哼」了一聲，擺了擺衣袖，大步流星往前去了，口中道：「唉！真是煩人的小妮子！」

心中卻道：大姐兒到底聰明有見識，以後還是聽她的，少和別人的老婆勾搭，不再吃夜酒、行夜路，不胡亂吃藥……不過這樣的話，活著哪裡還有趣味？也罷，人活一世，草木一生，得快活處就快活得了，何必想那麼多？

想到這裡，宋志遠又快活起來，回到書房坐下，端起茶盞飲了一口，正要吩咐人去兌換小銀錁子，卻聽到宋榆在外面稟報道：「啟稟老爺，京城黃太尉府的田管家派人過來送信。」

宋志遠忙道：「快請進來！」

上次黃太尉經過宛州，宋志遠悄悄賄賂了太尉府的田管家，如今田管家常常與他書信來往，彼此甚是相得。

信使把信遞給宋志遠，便由宋榆領著洗漱用飯去了。

宋志遠展開信紙，細細讀了一遍，發現田管家一則詢問宋大姑娘參選豫王府女官的結果，二則提醒宋志遠，四月初三是黃太尉生辰，宋志遠若是想官運亨通，須得進京與黃太尉賀壽。

看罷田管家寄來的信，宋志遠心道：看來黃太尉真是看中了我的大姐兒，想要大姐兒做他家姪媳婦。

不過既然閨女做了豫王府女官，那就不能再與黃太尉結兒女親家了，那麼該進貢的銀子就少不了了，這次黃太尉生辰，準備一千兩銀子送禮，應該足夠豐厚了……

想到又得花銀子，宋志遠只恨黃太尉不是女子。

若黃太尉是女子，他就能發揮自己最擅長的哄女子技能，把黃太尉哄得舒舒服服開開心心，對他癡心一片，這一千兩銀子自然就能省下來了，說不定他還能從黃太尉那裡得些好處……

嘆息之後，宋志遠吩咐宋竹。「準備筆墨紙硯，我要親自給田管家寫封回信。」
把回信交給信使之後，宋志遠把這件事拋之腦後，叫來生藥鋪的掌櫃葛二郎，讓他明日一早帶了宋榆去銀號兌換二百個一兩重的小銀錁子。
葛二郎心細，問道：「老爺，既然是給大姑娘準備的，要不要在銀錁子上做個記號？」
宋志遠想了想，道：「尋個不顯眼的角落，鐫刻一個咱家的『宋』字，不要太顯眼，米粒大小就好。」
他家這個「宋」字，是宋志遠親自設計出來的，看著跟一朵花似的，與眾不同，專門刻印在宋家鋪子的招牌上和宋家的貨物上。
葛二郎答了聲「是」，自去安排這件事。

宋甜把她爹擠對走之後，換了件寶藍窄袖衫子，繫了條玄色布裙，讓金姥姥門上院門，捋起袖子開始忙碌。
金姥姥養兔子的棚子裡掛著好幾個燈籠，亮堂堂的。
宋甜準備好三份不同的毒藥，分別餵三隻兔子服下，記錄完反應，就和金姥姥、紫荊餵三隻兔子服下同一解藥，然後開始觀察三隻兔子服藥後的反應。
忙碌到了子時，三隻兔子，只存活了兩隻。

宋甜一直在認真研究。

看來這種解藥還不夠完善，須得繼續實驗試煉，到了豫王府，她得想個法子說服陳尚宮，讓陳尚宮允許她在王府也能繼續做試驗。

清晨的豫王府，沈浸在靜寂之中。

昨日下午，豫王出發去了內鄉縣衛所，視察內鄉衛兵器鍛鍊所的情形，留下蔡長史管理王府外事，陳尚宮管理王府內院。

王爺不在王府，作為王府屬官之首的蔡長史依舊謹慎，到了點卯之時，就在承運殿偏殿內點卯。

掌管庶務的王府總管、掌管庫房的典寶、掌管膳廚的典廚、守門的門正門副，以及儀賓和教授，齊齊聚在承運殿偏殿，聽蔡長史訓話。

訓話完畢，眾人散去，各回各房，各司其職。

蔡長史目送眾人離去，在書案後坐了下來，先飲了一盞清茶，這才開始處理公務。

他剛看了一會兒公文，王府門副祁忠就來稟事。

「啟稟蔡大人，外面來了一隊人，在王府正門外喧嚷，說什麼王府新選女官中有一位宋女官，命格極差，曾剋死其母，卻被選入王府，怕是有人要害王爺，他們這些民眾，實在是看不慣這種欺上瞞下的行為，因此特來通報。」

蔡和春聞言，沈吟道：「遴選女官，可是陳尚宮的事……這些人想做什麼？」

祁忠是蔡和春的人，當即道：「陳尚宮仗著是端妃娘娘宮裡的老人兒，王爺也給她幾分面子，一向倚老賣老，若是能藉此讓陳尚宮難堪，倒也是一樁好事……」

蔡和春笑了，吩咐祁忠。「你派人去打探一下，看到底是怎麼回事。」

祁忠答了聲「是」，領命而去，沒過多久就回來了。

聽罷祁忠的回稟，蔡和春思忖了一下，道：「原來是宋志遠的女兒呀……」想到宋志遠送他的那座成色極好的獨玉觀音，蔡和春吩咐祁忠。「這件事你不要出面，去稟了沈勤林就行。」

沈勤林是豫王府的總管，性子執拗，倔得很，總覺得女人應該待在家裡相夫教子，對陳尚宮這種在豫王府位高權重的女官一向反感，今日這件事若是讓沈勤林知道，定會鬧得陳尚宮面上無光。

祁忠答應了一聲，自去安排這件事。

沈勤林得知這件事，果然大怒，命小廝去外面打探了情況，核實後便氣沖沖往和風苑尋陳尚宮的晦氣去了。

和風苑院中間有一個蓮花池，蓮花池中有一座賞魚亭，陳尚宮今日悠閒，正帶領麾下的三位女官高女官、辛女官和蘇女官在賞魚亭裡品茶清談。

如今正是三月末天氣，惠風和暢，蓮池內蓮葉青翠，碧波中錦鯉游動，四人品茶聊天，賞魚吹風，煞是自在。

陳尚宮在王府門房也有眼線，早知了外面那場鬧劇，正優哉游哉等著沈勤林。

她是朝廷命官，沈勤林不過是王爺家奴，心中再不忿，也得規規矩矩給她行禮問安。

沈勤林走得一頭一臉一身的汗過來，見陳尚宮坐在美人靠上，手裡擎著一盞清茶啜飲，旁邊還有丫鬟用宮扇遮陽，悠閒自在，心中更加不忿，勉勉強強躬身行禮。「小的給尚宮請安。」

他又給高女官、辛女官和蘇女官行禮。「給三位女史請安。」

陳尚宮品了口茶，吩咐在一旁侍候的丫鬟。「今日這茶，茶味太淡，沏一壺王爺賞我的雀舌芽茶吧！」

待丫鬟去沏茶了，陳尚宮這才看了滿頭是汗的沈勤林一眼，道：「沈總管說吧，到底何事？」

沈勤林忍著氣，把外面百姓嚷鬧請願，舉報新晉女官宋氏的事情說了，然後道：「此事有辱王府體面，請尚宮大人早些定奪。」

陳尚宮想了想，笑了。「既然事涉宋女官，就請宋女官來處理吧！」

她正好也藉此事看看宋甜，到底是紙上談兵，還是有真理事的本領。

她吩咐蘇女官。「蘇女史，妳去宋府，請宋女官過來處理此事。」

蘇女官答了聲「是」，行了個禮便退了下去。

沈勤林沒想到陳尚宮居然要當事人宋女官自己處理此事，十分不滿，梗著脖頸開口反駁。「陳尚宮，妳選定這個姓宋的女子做女官，激起這麼大的民憤，不黜免她不足以平民憤，妳還讓她來處理這事，這不明擺著護短嗎？」

陳尚宮看傻子一樣望著沈勤林，冷冷斥道：「沈勤林，你這是要教我做事？是王爺交代你的？」

這沈勤林仗著是端妃娘娘的奶哥哥，又傻又倔，還老被人當槍使，留著早晚不利於王爺，還是得尋個理由攆走了事。

聽陳尚宮提到豫王，沈勤林當即想起豫王春風化雨外表下的雷霆手段，滿身的汗瞬間變得冰涼，不由自主打了個哆嗦，不再多說，心裡卻在思忖著如何拾掇那個還沒進王府就招是惹非的宋女官。

宋甜昨夜忙到深夜，又去藥庫拿了些藥物，整整忙到了凌晨才睡下。

到了早上，宋甜要查看昨夜熬的湯藥，就掙扎著起來了。

洗漱罷她對鏡梳妝，發現因為睡得太晚起得太早，眼皮略微有些浮腫，便著意妝扮了一番。妝扮罷，宋甜正在西暗間調配湯藥時，金姥姥來了，說有女眷來家道賀，太太請她去上房見客。

宋甜這會兒一心撲在解藥上，哪有心思見客，便吩咐金姥姥。「就說我身子不爽利，晚點再過去。」

金姥姥離開後，東偏院終於安靜了下來。

宋甜讓紫荊拿著秤銀子用的小戥子，秤了藥粉，自己慢慢往藥湯裡加，一邊加一邊用銀湯匙攪拌著。

剛把藥湯調好，金姥姥就又過來了。這次說是宋志遠陪著豫王府的蘇女官來了。

宋甜聽了蘇女官的話，略一思索，當下明白是怎麼回事——如此損人不利己的事，如今家中怕是只有狗急跳牆的吳氏才會做。

前世她爹去了後，宋甜回家奔喪，吳氏怕宋甜藉著黃太尉之力爭奪家產，也曾用過這種手段，集結了一幫地痞無賴，前往知州衙門舉報宋甜不忠不孝，謀奪家產，毀壞宋甜名聲，弄得黃太尉也不好插手，只能勉強維護。

只是沒多久黃太尉自己也倒臺了……

宋志遠聞言大怒。「這些地痞妖言惑眾，著實可惡，也不知後頭是誰，不如交給提刑所來辦理，左右拿夾棍每人一夾，再打二十大棍，打得他們皮開肉綻，鮮血迸流，不信他們不說實話！」

宋甜覺得她爹的法子挺好，不過暫時還不能用。

陳尚宮既然派蘇女官來叫她過去處理，想必是想看看她的能力，她必須好好表現一下，「射人先射馬，擒賊先擒王」，把背後主使者給抓出來。

心中計議已定，宋甜笑盈盈給蘇女官福了福，請她略等一等自己。

宋府內院上房一明兩暗三間房裡滿滿的都是人，有吳氏的娘家親戚、有張蘭溪的娘家親戚，還有魏霜兒的親娘魏嬤嬤和妹子魏雪兒。

吳氏坐在螺鈿寶榻上陪客人說話，張蘭溪和魏霜兒在一邊遞茶遞點心地待客。

吳大太太陪著吳氏坐在螺鈿寶榻上，見眾人等了良久，屋子裡人又多，怕是都有些焦躁了，就故意提高聲音道：「咦，咱們來賀喜的都坐這麼久了，怎麼大姑娘還不出來見客？莫不是做了女官，嫌棄我們這些窮親戚小門小戶，配不上王府女官的身分了？」

女眷中有些性子浮躁的，心裡想的也是這般，就有人試探著附和道：「可不是嗎？咱們被人這麼嫌棄，還不如現在就走呢！」

話雖這麼說，卻無人起身離開。

張蘭溪乘機道：「屋子畢竟窄狹了些，如今天氣和暖，各位不如到花園的大花廳裡坐著，到底敞亮清爽，我已經命人去接唱曲的張嫦娥和肖蓮兒了。」

女眷們聞言，都有些心動，便看向端坐的螺鈿寶榻上的吳氏——畢竟吳氏才是宋府的大太太。

吳氏用帕子拭了拭唇角，曼聲道：「今日是宋府的大喜日子，請各位親眷在上房坐，畢竟尊重些。」

恰在這時，外面傳來錦兒的聲音。「大姑娘到了。」

眾女眷一下鬆了口氣，向外看去。

第十四章

細竹絲門簾掀了起來，一名嬌怯怯的小美人走了進來，滿頭珠翠，肌膚雪白，雙目盈盈，櫻唇含笑，身上穿著件鵝黃紗衫，繫了條月白挑繡裙子，腰肢裊娜，顯得嬌豔美麗，正是宋府的大姑娘，宋提刑的獨生女宋甜。

屋內頓時靜了下來——都知宋甜美麗，卻未曾見她嚴妝見人，沒想到竟如此奪目。

宋甜上前，眼若橫波，遊目四顧，心下有了數，當即屈膝福了福，給眾女眷行禮。「見過太太。給諸位請安。」

吳氏當著人面，自然恢復成慈母狀態，溫聲道：「大姐兒，方才讓人去叫妳，丫鬟說妳在忙碌，到底是怎麼回事呀？」

宋甜笑容甜美，聲音清脆。「啟稟太太，昨夜我夢到了我娘，早上哭醒了，眼睛都是腫的，想著腫著眼睛見客不合適，尋思等眼睛消了腫，再來給太太和親眷請安。」

眾人都看向她的眼睛，發現眼皮果真微微泛著淺粉，的確是哭過的模樣，便都嘆息起來。

魏霜兒的娘魏嬤嬤當年是受過宋甜生母金氏恩惠的，開口道：「妳娘真是慈善人呀，那時候我家賣糖水，缺少本錢，還是妳娘施捨了六兩銀子給我們做本錢……」

魏霜兒在旁聽到她娘揭當年老底，覺得臉上無光，當即道：「妳這老嬤嬤，妳是熱糊塗了嗎？渾說什麼呢！」

宋甜乘機道：「我已經讓人在花園大花廳擺了酒，唱曲的張嬌娥和肖蓮兒也都過去了，各位也請過去坐吧！」

她不待吳氏開口攔阻，一陣風般就把女客們全請了出去，給張蘭溪使了個眼色，由張蘭溪引著去往大花廳。

吳氏也要起身，卻被宋甜攔住了。

吳大太太和吳二太太見事出蹊蹺，提出要留下陪吳氏。

宋甜給魏霜兒使了個眼色，道：「我有話要和太太說，太太且等一等，三娘陪兩位舅太太去花園大花廳吧！」

魏霜兒是個機靈鬼，心領神會，笑嘻嘻拉著吳大太太和吳二太太離開了。

吳氏心中原本驚疑不定，見客人們都離開了，就連兩個娘家嫂子吳大太太和吳二太太也都被魏霜兒給拉走，越發慌張起來，忙陪笑道：「大姐兒，有什麼話妳就說吧！」

宋甜道：「太太，豫王府派了蘇女官過來，請咱們一家去豫王府說話，爹爹已經命人套了車，在二門外等著我和太太了。」

吳氏心中有鬼，又驚又怕，伸手甩開宋甜。「妳想去妳去，我才不去什麼豫王府！」

宋甜瞧著嬌弱，可常年搗藥、切藥，手中勁道卻不小，她伸手拽著吳氏就往外走。「太太，豫王府派來的蘇女官也在二門外等著您呢，快隨我過去吧！」

吳氏聽了，更害怕了，想要掙扎，卻身不由己，被宋甜生拉硬拽了出去。

兩個丫鬟元宵和七夕並不機靈，在旁瞧著，見宋甜言笑晏晏，還以為她在同吳氏親近，便眼睜睜看著宋甜把吳氏給拉走了。

二門外停著一輛朱紅馬車，宋志遠正陪著一個瘦得似乎一陣風都能吹走的女官在說話，見宋甜挽著吳氏來了，忙道：「快些上車吧，蘇女官都等好久了。」

宋甜答了聲「是」，向蘇女官福了福，道：「我到底是深閨弱女子，此事還得我爹爹和太太在場，多謝女官成全。」

蘇女官看到吳氏的臉色，還有什麼猜不到的，抿嘴一笑。「我倆以後是同僚，舉手之勞，不必言謝。」

吳氏臉色蒼白，雙腿發軟，差點摔到地上，還是宋甜扶住了她，把她給扶到馬車上。

宋甜又扶著蘇女官也上了馬車。

宋志遠騎馬跟著車，一行人往位於梧桐街的豫王府而去。

在王府外喧嚷鬧事的那群「正義百姓」，被全副甲冑腰挎佩刀的王府衛士「請」進了豫王府，引到東邊的和風苑大花廳坐下。

大花廳三面花木扶疏，只有一面立著一座大屏風，不知後面情形。

眾「正義百姓」等了半日，也不見人理會，有人就攛掇同夥中的一個愣頭青出頭嚷鬧。

誰知王府衛士話不多動作卻快，把那跳出來嚷鬧的愣頭青拉到了花廳外，堵了嘴，摁在地上，舉起大棒就開始打，只打得皮開肉綻血肉模糊，這才把人又扔回了大花廳。

其餘「正義百姓」頓時噤若寒蟬，再也不敢出頭了。

好不容易熬到中午時分，「正義百姓」一大早就來鬧事，早餓得前胸貼後背，還不見些吃的，當下都東倒西歪，面帶菜色，正難受間，卻聽到屏風後一陣腳步聲由遠而近。

眾「正義百姓」正在驚訝，王府衛士在一旁喝斥「還不跪下」，頓時都被嚇了一跳，「撲通」一聲齊齊跪了下來。

屏風後傳來一個甚是嬌嫩清脆的女聲。「誰是領頭之人？出列說話。」

正是宋甜的聲音。

屏風後擺了四張雞翅木官帽椅，王府總管沈勤林陪著宋志遠坐在左邊，陳尚宮陪吳氏坐在右邊。

宋甜在一旁侍立，負責問話。

領頭的人正是城西何家堡的何二搗子，蓮花庵就在何家堡外，何二搗子和夏姑子二人相好多年，交情深厚。他得了夏姑子的銀子和囑託，就攛掇糾集了一幫無賴過來鬧事。

何二搗子原本想著嚷鬧一番溜之大吉，誰知王府衛士行動迅疾，雷霆閃電般把眾人給捉了進來，到了此時，他哪還敢承認，低著頭跪在地上裝死。

偏這群人裡有愣頭青，梗著脖頸嚷嚷著。「何二哥，咱們行的是正義之事，為的是王爺安危，你別怕，兄弟們都是你的靠山，都支持你！」

何二搗子恨不能堵住他的嘴。

這傻子，居然把老子騙傻子的話當真了！

王府衛士見眾「正義百姓」都看向何二搗子，知他便是為首之人，當即上前，揪住何二搗子的衣領就把他揪到了屏風前，然後抬腳踢到何二搗子後腿上。

何二搗子「撲通」一聲跪在地上，接著只聽那嬌嫩清脆的女聲問道：「你是領頭的？那我問你，為何說新選的宋女官『命格極差』？」

何二搗子全都是聽夏姑子的安排，哪裡知道原因？到了此時，他也只能硬著頭皮胡謅。「宋女官四、五歲就死了娘，可見她娘是她剋死的，她命格不好，將來到了哪裡，定會剋到哪裡！」

宋甜立在屏風後，聽了何二搗子的話，雙目盈盈看向陳尚宮和王府總管沈勤林，然後大聲道：「哦，那陛下七歲時，太后薨逝；豫王十歲時，端妃娘娘薨逝，卻又怎麼說？若是按照你的說法『將來到了哪裡，定會剋到哪裡』，那陛下擁有大安河山，豫王出鎮宛州……」

宋甜的聲音驀地拔高。「原來，你，還有你們這些所謂的『正義百姓』，是在私下聚集，妖言惑眾，欺君罔上！」

何二搗子嚇得滿身滿臉的汗，一下子軟癱在地。

宋志遠沒想到一向不愛說話，一開口必定噎他的宋甜居然如此口齒伶俐思路清晰，瞬間就將劣勢反轉，又驚又喜地看著她。

吳氏嚇得臉色蠟黃，額角淌汗，手心裡也滿是汗，不停地在心裡念佛，祈禱夏姑子沒把她的底細告訴這個何二搗子。

宋甜轉向陳尚宮和沈勤林，屈膝福了福，朗聲道：「啟稟陳尚宮、沈總管，外面這人本是市井無賴，目不識丁，定是有人指使，不如用上夾棍，夾上一夾，再打二十大棍，打得皮開肉綻，鮮血淋漓，下肢癱瘓，不信他不說出主使人。」

何二搗子隔著一道屏風，聽得清清楚楚，聽到那句形象之極的「打得皮開肉綻，鮮血淋漓，下肢癱瘓」，嚇得臉色蠟黃、渾身顫抖，大聲道：「我招！我全都招！是觀音庵的夏姑子讓我做的，她說提刑所宋提刑的太太出了十兩銀子，讓我尋人來王府前嚷鬧……」

屏風後靜了下來。

宋志遠站起身，對著吳氏怒目而視。「妳這毒婦，大姐兒一個小姑娘，礙著妳什麼了？妳竟屢下黑手？」

吳氏木然坐在那裡。

她從來就是這樣的，誰若擋了她的道，她就要害誰。

嫁進宋家後，她才發現宋家可真有錢，宋志遠可真會做生意：每月月底各個鋪子結帳，白花花的銀子一箱箱抬進來；運河上還有一艘艘船來往江南、宛州和京城，給宋家運送南北貨物；宋志遠還躊躇滿志，預備造船出海，做海外生意……

這些銀子，全是她的，只能歸她！

可恨宋志遠竟然還想招婿上門，把家業都交給宋甜這賤妮子，不弄死宋甜，只是要壞了宋甜的名聲，她已經很留情面了。

宋甜見狀，看向若有所思的陳尚宮和目瞪口呆的沈勤林，屈膝行禮。「尚宮大人、沈總管，這樁案子涉及下官家事，下官父親官居宛州提刑所副提刑，正經管此事，下官請求兩位允許由宛州提刑所處理此案。」

陳尚宮對宋甜很是滿意，含笑看向沈勤林。「沈總管，我自是同意，不知您是何打算？」

沈勤林打量著眼前這個甜美可愛、精靈似的小姑娘，想到她和王爺一樣，也是幼年失母，繼母不慈，卻自立自強，不禁頗有同病相憐同仇敵愾之感，慨然道：「今日之事的確是宋女官家事，既然宋女官這樣說了，沈某自然同意，先讓這個何二搗子簽字畫押，然後把這些人都送到宛州提刑所關押。」

宋甜與宋志遠行禮告辭，帶著吳氏離開了。

沈總管吩咐王府衛士，押解著這群地痞無賴去了宛州提刑所。

回到臥龍街宋府，宋志遠先吩咐婆子押著吳氏回上房關起來，又吩咐人叫來官媒婆丁嬤嬤，讓丁嬤嬤帶走元宵和七夕兩個丫鬟，不要身價銀子，只要遠遠嫁到外鄉去。

忙完這些，宋志遠又讓宋竹去安排一桌上好菜餚，然後叫來宋槐、宋梧和宋桐三個小廝，吩咐他們騎馬出去，請吳氏娘家人過來。

他家多代單傳，素來人丁稀少，如今宋氏一門只有他和宋甜父女倆，沒有族中長輩可請，倒也省事。

吩咐完畢，宋志遠讓宋甜研墨，自己提筆，開始寫給吳氏的休書。

一時席面送了過來，吳大舅和吳二舅也趕了過來。

宋甜坐在屏風後，聽宋志遠與吳大舅、吳二舅說話。

宋志遠先敬吳大舅、吳二舅飲了三盞酒，然後把何二搗子及眾地痞簽字畫押的供詞拿了出來。待吳大舅和吳二舅兄弟看罷供詞，他這才開始說今日豫王府之事。

吳大舅和吳二舅的臉一陣紅一陣白。

尤其是吳大舅，他身為鎮平衛所的千戶，正是豫王的屬下，如何不知今日事態嚴重？

宋志遠道：「今日之事，王府陳尚宮和沈總管問明之後，把何二搗子等人交給了提刑所關押，吳氏因是家事，就開恩讓我自己處理。」

「事關豫王府，我不敢容情。」說罷，宋志遠把休書遞了過去。「吳氏帶來的嫁妝，我如數奉還，絕不截留。」

言下之意是宋家的財物，吳氏也不能帶走一分。

吳二舅立刻站了起來，要與宋志遠理論，卻被吳大舅摁了下去。

吳大舅沈吟了一下，道：「我妹妹與你畢竟夫妻一場，這麼多年在你家，沒有功勞也有苦勞，總不能真的讓她空手離開吧？」

妹妹實在是膽大包天，居然敢雇人去豫王府嚷鬧，如今王爺不在王府，事情還沒鬧大，得趁王爺回王府之前，把事情解決掉，不過宋志遠有錢，該爭取的財產，他們還是要替妹妹爭取。

宋志遠嘆了口氣。「既如此，她的衣衫簪環，都帶走吧！」

女兒如今有了美如畫卷的前程，他也不願此事久拖，影響宋甜。

吳二舅聽了，眼睛閃爍，坐了回去。

宋志遠雖小氣慳吝，正妻該有的體面都有，吳氏的衣衫簪環足足能裝好幾箱子，搬回吳家大房二房分一分，各家倒也能分不少了。

一時談罷，宋志遠又敬了吳大舅、吳二舅一盞酒，讓小廝引著他們去後院上房接吳氏離開。

等張蘭溪和魏霜兒得到消息趕到上房，吳氏已經乘著馬車，拉了行李和嫁妝，隨著吳大舅和吳二舅回娘家去了。

魏霜兒心中痛快，拿了一把瓜子，一邊磕，一邊道：「喲，以後咱們出門交際，再遇到吳氏，可怎麼稱呼呀？」

張蘭溪卻知此事前因後果，感嘆道：「果真是『善有善報惡有惡報』，人還是不要做壞事才好。」

魏霜兒冷笑一聲，道：「我才不信『善有善報惡有惡報』，自在做人，隨他去吧，待到明日，『街死街埋，路死路埋，倒在洋溝裡就是棺材』，怕他怎的？」

張蘭溪想起家人們私下裡傳著說，魏霜兒的前夫蔡大郎名義上是不見了，其實是被魏霜兒用藥毒死的，心中一凜，道：「反正我怕報應，我只管我自己不做壞事。」

兩人話不投機，隨意聊了幾句，便各自散了。

魏霜兒沿著夾道往西走去，想起宋志遠也曾問過她蔡大郎的去向，不由得冷笑。蔡大郎和她是青梅竹馬結髮夫妻，她就算害遍天下人，也不會害蔡大郎的。蔡大郎和她自有計劃，早晚要得了宋家這樁絕戶財。

處理完吳氏之事，宋志遠鬆了口氣，吩咐宋竹去廚房說一聲，重新做幾樣大姐兒愛用的菜餚送過來。

宋府大廚房哪知道宋甜愛吃什麼，又不好臨時抱佛腳去問，只得揀宋家人常吃的幾樣菜餚做好送了過來。

宋竹和紫荊一起擺好酒饌，這才請宋志遠和宋甜入座。

宋竹在一邊斟酒，紫荊則在一邊安箸布菜。

宋甜整整一天水米未進，忙的時候還不知道餓，這會兒她才發現自己餓得心裡發慌。

見紫荊盛了一碗銀耳百合蓮子湯遞了過來，宋甜當下便舀了一湯匙嚐了嚐，發現溫度適中，就又舀了一湯匙吃了。

宋志遠見席面上有盤肉包子，就拿了包子遞給宋甜。「空腹吃甜食容易燒心，先吃個肉包子墊墊。」

見宋甜接過包子，卻沒有立即吃，他嘆了口氣道：「妳嫌家裡飯食大魚大肉不雅致，可去了王府，妳想吃這些家常飯菜卻又如何吃得到？」

宋甜咬了一口包子，覺得皮薄餡鮮，滋味很好，待吃了兩、三口，沒那麼餓了，她才解釋道：「爹爹，豫王府女官和外官一樣，都是每月朔望給假，也就是說，每個月的初一和十五我都能回家的。」

宋志遠這下子愣了。

他不了解女官制度，還以為一入王府深似海，從此再也見不到女兒了，因此從昨日難過到現在，誰知每月朔望還能見面——真是枉費了他這段時間的離情別緒。

宋甜幾口把手裡的肉包子吃淨，看向宋志遠。「爹爹，你昨日見我，做張做智，哭天抹淚的，難道是以為我一去不回，所以捨不得我？」

宋志遠默不作聲，自顧自挾菜吃，又端起酒盞嚐了嚐，試著轉移話題。「這是王府蔡長史送我的菊花酒，未免太香了，我不是很喜歡喝，若是加點薄荷酒調一調，味道應該會淡一些。」

宋甜一聽是蔡長史送他的酒，雖然知道蔡長史不是瘋子，不會隨意給人下毒，卻依舊有些擔心，忙吩咐宋竹。「爹爹嫌這酒太香了，偏我喜歡喝——爹爹，蔡長史送你多少？都送到我院裡去吧！」

宋志遠笑了。「人家蔡長史什麼身分，能送我一罈，已經是很大的面子了好不好？」

就這一罈香氣襲人的菊花酒，還是他用那座價值五百六十兩銀子的獨玉觀音換來的呢！不過宋志遠對閨女不小氣，既然閨女想喝，那就送閨女好了，當即吩咐宋竹。「把那罈菊花酒封好，送到大姑娘院裡去。」

宋甜一直觀察著宋志遠，見他眼睛、嘴唇和膚色都正常，略微放心了些，道：「我見書房裡擺著用水晶瓶盛的西洋葡萄酒，也一起送過去給我吧！」

她記得前世魂魄跟著趙臻，趙臻似乎喜歡喝西洋葡萄酒，有時晚上會喝一盞再睡下。

宋竹聞言，眼睛只顧著看宋志遠——他知道那兩瓶西洋葡萄酒是宋志遠的最愛，每次只飲一盞的。

要上宋志遠的心頭肉，他著實有些捨不得，可是看著宋甜滿懷希冀的眼睛，他只得慨然道：「連著那套水晶酒具，一起裝在錦匣裡給大姑娘送去吧！」

待宋竹下去了，宋甜便吩咐紫荊。「妳去外面廊下看著，我有話要和爹爹說。」

紫荊給宋家父女二人一人斟了一盞薄荷酒，這才退了下去。

待房裡只剩下自己與宋志遠了，宋甜擎著酒盞飲了一口，這才看向宋志遠。「爹爹，我有話要和你說。」

見宋志遠專注地看著自己，宋甜深吸一口氣，輕聲道：「爹爹，以後你繼續和蔡和春來往，不管使什麼手段，務必要巴結上他。」

宋志遠目瞪口呆。「甜姐兒，妳這是——」

宋甜知道她爹的交際手腕卓絕，但凡是人，只要她爹願意，總是能巴結上。想到這裡，她繼續道：「蔡和春其實是太監，他最喜歡收集各種美酒和各種瓷器，你可以從這裡下手。」

宋志遠眨了眨眼睛，心道：原來送蔡和春那座獨玉觀音，值錢歸值錢，卻不是最佳選。

宋甜盯著宋志遠。「爹爹，我既進了豫王府，以後就是豫王的人，你是我的親爹，自然得跟我同仇敵愾——以後替豫王監視蔡和春的任務就交給你了。」

宋志遠有些納悶。「蔡和春難道不是豫王的人？」

宋甜微笑。「爹爹，你是黃太尉的人嗎？」

宋志遠連連搖頭。「我對黃太尉，只是送銀得官的交情。」

宋甜悠悠道：「那蔡和春對豫王，就只是表面恭敬隨時插刀的交情。」

第十五章

宋志遠沒想到事情居然這麼複雜，心裡亂糟糟的，直挺挺坐在那裡，一向靈動的雙目也有呆呆的。

宋甜端起酒盞品了一口，悠悠道：「爹爹，我是你親生的，你只有我一個女兒，你天然就站在我背後。我這些年又不打算嫁人，若我真出事，你這做父親的也免不了罪——你就從了吧！」

宋志遠一聽，這才想起自家多代單傳，整個家族如今只剩下自己和宋甜父女倆，還真的是一根繩子上兩螞蚱，宋甜的話還挺有道理，當下便道：「那妳得答應我，將來有了孩子，選一個姓宋。」

宋甜從來沒有成親嫁人的打算，因此答應得很爽利，還自己主動添增。「爹爹，我將來的兒女，全姓宋也可以。」

她站起身，端起酒壺給他斟了一盞薄荷酒。

宋志遠端起酒盞，一飲而盡，道：「過幾日黃太尉生辰，我已經答應了要進京賀壽，待送妳進了豫王府，我就出發進京。」

京城距離宛州大約三、四百里路，天晴騎馬，天陰坐車，只需五、六日時間應該能趕到京城。

宋甜一聽，就知她爹別有用意，忙道：「爹爹，你不會還打著把我嫁入太尉府的主意吧？」

宋志遠連連搖頭。「等妳從豫王府出來，黃太尉的姪兒都快三十歲了，人家如何會等妳？」

宋甜懶得猜了。「那你進京做什麼？」

宋志遠有自己的打算，以後再和宋甜說，便只是道：「等事情成了，妳就知道了。」

父女倆又喝了幾杯，各自散了。

宋甜臨離開又交代宋志遠。「爹爹，你明日一早就去提刑所，把何二搗子那群人打一頓，遣散了就是。」

宋志遠也有此意，點了點頭，道：「妳回去歇下吧，我自己喝會兒酒。」

今日心驚膽顫忒多，他得獨個兒待一會兒，慢慢消化。

宋甜帶著紫荊回到東偏院，覺得還有點餓，就央求金姥姥。「我還是餓得慌，姥姥妳給我做點好吃的！」

金姥姥早備好了材料，一番煎炸烹煮，很快就做好了三菜一湯，給宋甜送來，她自己則和紫荊在廊下擺了桌子吃飯。

宋甜吃了宵夜，喝了幾盞西洋葡萄酒，有些上頭，勉強支撐著洗漱罷就睡下了。

這天夜裡，趙臻在王府護衛指揮使藍冠之及一眾王府親信衛士的簇擁下，騎著馬從內鄉衛所趕了回來。

一同隨扈的金海洋用王府腰牌叫開了宛州城門，簇擁著豫王進了城，直奔梧桐街豫王府。

得知王爺回來，陳尚宮和沈總管忙出去迎接。

陳尚宮隨著豫王進了松風堂，待豫王寬了騎裝，用香胰子淨過手臉，這才上前回話。

聽罷陳尚宮的回稟，趙臻略一沈吟，吩咐琴劍。「你帶著人連夜前往宛州提刑所，把鬧事的那些人全都提出來，連同那個夏姑子，全都送到淅川深山的礦上。」

琴劍答了聲「是」，自去經辦此事。

陳尚宮心中驚疑不定，心道：淅川深山的礦山，是王爺的私產，一向機密，極少有人知道，這些人既然去了礦上，此生定是難再出來了。

王爺這樣處理此事，和殺人滅口差不離了。

只是不知王爺為何會這般處理？難道是為了……宋甜？

想到白日宋甜清澈有神的眼睛，擲地有聲的話語，陳尚宮心情甚是複雜，既欣慰後繼有人，又覺得後生可畏……

趙臻騎了太久的馬，著實有些累，立在那裡活動著腰身，等著棋書整理好浴間，他好進去洗澡。

陳尚宮試探著又問道：「王爺，宋女官進王府之後，安排在哪裡住合適？」

趙臻聞言，有些納悶地看了陳尚宮一眼。「不是要進來四位女官嗎？把她們安排在一起住不就行了？」

看著王爺清澈的鳳眼，陳尚宮不禁笑了起來，答了聲「是」，退了下去，心裡卻道：是我想多了，王爺才十六歲，還不開竅呢！哪裡懂什麼男女之情？

陳尚宮離開之後，趙臻停止了活動，慢慢走到窗前，撥弄著因為長久握韁繩而有些痠痛麻木的手指，眼睛看著窗外沈浸在燈籠光暈中的翠綠松林，聽著夜風吹過松林發出的聲音。

母妃在北邙山的陵寢也是被一大片松林圍繞著。

趙臻其實很怕聽到夜間松林的風聲，因為覺得孤單寒冷，彷彿這人世間，別人都是熱熱鬧鬧，只有他永遠孤孤單單一個人。可也不知為何，一想到過兩日，王府裡就多了一個她，趙臻就覺得心裡暖和。

真盼著時間過得再快一些啊！

這天宋甜終於睡到了自然醒。

她吃了早飯，又洗了個澡，讓紫荊把醉翁椅搬到月季花前，曬著太陽聞著花香晾著頭髮想著心事。

前世她爹一直計劃做海外生意，為此專門結交青州的海商，入股對方的生意，預備等做熟，再自己獨立拉起一支船隊漂洋過海，誰知大筆銀子剛投到了青州海商的生意裡，他就暴病而亡了。若是這一世，多攛掇她爹操心海上生意，她爹會不會沒心思醉心女色，可不可能多活幾十年？

宋甜記得前世在她爹爹的書房抽屜裡，曾見過一把青州海商送她爹的鐵火槍。她爹那時候在她面前炫耀，裝上火藥，對著草靶打了一記，居然把草靶給打穿了，可惜只有兩發火藥。

若是能透過出海的船隊，私下買入大量鐵火槍給趙臻，趙臻的實力應該會更強……

今日天氣實在是和暖舒服極了，宋甜不過曬了一會兒太陽，就覺得有些昏昏欲睡，索性閉上眼睛休息一會兒。誰知她剛朦朧入睡，張蘭溪就帶著錦兒來串門了。

宋甜隨手把長髮攏起，用一根獨玉蓮瓣簪固定，也不去換見人的衣服了，直接起身相迎。

張蘭溪見宋甜素著臉龐，隨意綰著頭髮，穿著件白綾窄袖衫，繫了條淺藍百褶裙，分明是家常裝束，心知她不把自己當外人，當下話語動作間更加親近，陪著宋甜往院內走，口中道：「大姐兒，我想著妳明日就要離家了，給妳做了一雙鞋，妳試試合不合腳。」

宋甜前世是得過張蘭溪恩惠的，雖不是多親近，但待她自然不同，含笑道：「我先謝謝二娘了。」

兩人在月季花前坐下。

宋甜吩咐紫荊去拿茶點。「二娘喜歡用玉米麵玫瑰果餡蒸餅配著雀舌芽茶吃。」

紫荊答了聲「是」，自去茶閣整理點心燒水沏茶。

張蘭溪見宋甜一雙杏眼猶自看著紫荊的背影，當下笑道：「紫荊這醜丫頭，臉上一大塊紫斑，誰都不待見她，也虧得妳喜歡她。」

宋甜收回視線。「相處久了，看的是心性，不是外表。」

有人俊若潘安，卻毆打妻子，輕浮無行，毫無廉恥。

而像紫荊這樣，雖然貌醜，卻忠誠實在，才是真美。

宋甜轉移話題，含笑道：「二娘，您給我做的鞋子呢？快拿出來讓我試試吧！」

張蘭溪從錦兒手中接過一個匣子，從裡面取出一雙紅鴛鳳嘴鞋。「我想著妳要離家，熬了兩夜給妳衲好的。」

這雙繡鞋極為精緻，宋甜賞鑒了一會兒，才脫下腳上的藍緞繡鞋，穿上了這雙紅鴛鳳嘴鞋。

大小正合適。

她起身試著走了走，發現腳底綿軟舒適，是兩世來她穿過最舒服的鞋子，頓時又驚又喜看向張蘭溪。「二娘在鞋裡墊了東西？是清水綿嗎？」

張蘭溪見宋甜識貨，心下也歡喜，道：「正是上好清水綿。一般人做鞋子，都是用麻繩衲出硬邦邦的鞋底子，我想著妳入豫王府，估計站的時候多，特地在鞋底墊上一層清水綿，這樣即使站久了，腳也舒適些。」

她又補充道：「只能墊上好的清水綿，這樣踩久了還能恢復；若是一般棉花，踩下去就下去了，舒服不了多久。」

宋甜記在了心裡，又走了幾步，發現果真舒適得很，當即想到了趙臻——他一向好動，閒不下來，鞋履都是硬底，腳一定很累，若是能做幾雙清水綿的鞋履給他穿就好了！

她忙謝了張蘭溪，又虛心向張蘭溪請教如何衲這種鞋底，從哪裡能買到這種清水綿。

張蘭溪也不藏私，細心地把技巧都告訴了宋甜，得知宋甜這裡沒有清水綿，忙道：「我那裡有上好的清水綿，是我自家留的，外面沒有賣。回頭我讓錦兒給妳送些過來。」

宋甜忙謝了張蘭溪。

張蘭溪帶著錦兒離開沒多久，錦兒就送了大大一包袱清水綿過來。

紫荊納悶地問宋甜。「姑娘，二娘怎麼突然對咱們這麼好？」

宋甜瞟了她一眼，道：「妳猜。」

紫荊猜不著。「總不是捨不得妳走？」

宋甜小心翼翼摘了朵淺粉月季花，放到鼻端嗅了嗅，道：「怎麼可能。我又不是銀子，人人都喜歡我。」

前世的她，還是她，可是將她真切放在心上對她好的人卻沒幾個。正因為如此，趙臻對她的好，她銘記在心，打算用這一世的守護來報答。

紫荊這會兒也猜到了。「姑娘，我明白了。」

她一邊收拾盤盞，一邊道：「估計一會兒三娘就會過來。」

老爺如今疼愛姑娘，二娘、三娘應該是想讓姑娘幫她們在老爺面前說好話。

沒過多久，魏霜兒果真帶著冬梅過來了。

只是她打扮得花枝招展，沒帶禮物，卻提出要和宋甜說說「知心話」。

宋甜便吩咐紫荊。「妳和冬梅出去逛逛，等會兒再回來。」

待紫荊和冬梅一離開，魏霜兒就從衣袖裡掏出一個用帕子裹得密密實實的物件出來，展開後卻是一本小小的冊子。「我送妳一本小冊子，妳先看，我給妳細細講解。」

宋甜驚訝地看向她。「這是——」魏霜兒為何送她一本畫著避火圖的小冊子？

魏霜兒自得一笑，道：「按照大姑娘妳的家境和出身，妳進豫王府做女官，總不會真的是想去侍候王府女眷吧？若是想要得到王爺寵愛，這小冊子和我教妳的本事就必不可少，別的我不敢說，可是這床笫之間的本事，宛州城勝過我的女子怕是沒幾個！」

這豪放之語說得宋甜一愣，她捏著這小冊子，試探著問道：「男子可以學嗎？」

將來豫王大婚，她倒是可以提前教給豫王，這樣豫王成婚後與王妃夫妻恩愛，和諧美滿，倒是一樁好事。不過也許豫王不願意學這個，那她自己學也行，多學些總沒有壞處，這世道女子在方方面面總是吃虧……

宋甜的臉不知不覺紅了。

魏霜兒雖然有些驚訝，卻依然道：「男女其實是一樣道理。」

宋甜笑得眼睛彎彎。「那麼請三娘教我男子如何在床笫之間侍候女子。」

魏霜兒口中答應著，一雙桃花眼卻打量著宋甜，心道：難道宋甜的目標不是進入王府爬上王爺的床，而是待在豫王府等羽翼豐滿，回到宋家繼承家業，再養幾個男寵服侍她？

這妮子還是待在豫王府，永遠別回宋家的好！

宋甜學習極為認真，一邊聽，一邊用筆蘸了硃砂在小冊子上記筆記，那好學的模樣，看得魏霜兒都嘆為觀止。

一直到將近中午，魏霜兒這才教學完畢。

宋甜覺得今日大有收穫，笑咪咪把魏霜兒送了出去。

宋甜又把小冊子複習了兩遍，確定牢記在心，便把小冊子扔進了金姥姥燒火的灶膛裡，眼看著小冊子被燒成灰燼，這才放下心來。

紫荊悄悄問宋甜。「姑娘，二娘、三娘都來尋妳了，妳在老爺面前預備怎麼說？」

宋甜笑了。「我什麼都不說，我爹自有決斷。」

見紫荊神色迷惘，宋甜便耐心解釋道：「如今家裡有二娘主中饋管家務事，三娘伺候我爹起居，豈不正好？」

就目前來說，張蘭溪和魏霜兒地位平等，彼此制衡，這是對她最有利的局面。

紫荊覺得自家姑娘自從滿十四歲，一天比一天聰明，一天比一天有見識。「姑娘，妳真聰明，我都聽妳的。」

宋甜眼睛彎彎看著她。「紫荊，我會照顧妳的。」

這一世，我要好好照顧妳。妳如今被人叫「醜丫頭」，等妳老了會被人稱作「醜嬤嬤」。雖然不離這個「醜」字，可這一世妳要長命百歲地醜下去。

反正，我不嫌棄妳！

到了傍晚時分，宋甜正和紫荊收拾行李，宋志遠卻過來了，兩個小童宋梧和宋桐一人抱著一個錦匣跟在後面。

把錦匣放在明間的八仙桌上後，宋梧和宋桐就退了出去。

宋甜奉了一盞糖桂花百合茶給宋志遠，好奇地看向匣子。「爹爹，匣子裡面是什麼？」

宋志遠嚐了一口茶。「妳打開看看。」

宋甜打開一個匣子，發現裡面滿滿當當都是嶄新的小銀錁子。

她拿起一個掂了掂，確定是差不多一兩重。

宋志遠品著茶，道：「妳看看內壁有什麼。」

宋甜把銀錁子翻了過來，對著竹絲門簾透進來的絲絲縷縷陽光細看，卻見內壁角落裡刻著一個米粒大小的字。

她不用看也知道這是一個「宋」字。

前世宋甜嫁往京城，就有一箱這樣的小銀錁子，只是她爹那時候沒跟她細說。待到她要上轎了，她爹才告訴她有一箱銀錁子，嫁妝單子裡沒記，是給她用來打賞用的，另外還有一箱獨玉玩器，是讓她送禮用的。

那一箱小銀錁子，她打賞用了一些，剩下的全被黃子文偷走在院裡養粉頭了；至於那箱獨玉玩器，她逃回宛州時帶了回去，落入了吳氏手裡……

沒有能力保護自己，就算是富可敵國又如何？只能成為任人宰割的肥羊。

「另外那匣子裡都是些獨玉玩器。」宋志遠絮絮交代道：「豫王府何等處所，怕是人人長著一雙富貴眼，咱家別的沒有，銀子可不缺少，妳該打賞就打賞，該送禮就送禮，不要慳吝……」

宋甜眼前模糊了，眼前情景似乎與前世出嫁前情景重合，宋志遠說什麼她已經聽不清了。

宋志遠交代完畢，發現宋甜半日沒說話，看了過去，卻看到宋甜眼淚汪汪，不知道在想什麼，不禁笑了起來，道：「哭什麼？咱家有錢著呢！這些不算什麼。唉，只可惜妳不是兒子，我掙下這偌大家私，怕是要便宜了外人……」

這話宋甜可不愛聽了，她用手抹去眼淚，皺著眉頭道：「女兒怎麼了？女兒照樣能夠繼承家產，你也別想著生兒子了，多把心思用在掙家業上去，將來都給我，我用這家業去做些大事，到時候都留你的名字，讓你青史留名，史稱『宋大善人』。」

宋志遠見宋甜居然勸他向善，「嗤」了一聲，起身道：「話不投機半句多，我走了。」

他今晚要去和章招宣夫人約會，這位可是國公爺的兒媳婦，地位尊貴的朝廷命婦，他還得回書房沐浴更衣，懶得花時間和宋甜爭辯，因此頭也不回急急離開了。

第三日上午，宋甜見一切齊備，這才備妥禮物，帶著紫荊乘馬車往王府後巷金家去了。

李玉琅正在金家等著宋甜，見宋甜來到，忙上前握住了宋甜的手。「我都等妳好一陣子了！」

宋甜給金太太和謝丹見了禮，又說了幾句閒話，得了金太太的允許，這才與李玉琅往後園散步去了。

登上臥雲亭後，李玉琅趴在欄杆上，看著無邊無際的王府花園道：「妳今晚進了豫王府，也不知道會住在哪裡。」

宋甜在一邊看著，按照記憶分辨著王府的大致方位，道：「陳尚宮住的和風苑位於豫王府的東邊，我們四個新進女官，應該會住在和風苑附近的院落。」

兩人又聊了一會兒，待到用午飯時候，這才一起回了前面。

金雲澤知道外甥女今日過來，特地請假回來了。

他交代宋甜。「舅舅日常在王府外院輪值，妳若是有急事尋舅舅，就去找專管給內院養魚的小廝刀筆，讓他去尋我。」

宋甜記在了心裡。

金太太插了句話。「甜姐兒，我給妳備了些碎銀子，妳走的時候拿上，到王府裡用來賞人，莫要委屈了。」

宋甜依偎著金太太，把腦袋擱在金太太肩膀上撒嬌。「舅母，我手裡不缺碎銀子，您不用給我錢，多準備些好吃的，初一十五我休沐，來您這裡吃。」

金太太攬著宋甜纖弱的身子，臉上帶著笑，心裡擔憂得很，絮絮交代著。「……若有人欺負妳，定要告訴妳舅舅，妳舅舅和妳表哥，如今在王爺面前也有幾分體面，都會給妳作主……」

宋甜驀地想到前世她出嫁沒多久，舅舅就被豫王派到遼東衛所了，舅母和表哥表嫂也跟著去了，此後山高水遠，再也未曾見過。

這一世，不知舅舅還會不會被豫王派到遼東，也不知到遼東對舅舅一家來說是好事還是壞事……等進了豫王府，再慢慢觀察吧。

用罷午飯，宋甜就回了臥龍街宋府。

到了傍晚時分，陳尚宮派丫鬟月仙乘了豫王府的馬車來接宋甜。

月仙帶來了一個好消息——四位新進女官，都可以帶一個丫鬟進王府。

宋甜大喜，去看紫荊，誰知紫荊已經急急往回跑去。「姑娘，我這就去收拾行李，等我一會兒！」

宋甜不禁微笑起來，看向月仙道：「月仙，咱們得等等紫荊。」

月仙含笑點頭。

王府馬車停在了二門外，宋志遠指揮著人裝抬宋甜的行李，張蘭溪和魏霜兒則拉著宋甜的手說離別之話。

魏霜兒一邊聽張蘭溪說話，一邊用眼睛的餘光看小廝搬行李，見足足好幾大箱，當下便笑著道：「大姑娘這麼多行李，知道的人曉得妳是去王府做女官，不知道的人怕是還以為大姑娘妳這是嫁人呢！」

宋甜盯著她的眼睛，微微一笑，道：「這麼點行李算什麼？等我出嫁，我爹可是要給我十里紅妝的排場。」

她看向忙著指揮小廝擺放箱子的宋志遠。「爹爹，是不是呀？」

宋志遠正忙，隨口道：「那是自然。到時候連妳爹這把老骨頭也得陪送過去。」

眾人都笑了起來。

魏霜兒也在笑，心中卻道：須得想法子生個兒子……宋志遠大概是不行的，這些年也沒見他讓哪個女人懷孕，不知蔡大郎那殺千刀的在海上混得怎麼樣，什麼時候能回來好好會一會，有了身孕，就栽在宋志遠頭上。

屆時我的兒子得了宋家產業，看宋甜這妮子還怎麼得意？

第十六章

馬車向前駛出。

宋甜忍不住掀開車簾，向二門處看去，卻見暮色蒼茫中宋志遠立在那裡，原本高眺的身形竟似有些落寞和蕭瑟，她心裡莫名有些難受，放下了車簾。

紫荊看了在倒座上靜靜坐著的月仙一眼，低聲勸慰道：「姑娘，不是說初一休沐麼？過幾日就是下月初一了，到時候回家就能見到老爺了。」

宋甜眨了眨眼睛，道：「可那時候我爹已經出發去京城了呀！」

她爹的行程已經定了，明日凌晨出發，走陸路前往京城，一則給黃太尉拜壽，二則去京城辦一些機密之事，約莫到四月底才會回宛州。

宋志遠不在家的這段時間，家裡事情都由張蘭溪管著。

紫荊垂下頭。

她還真不會安慰人。

宋甜見紫荊說不出話來，卻笑了起來，親熱地摟著紫荊道：「陳尚宮允許我帶妳去王府，有妳陪伴，我已經很開心了！」

馬車從側門駛入王府，又行駛了約莫一刻鐘，這才停了下來。

宋甜下了馬車，才發現眼前正是和風苑。

月仙讓紫荊坐在車裡守著行李，自己引著宋甜去見陳尚宮。

陳尚宮正在書房內看書，見宋甜過來，親自展開一張圖紙讓宋甜選。「這是蘭亭苑的簡圖，女官都住在蘭亭苑，蘭亭苑院落眾多，妳自己隨意選一個住吧——沒用硃砂點過的，都是空著的。」

宋甜魂魄跟隨了趙臻好幾年，對豫王府內院還算熟悉。

她略一思索，提筆沾了些硃砂，在蘭亭苑東北角的摘星樓上點了一個不大不小的點。

別看摘星樓偏僻，宋甜可是清楚得很，摘星樓隔牆就是松風堂裡的小演武場，小演武場東南邊有一座小樓，每次趙臻在小演武場活動完畢，就在這座小樓裡沖澡換衣。

她住在摘星樓，定能常常看到趙臻。

想到能經常看到趙臻，宋甜心情愉快得很，道：「我喜歡清靜，瞧這裡似乎偏僻些。」

陳尚宮在一邊看著，原本還有些疑惑，聽了宋甜這句話也就不再多想了。

一直忙碌到天黑透了，宋甜才在蘭亭苑摘星樓安頓下來。

摘星樓總共三層，宋甜住在三樓，月仙和紫荊住在二樓，一樓則用來做書房和待客。

宋甜的小庫房也在三樓。

她特地進去點了點，發現自己給趙臻帶了不少東西過來。

兩瓶西洋葡萄酒，一大包袱上好清水綿，一箱藥物中有催吐的藥粉和解毒的藥粉，有一瓶用來塗在刀鋒上的毒藥，還有一大瓶她家生藥鋪的鎮鋪之寶——香砂養胃丸。

這些東西趙臻雖然不會在意，卻是宋甜對他的一片關愛之心。

反正，她只管自己先備著。有備無患。

用罷晚飯，紫荊趁月仙出去送食盒，悄悄道：「姑娘，我已經打聽了，那個叫姚素馨的女官，住在距離松風堂最近的秋雨閣；那個叫秦英蓮的女官，和蘇女官住在一起，就在玉蘭齋；那個叫朱清源的女官，則住在中間的紅楓榭。」

宋甜都記在了心裡。

晚上宋甜洗好澡，熄滅燭臺，打開朝北的窗子，坐在窗前榻上對著窗子晾頭髮。

窗外就是松風堂的小演武場。

夜深了，小演武場沒有掛燈籠，靜悄悄的，被黑魆魆的松林半圍著，沈浸在黑暗之中。

宋甜抱著繡花靠枕，看著前方的小演武場，心道：趙臻那樣好動，明日應該會來小演武場，我就可以見到他了……

這時候宋甜忽然覺得有些不對。

小演武場裡似乎有人！

她悄悄往前湊，往外看去。似乎有人打著燈籠從松林裡出來，穿過小演武場，往松濤樓這邊走來。燈籠越來越近，白紗燈籠上寫著「松風堂」三個字。

宋甜的心驀地一鬆——原來是趙臻居住的松風堂的人啊！

她探頭再看，發現一個青衣小廝打著燈籠走在前面，是給一個披著白色披風身材高䠷的人照路。

不用看臉，單是看走路時灑然的身姿，宋甜就知道這個披白披風的人正是趙臻。

她的視線一直追隨著趙臻，卻見趙臻隨著打燈籠的琴劍進了松濤樓。

燈籠似乎停在一樓，燈籠光暈映在糊著窗紙的一樓窗子上。

宋甜眼睛一直盯著對面一樓的窗子，冷不防對面三樓的窗子「吱呀」一聲被人從裡面推開了。

宋甜頓時覺得毛骨悚然，當下一動不動跪坐在榻上，眼睛盯著不遠處松濤樓三樓的那兩扇窗子。她的眼睛適應了黑暗，看到對面窗子裡影影綽綽站著一個人。

咦？這人似乎穿著白衣……

宋甜一顆緊繃的心瞬間放鬆了下來，她探頭出去，好讓對方看到自己。

對面窗子裡傳來低低一聲咳嗽。

宋甜聽出是趙臻的聲音，忙探頭輕輕道：「你半夜來這裡做什麼？」對面窗內正是趙臻。

他從來沒做過這樣詭異的事情，正在思索要不要轉身下樓，趕緊回松風堂，誰知就聽到對面窗內傳來宋甜的聲音——原來宋甜也沒睡，而且就在窗內！

趙臻輕聲反問道：「妳知道我是誰？」

宋甜又驚又喜，卻故意逗趙臻。「梅溪酒家，金家的臥雲亭，獨山腳下的法華庵——你猜我是誰！」

趙臻見小姑娘淘氣，不由得笑了，他立在窗前，看到宋甜居然把腦袋探出來，忙道：「妳小心些，別摔下來了。」

宋甜忙道：「我小心著呢！」接著便問趙臻。「你怎麼大晚上來這裡了？」

趙臻聽了，耳朵有些熱，沒有立即回答。

晚上洗好澡出來，趙臻習慣在外頭散步。

只聽琴劍打著燈籠在一旁嘀咕，說新進的宋女官住進了小演武場隔壁的摘星樓，還說不知宋女官知不知道明日一早還要考試府規，有沒有提前準備，萬一她府規考試不過關被攆回家，不知道會被許配給哪家公子……

如此一聽，趙臻也有些擔心了，當下吩咐琴劍。「讓人尋一本府規拿過來。」

府規拿來之後，趙臻翻了翻，發現足足一百九十條，一下子沈默了。

琴劍也在一邊咋舌。「我的天，王爺，這麼多條府規，若是不提前準備，如何能通過府規考試？」他又皺著眉頭道：「可這會兒去提醒宋女官，怕是明天早上全王府都會知道——唉……這可怎麼辦？」

趙臻翻看了一遍，腦海中浮現宋甜淘氣的笑顏，心道：宋甜這小姑娘愛玩愛笑，哪裡會沈下心讀書？明日的府規考試，她是決計過不了的。

心中計議已定，趙臻便帶著府規往東南方向走去。

琴劍忙提著燈籠跟上。

到了小演武場邊的松濤樓，趙臻下意識就覺得宋甜會選擇三樓，所以留琴劍在一樓待著，自己拿著府規摸黑上了三樓——他雙眼目力極好，在黑暗處也能視人視物辨別方位。

趙臻原本是抱著萬一的希望來的，誰知宋甜真的住在三樓，這會兒還沒有睡，而且開著窗子坐在窗前——這難道就是所謂的「心有靈犀一點通」？

他覺得怪怪的，一時沒有說話。

然而宋甜根本不用趙臻回答，她一個人就能自問自答把兩人的話全說完，當下道：「你是不是得知我來了王府，擔心我不熟悉，所以來看看我？」

趙臻繼續沈默。

宋甜專注地看著對面窗內的趙臻——趙臻的臉雖然看不清，可是他那頎長的頸，寬而直的肩膀，高龇的身形宋甜卻都能夠欣賞得到，便口中道：「沒事，我習慣得很呢，陳尚宮和三位女官都很和氣，住處也很好，王府的膳食也很美味很——」

趙臻見她滔滔不絕說個沒完沒了，當下便問道：「妳知道明日一早的府規考試嗎？」

宋甜愣了愣。她還真不知道。

於是宋甜老老實實道：「有考試嗎？考什麼？考府規嗎？沒人告訴我呀！」

她心裡有些慌了。「考不好會怎樣？」

雖然她還是會想辦法接近趙臻，可那樣就太麻煩了！

趙臻聽出了她話音中的慌亂，不緊不慢道：「考不好會被攆回家。」

他還沒來宛州就藩時，陳尚宮在京城豫王府選拔過一次女官，當時被選中的總共有十二個人，結果進入王府第一天就考府規，直接篩下去九個人，只留下了蘇女官、高女官和辛女官。

「那我怎麼辦呀?!」宋甜哀號了一聲，接著反應很快，當即看向趙臻。「你讓人幫我弄一本府規過來，我熬夜背一背，好不好？」

見對面沒有聲音，她也覺得讓趙臻幫自己作弊怪不好意思的，就道：「你若幫了我，我給你做兩雙穿起來特別舒服的雲履！」

趙臻慢吞吞道：「好。」然後道：「明日我讓人把鞋樣給妳。」

宋甜笑了。「明日尋個機會我見見你，親眼看看你的腳。」

趙臻沒有說話。

他心裡有些迷茫。每次見到宋甜，他總覺得很熟悉，似乎在夢裡已經熟得不能再熟，熟到他和宋甜可以隨意談笑，他甚至能猜到宋甜這一句說完，下一句會說什麼。

似乎是與君初相識，猶如故人歸，又似乎是莊周夢蝶，魂夢顛倒……

趙臻也弄不清楚了。

他唯一能確定的是，宋甜對他應該也是這種感覺，因為每次見到他，宋甜的反應已經不能說是自來熟，像是在與極熟悉、極親近的人閒聊說話。

因此聽到宋甜說「明日尋個機會我見見你，親眼看看你的腳」，趙臻依舊很鎮定，待計劃好明日如何讓宋甜親眼看他的腳，這才慢吞吞答了聲「好」。

宋甜笑了，伸出手到窗外。「府規呢？」

趙臻當即道：「妳尋個角落待著，我扔過去給妳。」

宋甜答應了一聲，把身子藏到窗子右側，然後道：「扔吧！」

一個重物自窗口飛入，「啪」的一聲落在木地板上。

宋甜下了榻彎腰撿起——果真是一本書！

她爬回榻上，拿著書朝趙臻擺了擺。「我收到了。你快回去歇著吧！」

趙臻答了聲「好」，毫不猶豫關上窗子，下樓去了。

宋甜坐在窗內，看著琴劍打著燈籠引著趙臻消失在松林之中，這才關上窗子，點上燭臺，開始熬夜背誦府規。

早上宋甜是被紫荊叫醒的。

紫荊一邊把紗帳掛在銀鉤上，一邊道：「姑娘，方才陳尚宮命人送了一套女官服飾過來，通知說讓您辰時三刻到和風苑書房外候著。對了，衣服是大紅通袖袍和湖藍馬面裙，頭面是銀鑲珍珠頭面。我問過月仙了，月仙說八品女官服飾都是一樣的，她們也是這幾樣。」

宋甜坐了起來，吩咐紫荊。「給我沏一盞濃茶來，我得先提提神。」

昨晚為了背府規，她半夜才睡，這會兒頭腦還有些不清醒。

用罷早膳，宋甜重新妝扮，換上八品女官服飾，留下紫荊，帶著月仙往和風苑去。

到了和風苑大花廳裡，宋甜發現有一個新進女官先到了，約莫二十五、六年紀，中等身量，穿著與宋甜同款的大紅通袖袍和湖藍色馬面裙，梳著婦人髮髻，頗為端莊，正是住在紅楓榭的朱清源。

朱清源是蘇州有名的才女，其夫進士出身，死在宛州通判任上。丈夫亡故，又無子息，缺少盤纏，且回鄉又有煩心之事，她索性報名參選豫王府女官，好得一個安身之所。

宋甜上前，與朱清源見禮。「朱女官來得好早。」

朱清源見到宋甜，眼睛裡漾出一絲笑意來，還禮道：「宋女官來得也早。」

兩人正寒暄著，卻見姚素馨和秦英蓮手拉手走了過來，兩人都穿著同款的八品女官服飾，卻千差萬別。

姚素馨肌膚白皙，穿著大紅通袖袍，越發顯得肌膚白皙似雪，眼若秋水，唇似塗丹，十分清麗。

秦英蓮大約是蘇女官的親戚，長得有些像蘇女官，瘦得嚇人，臉小，越發顯得眼睛大，雖不甚美，穿著女官服飾，卻自有一種弱柳扶風的氣質。

四人彼此見禮。

見禮時秦英蓮始終挨近姚素馨，對宋甜和朱清源都只是淡淡的。

姚素馨卻待宋甜親近得很，親熱地叫宋甜「宋妹妹」，問她昨夜睡得怎麼樣。

秦英蓮看宋甜的眼神卻有些不屑，見姚素馨拉宋甜的手，她還白眼以對。

宋家內宅女眷不少，宋甜早習慣了女子間這種拉幫結派的手段，渾不在意。

朱清源更是不欲與小姑娘計較，只笑吟吟和守在門口的丫鬟說道：「這位姊姊，我們人到齊了，煩請通稟一聲。」

丫鬟很快就出來了。「尚宮請四位進去。」

陳尚宮今日穿著五品女官服飾，端坐在書案後，等四位新進女官給自己行禮罷，這才吩咐在一邊肅立的蘇女官。「妳來說一說王府內院的規矩。」

蘇女官答了聲「是」，上前一步，捧著府規冊子開始一條條宣讀。

朱清源端端正正立在那裡，默默記誦著。

姚素馨和秦英蓮似是胸有成竹，姚素馨眼波流轉看看朱清源，再看看宋甜，嘴角翹了起來。

秦英蓮只和姚素馨站在一起，根本不看別人。

宋甜知道宣讀完畢定會進行查考，垂下眼簾立在那裡，用心再次記憶著。

蘇女官語速舒緩，整整讀了半個時辰，這才把府規給讀了一遍。

她讀完就往後退了一步。

接著出列的一個胖乎乎的中年女官，正是高女官，她手裡捧著一個匣子。

陳尚宮含笑道：「現在進行府規考試，要求一題都不能出錯，若是出錯，即刻遣送出王府。」

姚素馨含笑而已，秦英蓮則有些繃不住，不屑地瞅了宋甜一眼。

宋甜自然感受到秦英蓮對自己的敵意，有些無語——她和秦英蓮又不熟，礙著秦英蓮什麼事了？

考場還是在花廳，負責監考的女官還是又高又胖的高女官。

宋甜四人分開坐在花廳四角，面前書案上都擺著厚厚一沓考題和筆墨紙硯，卻都身姿筆直一動不動。

待高女官宣佈開始，宋甜便拿起筆來，蘸了蘸墨，開始答題。

題倒是不難，就是題量多，考察的全是豫王府府規。

若不是昨晚有趙臻通風報信，宋甜還真無法肯定自己能一題不錯全都答對。

交卷之後，高女官捧著試卷進了陳尚宮書房，宋甜四人則繼續在花廳等候。

幾個丫鬟進來搬走了四張書案，卻把四張圈椅留了下來。

片刻之後，生得明眸皓齒做事幹練的辛女官指揮著她們抬了一張小八仙桌進來，八仙桌上擺著四樣茶點並一套素瓷茶具。

辛女官話不多，吩咐宋甜四人在這裡吃茶點等候成績出來，然後自己便離開了。

朱清源和宋甜在小八仙桌邊坐了下來，兩人吃著點心，說著宛州官員女眷間的一些趣事，漸漸熟悉起來。

秦英蓮和姚素馨一人捧著一盞清茶，踱到東南邊竹林前說話，說話間偶爾眼睛會瞥向宋甜，分明是閒談提到了宋甜。

宋甜沒理會，拈起一塊桂花餅思索著。

她原以為姚素馨清麗無雙，又知書達禮，排除身後之人，倒是能配得上豫王，如今再看，姚素馨太喜歡拉幫結派了，將來若是進了豫王內宅，還不知道會掀起什麼風波呢！

再想到姚素馨可是以後大名鼎鼎的新帝寵妃宸妃娘娘，宋甜心中警戒。分明出身豫王府女官，卻能成為新帝寵妃，這位姚素馨絕對不像如今她看到的那樣簡單。

朱清源見宋甜沈思，不由笑了。

宋甜當局者迷看不清楚，她作為旁觀者，卻看得清清楚楚——宋甜太過美貌，又活潑可愛，才情也不錯，若是姚素馨的目標是成為豫王側妃，那宋甜的確是她的勁敵了。

若是能趁豫王還未見到宋甜，就把宋甜趕出豫王府，對姚素馨來說是最簡單便利的驅敵方式了。

一個時辰後，辛女官過來請宋甜四人進去。

陳尚宮端坐在書案後，正翻看著手上的四疊考卷，聽到宋甜四人的請安聲，抬眼看了過去，看著頗為嚴肅的臉上竟然漾出笑意來。「我先宣讀一下名次。」

宋甜雖然熬夜背誦過府規了，對自己今天的發揮也很滿意，卻依舊有些緊張，雙目炯炯看著陳尚宮，等待陳尚宮宣佈名次。

陳尚宮視線掃過並排而立的四人，發現朱清源、姚素馨和秦英蓮都很篤定，只有宋甜最緊張，一雙亮晶晶的杏眼睜得圓溜溜的，嫣紅櫻唇也緊緊抿著，似是擔心得很。

她不由笑了起來，道：「四位女官都是滿分，我竟找不出一處錯誤或者遺漏，可名次總要排出來的，所以我就用各位的書法來排名了。」

宋甜鬆了一口氣，整個人放鬆下來，眼睛裡滿是歡喜，只等著陳尚宮宣佈名次。

她對自己的書法很自信，她擅長的可是當今天子永泰帝和陳尚宮都喜歡的字體。

陳尚宮見宋甜笑容燦爛，不由得微笑，道：「第一名，朱清源。」

宋甜笑容微收——咦？按書法排名，第一名不是我嗎？

陳尚宮面不改色，繼續念道：「第二名，姚素馨；第三名，宋甜；第四名，秦英蓮。」

念罷名次，她又道：「既然四位女官全都通過府規考試，今日就算正式入職，四位都是八品的女史，除正式場合，女官服飾可不必天天穿戴。這會兒王爺在府內，我先帶妳們去給王爺請安。」

四位女官齊齊答了聲「是」。

第十七章

姚素馨看了宋甜一眼，見她正歡喜地看著陳尚宮，雙目晶瑩，肌膚似籠罩一層珠光，美得燦爛奪目，心中暗恨，垂下眼簾。

宋甜太出眾了，須得想個法子，務必要把她攆出豫王府！

這時候立在一側的辛女官提醒道：「尚宮，四位新進女官各自的職責還未分配。」

陳尚宮笑了起來。「我竟忘了，多謝妳提醒。」

她看向宋甜四人，緩緩道：「如今王府內院四個位置有缺，第一個是管理王府內院的衣飾，第二個是管理王府內院的幔帳和出行的車轎華蓋，第三個是管理內院園林的瓜果鮮花，第四個職位是管理王府內院的藏書樓——妳們四位先考慮一下。」

朱清源、宋甜、姚素馨和秦英蓮並排立在那裡，都在垂目思索。

片刻後，姚素馨微微屈膝，道：「啟稟尚宮，英蓮妹妹年幼，請讓她先挑選吧，我可以靠後一些。」

陳尚宮聞言，看向宋甜——如果她沒記錯的話，這四位新進女官中，應該是宋甜年紀最小，才十四歲，秦英蓮看著年幼，其實比宋甜要大一歲。

宋甜聽到姚素馨這句話，第一反應是——姚素馨這是以退為進，和秦英蓮玩心眼呢，不知秦英蓮會不會上當，便當即看向秦英蓮。

秦英蓮那雙大得出奇的眼睛瞬間濕潤了，鼻孔翕動，心緒激動，一時把她姨母蘇女官的叮囑拋在腦後，當即也屈膝福了福，道：「尚宮，素馨姊姊做事周全細緻，還是讓她先選吧！」

蘇女官在旁側立著，微不可見地皺了皺眉頭——這傻丫頭，昨晚還叮囑她，讓她挑選管理王府內院衣飾這個職位的，這會兒被人虛情假意一激，就不管不顧了。

她給秦英蓮使了個眼色，奈何秦英蓮正滿眼感動看著姚素馨，根本不看她。

姚素馨語氣十分誠懇。「尚宮，我雖做事細緻些，可英蓮妹妹畢竟年紀小，而且聰慧好學，博覽群書，再說了，長應讓幼，我比她大，理應讓著她。」

宋甜聽到姚素馨說秦英蓮「聰慧好學，博覽群書」，不禁瞅了她一眼，心道：難道姚素馨是想讓秦英蓮去藏書樓嗎？

以宋甜對趙臻的了解，趙臻一向精力充沛，愛好眾多，他愛習練武功、愛研究兵書、愛作戰、愛騎馬、愛打獵、愛散步、愛習字、愛聽書聽曲、愛美食……唯一不愛的就是讀書。

前世宋甜沒見過他讀除了兵書以外的書，藏書樓更是從未踏足，若是掌管藏書樓，怕是再難有近距離與趙臻接近的機會。

秦英蓮眼珠子似蒙著一層水霧，聲音微顫。「還是素馨姊姊先選吧，我願意讓著素馨姊姊！」

陳尚宮眼睛裡含著笑意，道：「既然秦女官如此友愛，姚女官，妳先選吧！」

姚素馨又推讓了一番，最後做出一副很是感動的姿態，嘆息著道：「英蓮妹妹待我如此志誠，我再推讓，就有些對不住英蓮妹妹待我的好意了……」

她一臉感動與謙恭，說出了自己的選擇。「我比較擅長針黹女紅，對皇室禮儀略有研究……既如此，我就負責管理王府內院的衣飾吧！」

陳尚宮微微頷首，又看向朱清源。「朱女官，妳來挑選吧！」

朱清源毫不拖泥帶水，直接道：「啟稟尚宮，我願意負責管理王府內院的幔帳和出行的車轎華蓋。」

陳尚宮看向宋甜。「宋女官，妳呢？」

秦英蓮原本想著姚素馨和朱清源挑選完，按照年齡也該輪到自己了，沒想到陳尚宮居然會讓宋甜先挑選，忙道：「尚宮，宋甜年紀最小——」

陳尚宮嘴角翹了翹。「宋女官年紀確實最小，方才姚女官不是說『長應讓幼』，豈不正應該讓宋女官先挑選？」

秦英蓮低頭垂目答了聲「是」，藏在衣袖裡的手卻握了起來。

宋甜，妳若是不知讓人，把最後那個好職位挑選走，看我以後如何整治妳！

剩下的兩個位置——管理內院園林的瓜果鮮花和管理王府內院的藏書樓，不用多想，她也知道管理內院園林的瓜果鮮花這個職務更好一些，畢竟有油水可撈，而且說不定什麼時候就能遇到散步的豫王了。

她姨母蘇女官告訴過她，豫王從不讀書，管理王府內院的藏書樓就如同進了冰窖子，那就別想接近豫王了。

宋甜並不怕因此見不著趙臻，反而想起了豫王府藏書樓裡那些孤本，還有藏書樓的安靜和罕有人跡，當即道：「啟稟尚宮，我願意掌管藏書樓。」

她喜歡讀書，而且她想找個合適的地方煉製藥物——摘星樓不行，月仙隨時都在，有一點動靜氣味，就會被她發現。

聽到宋甜說願意掌管藏書樓，姚素馨和秦英蓮都不敢相信自己的耳朵，用看傻子的眼神齊齊看向宋甜。

秦英蓮反應很快，當即上前半步，屈膝道：「尚宮，既然宋女官選擇了掌管藏書樓，那我就管理內院園林的瓜果鮮花！」

藏書樓本是王爺先頭吩咐的，這倒省了事。

陳尚宮含笑看了宋甜一眼，見她眼神清澈，神情坦蕩，顯見是真的想去藏書樓，當下便道：「既如此，就按照妳們自己的選擇分配吧！」
決定好職務分配，陳尚宮便起身道：「我這就帶妳們前往承運殿覲見王爺。」
承運殿位於豫王府外院，與和風苑距離頗遠，因此需要乘車前往。
和風苑大門外停著兩輛馬車，馬車用深藍色裝飾，車身上有「豫王府」三個篆體字。
陳尚宮由辛女官攙扶著登上前面那輛馬車，宋甜四人則登上了後面那輛馬車。
馬車轆轆而行，往前方而去。
秦英蓮和姚素馨先上了馬車，占據了馬車中最舒服、視野最好的正座。
朱清源和宋甜都不在意這些，上車後見倒座是空著，就在倒座上坐了下來。
宋甜坐在馬車裡，從飄著輕紗的車窗向外看去，卻見王府外院的建築都是清水牆面，碧色琉璃，殿堂巍峨，亭閣軒昂，再加上古木參天，道路筆直，越發顯得布局嚴謹，氣勢森然，與記憶中她的魂魄追隨趙臻時一模一樣，心情十分複雜。
如此巍峨壯美的王府，若是按照前世軌跡，六年後趙臻就會離開，率軍遠赴邊關禦敵，從此再也沒有回來。
趙臻雙目口鼻流出鮮血，在她面前倒下的景象再次浮現。
當時她撲了上去，卻接了一個空。她只是一抹幽魂啊……

宋甜閉上眼睛，不願再看，不願再想。

趙臻素來好潔，卻抱著滿身是血的她的屍體離開譚記客棧，親手把她下葬，親手為她撒上第一抔黃土，無數次用香花、香果還有酒水祭奠她……

這一世，無論付出什麼代價，她都要護他周全！

馬車在承運殿前的廣場欄杆外停了下來。

陳尚宮下了馬車，帶著宋甜四人沿著承運殿前的石道向前走去。

一直走到了雲階玉陛下面，陳尚宮這才停下腳步，待通傳後，這才帶領宋甜四人進了承運殿。

承運殿高大巍峨，氣勢非凡，殿內雕梁畫棟，十分華美。

穿著親王袍服的豫王趙臻端坐在正中間的王座上。

宋甜四人隨著陳尚宮參拜完畢，便立在陳尚宮身後，靜聽陳尚宮向豫王回話。

姚素馨是第一次如此近距離看豫王，當真是吃了一驚。

她沒想到豫王竟然生得如此好看，這種好看，不能簡單說是英俊或者俊美、秀美，而是一種與別人都不一樣的美。簡而言之，豫王是一位絕世美人，他的五官若單看的話並不算頂好看，可是生在豫王的臉上，卻好看得令人屏住呼吸。

如果說一般人是女媧娘娘隨意造出來的，像豫王這樣的人，應該是女媧娘娘精心捏製出來的吧？

秦英蓮早聽蘇女官說豫王的容貌絕世無雙，還以為是帶點女兒氣的秀美，這會兒見了，一時竟呆住了，腦海中只有這句話——姨母說的沒錯，豫王是世上唯一擔得起「絕世無雙」四字的男子！

而朱清源見了豫王，只覺得豫王年紀還小，臉頰甚至還有嬰兒肥，看起來比實際年齡還小一些，並無甚遐思。

豫王那張臉，雖然宋甜知道好看得很，不過前世她死後好幾年兩人「朝夕相處」，她早看慣了，並沒有驚豔，因此宋甜這會兒就用眼睛的餘光觀察朱清源、姚素馨和秦英蓮的反應。

朱清源的反應很正常，就是中規中矩的覲見上司的樣子。

姚素馨眼神閃爍著光，不停地抿嘴唇，顯見很驚豔歡喜。

秦英蓮原本就大的眼睛瞪得更大了，嘴唇微啟，表情一直未曾改變，分明是看呆了。

宋甜看罷，心道：姚素馨這樣的人才，若是能一心一意待趙臻，其實也不錯，只可惜她這人心眼太多，為人不善良，有些配不上正直善良又有一腔熱血的趙臻……

宋甜懷著一片「慈母」之心，替趙臻觀察著姚素馨，卻沒想到趙臻也在看她。

趙臻前幾次見宋甜，她都是髮髻輕綰，衣裙輕便，衣袖窄窄，纖腰一束，隨意而灑然。

他還是第一次見宋甜嚴妝正服，覺得頗為新奇，因此一直在打量宋甜，見她大黑眼珠子往同列的一個女官那裡瞟來瞟去，不禁隨著她的視線看去，面帶微笑，心道：宋甜怕是不知道她眼珠子比一般人黑，比一般人大，還這樣瞅別人，實在是特別明目張膽。

姚素馨見豫王對著自己鳳眼微瞇，唇角翹起，分明是在微笑，心跳當即快了起來——豫王看上我了嗎？我得想個法子，讓他記住我、喜歡上我！

秦英蓮也覺得豫王在看自己，不敢繼續看豫王了，垂下眼簾，一副羞答答的模樣。

一時陳尚宮回稟完畢。

趙臻不愛說廢話，直接道：「賞。」

蔡長史在旁侍立，當即揮了揮手，四個近侍排成一排，各自捧著賞賜之物出列。

謝賞之後，陳尚宮帶領宋甜四人向外退去。

姚素馨計算好時機，擺出最美的姿勢，扭頭向後，見豫王正看著這邊，就深深看了豫王一眼，然後含羞帶怯垂下眼簾，急急隨著眾人一起退下了。

這個動作，她曾練過無數次，絕對風姿無雙，不由得豫王不動心。

宋甜走在最西邊，她剛走過去，殿門處懸掛的輕紗就被風捲起，遮住了她的去路。

宋甜猛地停住腳步，身子瞬間前傾，她來不及反應，正要伸手去抓飄飛的輕紗穩住自己，卻一頭一臉撞進了一個人的懷裡——繁雜的刺繡錦緞下是硬邦邦的身子，身上是清新的薄荷香胰子的氣息，應是一個身材頗高的男子，而且年輕愛乾淨。

與宋甜撞上的那人反應很快，身子飛速後退一步，右手手指伸出，摁在了宋甜的額頭上，止住了宋甜向前栽倒的趨勢。

待宋甜站穩，他旋即鬆開手指，含笑側立西邊，給宋甜等人讓路。

宋甜抬頭看去，卻見那人約莫二十三、四歲年紀，身材高眺，穿著錦繡武官服飾，長眉入鬢，鼻梁高挺，嘴唇略薄，十分英俊，正是豫王府護衛指揮使藍冠之，不由得一愣——藍冠之是開國功臣藍和的孫子，前世一直追隨豫王，新帝登基，他自請戍守遼東，臨行前曾往北邙山祭奠豫王，以後再未見面，卻未曾想如今在這裡撞上了。

藍冠之見宋甜看自己，挑了挑右嘴角，笑容帶著一分邪氣，兩分颯然，瀟灑得很。

兩個近侍小跑上前，把飄飛的輕紗攏了回去。

陳尚宮停下腳步，含笑看向藍冠之，彼此見了禮，便帶著宋甜等人離開了。

藍冠之與豫王既是屬下與上司，又是夥伴，還有親戚關係，平時自是不同，不過這會兒當著蔡長史等人的面，他態度謹慎，執禮甚恭。

回話完畢，藍冠之陪著豫王沿著一條石道步行向松風堂走去。

道路兩側古松矗立，略顯陰冷。

藍冠之負手而行，笑著問趙臻。「王爺，方才那幾個，是今年新進的女官嗎？」

趙臻「嗯」了一聲。

藍冠之笑容加深。「其中有一個長得嬌怯怯、杏眼烏溜溜的，是什麼來歷？」

趙臻看向藍冠之。「杏眼烏溜溜？」

藍冠之回想方才跟自己撞在一起的女孩子那一對大黑眼珠子，頓時笑出聲來。「就是眼珠子特別黑、特別大的那個女孩子！」

他以前聽人說書，說女孩子的眼睛生得好看「如秋水，如寒星，如寶珠，如白水銀裡頭養著兩丸黑水銀」，他還覺得誇張。如今，見了今天這個女孩子，藍冠之覺得說書先生形容得真好，那個女孩子的眼睛，可不就是如此。

趙臻觀察著藍冠之，口中道：「你管人家女官的來歷做什麼？」

藍冠之心中歡暢，猛地跳了起來，伸手搆下了一根松枝，拿在手裡把玩著。「我瞧她挺順眼，若是家世匹配，就讓官媒去說親。」

趙臻「哦」了一聲，道：「你和她不匹配，不用說親了。」

藍冠之停下腳步。「哎，我們郎才女貌，哪裡不匹配了？」

趙臻想了想，道：「你太老了——她還小，你都快三十了，都能當她爹了。」

藍冠之氣得把松枝摔了。「我說王爺，我是二十三，並不老！」

趙臻有點口不擇言了。「你是望門鰥，別老覬覦人家嬌弱稚嫩可憐的小姑娘了！」

藍冠之被氣笑了，用手指指著自己。「我，望門鰥？」他轉念一想，又道：「不對，我還是第一次聽到『望門鰥』這個詞，不會是王爺你杜撰的吧？」

趙臻大步流星往前走，口中道：「你表妹夭亡，為她守了六年，不是望門鰥是什麼？」

藍冠之越聽越不對，心中狐疑，疾步趕了上去，質問道：「王爺，你不會是看上人家小姑娘了吧？」

聽了藍冠之的話，趙臻放慢了腳步，想了想，然後問藍冠之。「什麼是看上她？是喜歡上她嗎？怎麼樣才稱得上喜歡？」

藍冠之覺得此時的對話略微有些怪異，自己居然在跟十六歲的豫王談男女之間的情愛。不過他知道趙臻雖是皇子，卻因為爹不疼，娘早死，兩個兄長又各有心思，再加上皇室內錯綜複雜爭鬥的緣故，還未曾納過姬妾，對男女情愛的確不怎麼懂，當下點了點頭解釋。「對啊，喜歡就是看到她你就心跳加速，就想親她、吻她，就想推倒她……嗯，你懂的。」

趙臻認真地想了想，最後道：「那我不喜歡她。」

他只覺得宋甜可愛淘氣，覺得宋甜很親近，看見宋甜，他還挺開心的——但是沒有心跳加速，也沒想過要吻她、撲倒她。

藍冠之停下腳步，打量著趙臻。趙臻也停下腳步，坦坦蕩蕩任他打量。

藍冠之知道趙臻有一個習慣隨去世的端妃娘娘，他寧願不說話，或者顧左右而言他，也不願說謊，便信了趙臻的話，一邊往前走，一邊轉移了話題。「王爺，遼東的那幾個衛所，要不要派些自己人過去？」

如今出鎮遼東的武將藍明是藍冠之的叔父，初到遼東，正在逐步安插自己人進去，好漸次掌控遼東軍衛。

趙臻思索了片刻，道：「當然得有自己人才放心。不過咱們得讓年輕一代去試煉一下了，你在宛州諸衛所選幾個忠誠有能力的，派到遼東衛所做千戶，將來有了功績，再提為掌印千戶。」

藍冠之答了聲「是」，繼續陪著趙臻往前走。

回到和風苑，陳尚宮就派人帶著四位新進女官去熟悉各自的新職務。

宋甜帶了月仙，隨著辛女官來到了藏書樓。

藏書樓位於王府內院中線的西邊，是一個位於參天松林間的樓閣，共有三層，樓前是幾株玉蘭，環境幽靜而疏朗。

在藏書樓服役的是兩個婆子，見辛女官引著新來的宋女官進來，忙上前見禮。

送走辛女官後，宋甜帶著兩個婆子從一樓到三樓轉了個遍，也把藏書樓的情況問得差不多了。

藏書樓總共分為三層，都是打通的大通間，裡面是一座座書架，一樓和二樓擺的都是一般的藏書，三樓收藏的則是珍稀的孤本一類，除非奉了王爺的諭旨，一般不能進入——不過鑰匙由掌事女官保管。

宋甜發現兩個婆子還算盡心，書籍都整理得整整齊齊，地板也擦得乾乾淨淨，便誇了她們兩句，還吩咐月仙賞她們一人一個小銀錁子。

兩個婆子身處藏書樓這冷衙門，一點油水都沒有，如今陡然得了這銀錁子，喜出望外，待宋甜就更加恭敬熱情了。

宋甜要的就是這般，便指揮著兩個婆子給自己在二樓靠南窗處整理一個處理公務並休憩的空間出來，又讓月仙回蘭亭苑取了些錦褥靠墊、茶具點心之類送過來。

待一切齊備，已經是下午時分了。

宋甜坐在二樓南窗前的錦榻上，喝著茶，吃著點心，查看著簿冊。

她發現藏書樓每個月都有花木盆景分例，而這個月的還沒有領，便吩咐兩個婆子去花木房領這個月的六十盆花木，特地交代她們儘量多領些蘭草。

一直到了傍晚時分，兩個婆子才來覆命——六十盆花木都領回來了，不過新上任的花木房掌事女官秦女官說蘭草過於珍貴，只給了兩盆，其餘都是些普通花木。

宋甜不禁笑了。

秦英蓮那樣心胸狹隘愛拉幫結派排擠別人的人，不難為她才是罕見，如此才是正常。

宋甜並不會和秦英蓮計較這等小事，只等著哪天她出了大紕漏再算總帳。

第十八章

回到摘星樓，宋甜有些疲憊，淨手洗臉後便趴在一樓明間的羅漢床上，讓紫荊給她按摩腰背。

紫荊一邊按摩，一邊絮絮和宋甜說閒話。「姑娘，我今日把秦女官的底細給打聽出來了。」

宋甜「哦」了一聲，等著紫荊往下說。

紫荊和她配合默契，知道這聲「哦」的意思是讓自己繼續說，便接著道：「秦女官的爹秦千戶是王爺外祖父定國公的屬下，而且妳知道嗎？蘇女官原來是秦女官的嫡親姨母……」

月仙一聲不吭，在一邊整理豫王的賞賜，待紫荊說完，便稟報道：「女官，王爺的賞賜都貼著封條，奴婢不敢揭開。」

宋甜想了想，道：「那妳送到三樓小庫房吧，待我有空了再拆開。」

因賞賜略有些重，月仙就叫了紫荊幫忙，一同抬到三樓小庫房。

晚上洗好澡出來，宋甜聽到窗外淅淅瀝瀝，忙打開窗子去看，才發現外面下起了小雨。

她在窗前榻上坐了一會兒，看著對面靜默的松濤樓和無邊無際的松林，直到覺出些冷意來，這才起身關上窗子，去看豫王給她的賞賜。

宋甜擎著燭臺去了隔壁的小庫房。

她撕開封條，解開包裹在外面的青緞，發現一共賞賜了六疋尺頭：一疋松江闊機尖素白綾、一疋大紅妝花緞子、一疋鸚哥綠潞綢、一疋翠藍雲緞、一疋玄色緞子和一疋藏青雲絨。

宋甜撫摸著這幾疋尺頭，忽然靈機一動。

藏青雲絨可以用來做男鞋鞋面！

她抖開了那疋藏青雲絨，果真在裡面發現了一個深色錦袋，鬆開繫繩，裡面是用雪浪紙裁剪的鞋樣。

掏出鞋樣，宋甜端詳著笑了起來。

她還想著如何能看到他的腳呢……看來是沒希望了。

宋甜也不覺得累了，當下拿來刀尺，開始裁剪鞋面。

外面雨越來越大，雨滴打在樓頂的瓦片上，發出清脆的響聲。

宋甜舒舒服服躺在床上，聽著外面的雨聲，心裡想著：趙臻這會兒在做什麼呢？前世他洗完澡，要麼散散步，要麼在臥室活動身子，待累了倒頭就睡……

到了早上，宋甜睡足起身，打扮得齊齊整整，穿上木屐，打著雨傘，帶著月仙往和風苑點卯去了。

她路上遇到了朱清源。

朱清源打著把油紙傘，後面跟著丫鬟鳳仙，見宋甜帶了月仙過來，她便立在岔口等著。

兩人寒暄畢，一起出了蘭亭苑。

姚素馨和秦英蓮已經在和風苑書房前的大花廳等著了。

見朱清源和宋甜過來，姚素馨笑容和煦，牽著不情不願的秦英蓮上前見禮，然後道：

「陳尚宮正在用早膳，咱們得再等一等。」

姚素馨和朱清源正說著話，秦英蓮忽然開口問宋甜。「王爺的賞賜，妳得了什麼？」

宋甜道：「幾疋尺頭。」說完，她便一聲不吭，立在那裡聽姚素馨和朱清源說話。

秦英蓮正等著宋甜問她，好炫耀一番，誰知宋甜一直不開口，她只得悻悻地走開了，覺得宋甜這人實在是又笨又不識趣。

轉眼間三月過去了，明日便是四月初一。

初一是王府屬官的休沐日，宋甜也有一天的假。

傍晚時分，紫荊立在摘星樓外，接到了從藏書樓回來的宋甜。「姑娘，明日是休沐日，咱們要不要回臥龍街？」

宋甜想到爹爹去了京城，家裡就兩個姨娘，自己回去了也沒什麼事，當下道：「我沒什麼事，就不回去了。」

她抬眼看向紫荊，見紫荊依舊眼巴巴看著自己，想起紫荊似乎對宋榆那小廝有些好感，不由得笑了，接著道：「不過妳得替我走一趟，回去看看金姥姥，然後尋宋榆、宋竹打探一下家裡的情況，再讓金姥姥做些好吃的，用食盒裝了提回來。」

紫荊眼睛一亮，答道：「好的，姑娘！」

晚間宋甜點了燈，坐在臥室窗前的榻上翻看從藏書樓借的一本話本。

她這幾日每晚臨睡前都做一個時辰針線，已經做好了一雙藏青雲緞面男履了，只是不知道該如何讓趙臻上腳試一試。

須得確認他穿著舒適，宋甜才能開始做第二雙。

這個話本是模仿西廂記寫的，故事老套，好在語言幽默，引人發笑，宋甜笑得眼淚都出來了，登時聽到窗戶「啪」地響了一聲。

她看過去，雪浪紙糊的窗子映著昏黃的燭光，靜悄悄的。

這時候只聽又是「啪」的一聲，窗紙被震了一下。

宋甜拔開窗閂，吹熄了小炕桌上的燭臺，這才打開窗子。

對面松濤樓的窗子也開著，沒有燈光，宋甜瞇著眼睛細看，影影綽綽看到窗子裡立著一個人。

她謹慎地一聲不吭，直到對面那人輕咳了一聲。

是趙臻的聲音！

宋甜瞬間歡喜起來，探身出去，輕輕道：「鞋子我做好了一雙，你先試試合不合腳，好不好？」

趙臻總覺得宋甜和他說話的語氣，像是在哄弟弟，感覺怪怪的。

不過他莫名地信任宋甜，當下道：「妳扔過來我試試。」

宋甜跳下榻，摸黑從櫃子裡拿出用錦袋裝好的雲履，回到窗前，道：「你躲一邊，我扔過去給你。」

趙臻一直在對面等著，就答應了一聲。

宋甜確定他讓到一旁了，這才舉著錦袋，對準對面的窗子，用力扔了過去。

一聲響聲之後，對面傳來趙臻的聲音。「我拿到了。改日再告訴妳合不合適。」

宋甜一直到睡著前，心裡還在疑惑。

趙臻要怎樣告訴我，這雙雲履到底合不合腳呢？

紫荊第二天午間剛過就回來了。

她把從宋家帶回來的食盒擺在一樓明間的八仙桌上，一邊往外取小食盒，一邊嘆氣。

宋甜坐在羅漢床上，發現了紫荊的異狀。

月仙聰慧得很，當即道：「女官，我去紅楓榭尋鳳仙借一些繡花用的絲線。」

待月仙出去了，宋甜這才問紫荊。「家裡出什麼事了？」

紫荊剛開始不說話，後來宋甜又問，她忽然撲進宋甜懷裡，放聲哭了起來。

宋甜差點被紫荊給推倒，忙抱住紫荊穩住身子，抬手輕輕撫著紫荊的背，等她哭完再說。

待紫荊哭夠了，宋甜這才拿了方潔淨帕子遞給她。「擦擦眼淚吧！」又問她。「到底出了什麼事？」

紫荊擦去臉上的淚，又拿出自己的帕子擤鼻子，才抽噎著道：「宋榆和冬梅好上了。」

宋甜詫異道：「冬梅心氣那麼高，她怎麼會看上宋榆？」

前世冬梅可比誰都有福氣。宋志遠亡故後，繼任的雲提刑先前曾在宋宅見過冬梅，一眼看中，就問吳氏把冬梅要了過去。

冬梅過去沒多久就有了身孕，後來誕下一子，極受寵愛。

雲提刑嫡妻病故後，冬梅母憑子貴，被雲提刑扶正做了太太。

後來宋甜曾在運河上與冬梅錯身而過。只是那時候她倉皇從京城逃出，喬裝打扮乘坐著載客的夜行船，而冬梅滿頭珠翠渾身綾羅扶著丫鬟立在進京的官船上。

曾經的主僕，卻是天上地下，地覆天翻。

可見世事多變，一切都沒有定數，還是得靠自己努力……

宋甜思忖著，又道：「再說了，冬梅被我爹收用過，宋榆不怕我爹回來拾掇他？」

紫荊抽抽噎噎道：「宋榆傻唄，冬梅哪裡能看上他？不過是因為他負責看門，和他好了方便進出罷了。」

宋甜聞言，心裡一動——冬梅心氣極高，等閒不會看上宋榆的，如今會冒險和宋榆好上，最大的可能是魏霜兒要她做的。

冬梅和魏霜兒的關係其實是有些奇怪的，宋甜一直懷疑她倆是戲詞中說的磨鏡之好，只是魏霜兒不過拿冬梅當個解悶的，而冬梅待魏霜兒則更加忠心熱忱。

宋甜記在心上，預備四月十五休沐日回臥龍街一趟，看看魏霜兒到底要做什麼。

待紫荊情緒恢復了，宋甜起身，準備了熱水、香胰子和手巾，親自服侍紫荊淨了臉，又拿了香脂遞給她。「這個妳用來搽臉吧，宋榆算什麼？以後日子長了，咱們見的人多了，好男人多的是，妳慢慢相看，有合適的我給妳作主。

「有了錢，就是青年才俊也會巴結妳，到時候咱們好好挑……」

紫荊正把香脂細細塗在臉上，聞言不禁笑了起來——姑娘可真會安慰人呀！

宋甜見紫荊破涕為笑，這才放心了些，繼續問她。「二娘、三娘呢？她們怎麼樣？」

紫荊想了想，說道：「二娘還是老樣子，把家管得挺好；三娘只是不安生，聽說她——」她湊近宋甜低聲耳語。「我聽人說，三娘和宋槐不清不白……是值夜的婆子告訴我的，說自從老爺去了京城，三娘晚上就打開角門，讓宋槐進去，清早不等天亮再放宋槐出來……」

宋甜前世就知道這件事。

魏霜兒是一刻都離不得男人的，也不知道給她爹戴了多少頂綠帽子。不過她爹也不是什麼好人，他倆正是天生一對地造一雙，大哥別嫌二哥，誰也別說誰。

宋甜沒打算張揚出去。

不過這件事，也許可以用來要挾魏霜兒……

這日，陽光燦爛，天氣異常晴朗。

宋甜哄罷紫荊，見藏書樓前的幾株玉蘭花開得正好，就打開窗子，坐在錦榻上，一邊喝茶吃點心，一邊看書賞花。

正愜意間，宋甜忽然聽到樓梯那邊傳來上樓的腳步聲，聽起來不是那兩個婆子的動靜，不禁一愣：這時候怎麼會有人過來？

宋甜忙放下手裡的點心，端起茶漱了漱口，又拿起小靶鏡對著照了照，用手指勻了勻唇上的香膏，見一切無礙，這才起身理了理裙襬，抬頭看了過去。

誰知宋甜一抬眼，卻見一個穿著青色道袍的少年書生正立在那裡好奇地看著她——不是趙臻又是誰？

趙臻一上來，就瞧見宋甜左手舉著小靶鏡，右手食指沾了些紅色香膏在唇上塗抹，覺得新奇，便立在那裡看。

這會兒見宋甜終於看到他了，趙臻腳步輕捷走上前，忍著笑道：「不必行禮，請坐。」

他自己先在錦榻上坐了下來。

宋甜看了一眼小炕桌上的桂花糕、椒鹽鴨架和素瓷茶壺、茶盞，再看了看趙臻，原本想要另拿一個潔淨茶盞，也給趙臻倒一盞茶的，可是想到前世種種，便打消了這個念頭，隔著小炕桌也坐了下來。

想起自己給趙臻做的那雙藏青雲絨雲履，宋甜忙探身往趙臻衣襬下看。

趙臻察覺到了她的意圖，配合地伸手掀起衣襬，讓宋甜看。

他果真是穿著那雙嶄新的藏青雲絨雲履過來的！

宋甜不禁瞇著眼睛笑了起來，柔聲問他。「怎麼樣？合腳嗎？穿著舒適嗎？」

趙臻瞟了她一眼，點了點頭。「合腳。甚是舒適。」

走路時鞋底軟綿綿的，似有一股柔和的氣體在腳底撐著，他還沒穿過如此舒適的鞋履。

宋甜得意洋洋道：「我的做鞋技術看來還不錯。」她言若有憾。「我若是能好好研究研究你的腳，怕是做出的鞋履更舒適更好看。」

趙臻不是女子，他的腳也沒珍貴到不能讓宋甜看的地步，只是想到要特別把自己的赤腳展示給宋甜看，他還是覺得有些怪異。

宋甜悄悄瞅趙臻，見他垂著眼簾若有所思，濃長的睫毛撲撒了下來，像是有些不好意思，不禁心道：不過是要看看你的腳，你有什麼不好意思的？我連你背上的那粒小紅痣都瞧過好多次呢！

兩人都不說話，二樓靜悄悄的，外面兩隻喜鵲從玉蘭花間飛過，發出清脆的鳴叫聲。

趙臻扭頭看窗外，道：「這裡的玉蘭花怎麼開得這麼晚？」

他記得宮中的玉蘭花，二月初時就掛滿枝頭了，如一粒粒明珠綴在深藍色的天幕中，煞是好看。

宋甜瞧著他，覺得怎麼看怎麼好看，怎麼看怎麼順眼，口中卻答道：「這是晚玉蘭，開得要晚一些。」這一瞧，她發現趙臻眼瞼下方微微有些發紅，忙湊近一些細看，然後問道：「你是不是上火了？」

前世宋甜就發現趙臻不像一般年輕男子那樣，有了火氣會出痘痘，他有了火氣，先是眼臉有些紅，接著就開始喉嚨疼，再接著就會發起燒——好在他身子康健，一年大約也就病一、兩次，不過也夠凶險了。

趙臻的鳳眼瞬間瞪得圓溜溜。「妳怎麼知道？」

他喉嚨有些疼，不過他誰都沒告訴，包括近身侍候的兩個小廝琴劍和棋書。

宋甜故意不說，一邊觀察他，一邊道：「反正我知道你上火了，你回去讓良醫所的人給你開一些藥，免得喉嚨腫起來連話都說不出來。」

豫王府是親王府，自然設有良醫所，良醫所有良醫正和良醫副兩位大夫。

趙臻沈吟了一下，道：「倒是不必麻煩良醫所的兩位醫正。」

宋甜當即聽懂了——如今豫王府良醫所的兩位醫正都不是趙臻的人。

她想了想，大著膽子道：「我那裡有黃蓮上清丸，你敢吃嗎？」沒等到趙臻回答，她馬上又道：「我陪你一起吃。」

趙臻原本滿腹的心事，聽到她這句話不由得也笑了，道：「哪有陪吃藥的！」

他看向小炕桌上用素瓷小碟子裝的桂花糕和椒鹽鴨架。「妳這是從哪裡來的？」

若是王府的，碟子上會有豫王府膳廚的標誌。

宋甜捻起一塊桂花糕咬了一口。「是我家裡一位老嬤嬤做的，椒鹽鴨架也是她做的，她還做了滷鴨翅和芥末鴨掌，我的丫鬟昨日回家，幫我帶過來，如今都放在我房裡呢！」

趙臻沒說話，專注地看著碟子裡的桂花糕。

宋甜知道他愛吃甜食，遲疑了一下，道：「你……要不要嚐嚐？」她急急補充了一句。「若是不放心的話，我先吃一口，然後再給你吃。」

「妳咬一口，剩下的我吃？」趙臻抬眼看她，鳳眼裡漾著笑意。「那倒也不必。」

宋甜忍不住伸手在趙臻肩膀上捶了一下。「我的意思是，我先掰下來一塊吃下，沒問題的話，再給你吃剩餘的部分。」

趙臻被打，這還是平生第一次，按照他以牙還牙的性子，他的第一反應是思索要不要打回去？哦，不能，宋甜是個嬌怯怯的小姑娘，打女子算什麼男人！

他的思緒又回到了方才如何吃桂花糕這個問題，直接道：「我手沒洗，妳餵我吃一塊吧！」

若是陌生人，想必就轉不過來了，但宋甜對他可是熟悉得不能再熟悉了，知道他腦子轉得極快，這是想要把話題收回去的意思，配合地伸出拇指和食指，捻了一小塊桂花糕，餵到了趙臻嘴裡。

她的指尖不小心觸到了趙臻的嘴唇。他的嘴唇軟軟的、暖暖的，觸感極好。

趙臻把這塊桂花糕吃完，想起方才宋甜給他捻桂花糕的是右手食指，他進來的時候，宋甜正用這根食指蘸了香膏在塗抹嘴唇。

他下意識看向宋甜的唇。

宋甜的唇不是宮廷時下流行的極小極薄的櫻桃嘴，嘴唇略有些豐厚，看起來瑩潤好看，若是親一下，一定很軟。

意識到自己在胡思亂想，趙臻當即把思緒拽了回來。「再來一塊。」

吃了三塊之後，趙臻又提出新要求。「給我倒盞茶吧！」

茶是上好的明前雀舌芽茶，兩片嫩葉圍著中間一條嫩芽，碧青茶色在素白瓷茶盞的映襯下，越發清澈好看。

趙臻慢慢喝完了一盞，這才問宋甜。「妳喜歡喝雀舌芽茶？」

宋甜知道他那裡好茶多，都是親王份例的貢品，當下道：「我喜歡飲茶，雀舌芽茶、西湖龍井、六安瓜片、黃山雲霧……我都喜歡，你若是有多餘的，勻給我一些，好不好？」

趙臻見宋甜如此不見外，理直氣壯地要自己勻一些好茶給她，原本該覺得被冒犯的，可是心裡卻熨貼得很，似乎這是理所當然的一般，當即道：「好。」

宋甜眼睛彎彎。「我得了好茶，就再給你做四……兩雙鞋。」

她一時激動，打算給趙臻做四雙鞋，到底反應快，知道自己並沒有那能力，做不到就不要亂許諾，還是先許諾兩雙更有把握，於是飛快地改了口。

趙臻自然發現了她改口，抿著嘴笑了，道：「我想嚐嚐那個鴨架。」

從四雙鞋降為兩雙鞋，宋甜略有些心虛，聞言忙道：「我拿著你吃。」

吃飽喝足之後，趙臻懶洋洋歪在榻上曬太陽。

宋甜見狀，忙道：「藏書樓三樓有戚繼光所著兵書《練兵實記》和《紀效新書》，你要不要讀一讀？」

她記得前世趙臻極少讀書，後來卻很喜歡讀戚繼光所著的兵書，尤其是《練兵實記》和《紀效新書》這兩本書，都被趙臻翻得書頁卷了起來。

趙臻實在是不愛看書，又不願拒絕宋甜的好意，便道：「那妳讀給我聽。」

宋甜心道：即使只是聽，也對趙臻以後行軍用兵有幫助啊，也許他會因此比前世更早喜歡上戚繼光的兵書，變得更有謀略，對蔡和春及其背後之人更加警戒。

她用香胰子淨了手，然後上三樓用鑰匙打開書庫門，取出了一沓《練兵實記》，回到二樓，坐在榻上，認認真真讀給趙臻聽。

「……預日先將部下官生夙守軍令、習知束伍之教者，各分執事，填於白牌或紙上。其填營伍次第者為一號牌，填年貌籍貫者為二號牌……」

趙臻背後靠著一個靠枕，一邊曬太陽，一邊聽宋甜讀兵書。

不知是靠枕太柔軟，還是陽光太溫暖，抑或是宋甜聲音太好聽，他不知不覺就睡著了。

宋甜正讀得起勁，忽然感覺不對，抬頭一看，發現趙臻以一種極其彆扭的姿勢在榻上睡著了，陽光照耀下，他的臉潔白如玉，唇色嫣紅，嘴唇嘟著，跟個小孩子一樣睡得正香。

宋甜心裡那一點點不滿瞬間消散得乾乾淨淨，滿心都是憐惜。

趙臻一向精力充沛不愛睡覺，如今聽著書睡著，怕是累得太狠了。

她輕手輕腳下了榻，搬走小炕桌，拿了自己放在這裡的軟枕和薄被過來，把趙臻扭曲的睡姿糾正過來，將他腳上的雲履脫了，又給他墊上軟枕蓋上薄被，然後便脫去趙臻腳上的白綾襪，開始研究他的腳。

宋甜喜愛完美，如果明明能把鞋子做到最好，卻沒有做到，她心裡總是覺得意猶未盡。

第十九章

趙臻今日過來，是帶著琴劍和棋書一起來的。他上了樓，命琴劍和棋書在下面候著。琴劍和棋書在下面等了很久。

棋書原是習武出身，聽力極佳，起初還能聽到二樓窗口傳出隱隱約約的說話聲，後來就什麼都聽不到了。

他算了算時間，發現王爺已經上去將近一個時辰了，頓時有些緊張，看向琴劍。「王爺上去將近一個時辰，這會兒沒有聲音了。」

琴劍當機立斷。「你上去看看！」

棋書攀著一株玉蘭樹就爬了上去。

他敏捷異常，飛也似地爬到了與二樓窗口齊平的位置，抬眼看去，卻見王爺躺在窗內的榻上，宋甜搬了張小凳子坐在榻尾，正扶著王爺的赤腳在湊近細看。

聽到動靜，宋甜抬眼看了過去，恰好與棋書四目相對。

宋甜愣了愣，只覺尷尬萬分。

總不能直說她是在研究王爺的腳，好給他做鞋吧？

她默然片刻，道：「王爺睡著了。」

棋書早發現王爺臉頰微紅，嘟著嘴睡得正香，也很是尷尬，沈默了一下，解釋道：「我是擔心王爺。」

宋甜直接道：「讓王爺再睡一會兒吧，他似乎挺累的。」

王爺累嗎？昨晚王爺很早就睡了，再說，王爺從不睡午覺的……

棋書眼神複雜地瞅了熟睡的王爺一眼，道：「那我繼續在下面候著王爺。」

棋書飛速地滑了下去。

趙臻醒來的時候，發現自己枕著潔白的繡花軟枕，蓋著繡花白綾被子，軟枕香香的，被子也香香的，應是宋甜使用之物。

宋甜呢？宋甜怎麼不見了？

他急忙坐了起來，卻發現宋甜正趴在不遠處的書案上，執著筆不知道在寫什麼，這才放下心來。

宋甜正在畫趙臻的腳，見趙臻醒來，忙用宣紙遮住畫，然後道：「渴不渴？我倒一盞溫開水給你喝，好不好？」

趙臻「嗯」了一聲。

宋甜把趙臻當小孩子照顧，餵他喝下了一盞溫開水，問他。「還要不要了？」

趙臻答非所問。「我嗓子疼。」

宋甜忙道：「我這就回蘭亭苑，你派琴劍或者棋書去松濤樓候著，我把那瓶黃蓮上清丸用帕子裹好扔過去，藥丸小，你得一日三次，一次吃八粒。」

趙臻又乖乖地「嗯」了一聲。

宋甜見他乖得可愛，忍不住伸手摸了摸他帶著些嬰兒肥的白嫩臉頰，還用手指彈了彈，道：「記得吃藥，免得再發起燒來。」

宋甜剛進蘭亭苑，就被姚素馨和秦英蓮攔住了。

秦英蓮一臉不忿。「宋甜，王爺為何在藏書樓待那麼久？」

她的姨母蘇女官掌管禮儀引導、操辦宴會、節慶禮儀等事宜。

五月是豫王生辰，蘇女官需要操辦宴會，有些禮儀不是很肯定，就想著去藏書樓查一下，誰知還沒走出松林，就看到了候在藏書樓下的琴劍和棋書。

蘇女官猜到王爺去了藏書樓，就悄悄退了回去。

她到底有心，過了半個時辰又去窺探，卻發現琴劍和棋書還在那裡。

回到蘭亭苑，蘇女官就命人把秦英蓮叫回了玉蘭齋，好好說了秦英蓮一頓，宋甜這麼快就勾上了王爺，讓秦英蓮學學宋甜。

秦英蓮凡事不瞞姚素馨，馬上又告訴了姚素馨，被姚素馨挑撥了幾句，她便氣勢洶洶拉著姚素馨去堵宋甜這小狐狸精。

宋甜一臉迷惑。「王爺在樓上讀書，我怎麼知道王爺為何在藏書樓待那麼久？」

秦英蓮見宋甜如此，也有些遲疑了——也許王爺就是沈迷於讀書呢？

姚素馨見秦英蓮被宋甜哄住了，正要婉轉地提醒秦英蓮，誰知宋甜接著便道：「再說了，王爺是宛州之主，是豫王府的主人，難道不是想在哪裡待多久，就在哪裡待多久的嗎？總不能王爺去哪裡，待多久都得秦女官妳批准啊？」

秦英蓮張口結舌。「妳、妳胡說！我可沒——」

宋甜看都不看秦英蓮，眼睛帶著寒意看向姚素馨，話語擲地有聲。「秦女官、姚女官，作為豫王府的女官，誰才是我們的主子，咱們可得弄、清、楚！」

說罷，她推開秦英蓮和姚素馨，徑直向前走去。

秦英蓮沒想到宋甜力氣這麼大，恨恨地佇在那裡喃喃咒罵著。

姚素馨臉色發白，握著帕子立在那裡，耳畔似乎還回響著宋甜那句陰森森的「作為豫王府的女官，誰才是我們的主子，咱們可得弄清楚」。

她心亂如麻，手中的帕子快被絞成麻花了。

難道宋甜發現什麼了？宋甜到底知道多少？

回到摘星樓，宋甜直接上了三樓，把從家裡帶來的藥匣子拿了出來。

她家本來是開藥鋪子的，自有一些常備藥材，宋甜先拿出一瓷瓶黃蓮上清丸，拔出塞子倒了八粒出來，就著涼開水服了下去。

服完藥，宋甜下樓吩咐紫荊。

「晚飯時把金姥姥做的滷鴨翅和芥末鴨掌擺出來，再從膳廚領一罈薄荷酒，到時候溫了吃。」

紫荊如今在豫王府已經頗為熟悉了。「膳廚今晚涼菜有荊芥拌變蛋和酥炸小魚，我領回來給姑娘下酒。」

宋甜點了點頭，轉身又上了樓。

這一番安排後，她沒有一點問題，看來這藥沒有錯。

宋甜把那瓶黃蓮上清丸用帕子厚厚裹了好幾層，然後打開了北窗，向下望去。

一個青衣小廝正在松濤樓南側的草地上立著，聽到樓上動靜，當即抬起看了過來——正是琴劍。

琴劍機靈得很，見宋甜探頭看，忙笑著招了招手。

宋甜把包裹得厚厚的瓷瓶拿了出來，對準距離琴劍不遠的草地扔了下去。
如今正值初夏，草地綠茸茸的，瓷瓶落在上面，只是發出「砰」的一聲悶響。
琴劍撿了起來，向宋甜虛空作了個揖，轉身離開了。
琴劍素來謹慎，他路上就打開藥瓶，服用了幾粒。
回到松風堂，發現自己並沒有問題，琴劍這才把藥瓶呈給了趙臻。
趙臻接過藥瓶，拔出塞子，按照宋甜的叮囑，倒出八粒服了下去。
琴劍忍不住道：「王爺，您不先讓人驗證一番嗎？」
趙臻端起素瓷茶盞飲了一口溫開水，這才開口道：「她不會害我。」
他也不知為何，就是莫名地信任宋甜。
琴劍便不再說話了。
趙臻原本要換了騎裝去演武場習練騎射，忽然想起方才在藏書樓他剛醒來時，宋甜伸手摸了摸他的臉頰，還用手彈了彈。
我的臉就那麼軟嗎？
趙臻下意識用指頭戳了戳臉頰——的確挺軟的！
琴劍和棋書在一邊服侍，見趙臻忽然用指頭戳臉頰，都有些好奇，瞪大眼睛看著。
趙臻找到宋甜摸他臉頰的原因了，便不再理會這件事，換上騎裝，帶著小廝往演武場習練騎射去了。

宋甜晚上請了朱清源過來，兩人就著小菜喝溫過的薄荷酒，邊吃邊聊，煞是開心。

兩人談到家人，朱清源便問宋甜。「宋女官家中都有哪些親眷？」

家中人口雖多，可哪一個是她的親人？

宋甜想了想，嘆了口氣，她端起薄荷酒飲了一口，道：「我家裡如今只有一個老父，外加家母留下的一個老嬤嬤。」

朱清源聽罷，也覺淒惶，道：「先夫已去，我在世上已無親人……」

想起六、七年前陪伴丈夫在京城國子監讀書求學的往事，朱清源不由潸然淚下。「我若有子女陪伴，也能守著先夫留下的薄產度日，只因沒有兒子，族裡就明目張膽搶了我家的田產、房舍，令我如今無家可歸……」

宋甜見朱清源落淚，眼睛也濕潤了。

她前世未曾有過子女，這一世不打算嫁人，怕是也不會有子女了。

宋家多代單傳，也無親族，將來她的財產，也許會留給趙臻的子女……

宋甜端起素瓷酒壺，給朱清源添滿酒杯，道：「我家也是人口單薄，我爹雖有幾房妾室，到底都各有心思，也都不親。」

朱清源端起酒杯一飲而盡，嘆息道：「『冠蓋滿京華，斯人獨憔悴』，誰不是這樣呢，就連王爺，貴為親王，自從端妃娘娘亡故，也不過是孤孤單單一個人……」

宋甜低聲道：「不是還有陛下，還有外家定國公府嗎？」

朱清源大概是有幾分醉意了，往日謹慎寡言的一個人，竟然也說起了當年在京城時監生間的事。

「陛下眼中，只有蕭貴妃和韓王殿下，哪裡理會咱們王爺？端妃娘娘薨逝後，定國公府又送了一個女兒進宮，便是如今的熙嬪娘娘，熙嬪娘娘可是蕭貴妃的人，這些豪門大族，眼中只有利益，哪管親情？」

宋甜對宮廷往事知道得不多，沒想到朱清源會知道這麼多，她端起酒壺給朱清源斟滿，繼續問道：「陛下為何會那樣寵愛蕭貴妃？」

前世永泰帝對蕭貴妃和韓王母子，簡直是掏心掏肺，病入膏肓了，執意要為韓王清除登基的障礙，就連素來信重寵愛的大太監黃蓮，也是說抄家就抄家。

朱清源拈著酒杯，道：「妳不知道嗎？蕭貴妃是端妃的嫡親表妹，她的母親是端妃娘娘的嫡親姑母。蕭貴妃還待字閨中時，隨著母親進宮給端妃請安，卻與陛下一見鍾情，從此難捨難分，進宮後青雲直上，連表姐端妃也被她踩了下去。」

宋甜還真不知道這個秘聞。

怪不得前世定國公府作為豫王的外家，卻堅定地站在韓王那邊，原來如此啊！

想到趙臻瞧著天仙似的一個人，不管是前世還是今生，都是孑然一身，不管是生身之父，還是外祖家，都站到了韓王那邊，宋甜心裡越發憐惜起來，更加堅定了要陪伴保護趙臻的想法。

朱清源難得如此暢所欲言，與宋甜妳一杯我一盞喝了不少酒，兩人都醉了。

宋甜頭暈乎乎的，身子軟綿綿的，卻還記得支撐著吩咐月仙。「妳和月桂一起送朱女官回紅楓榭。」

月仙送罷朱清源回來覆命，卻發現宋甜已經在紫荊的侍候下洗漱罷，正強自支撐著等她回話，忙道：「奴婢已經把朱女官送回去了，您也早些歇息吧！」

宋甜點了點頭。「我這就去睡。」

紫荊扶了宋甜上樓，送回臥室，一邊幫宋甜脫衣服、卸簪環，一邊埋怨著。「姑娘，妳可不能再貪杯了，畢竟不是家裡；再說了，妳一喝酒就醉，萬一做出什麼不妥的事、說出不妥的話，那可怎麼辦？」

她嘴裡埋怨著，手下卻麻利得很，很快就把宋甜脫得乾乾淨淨塞進被窩裡，又幫她把散開的長髮理好，這才放下帳子下樓。

月仙還在樓下拾掇殘局，見紫荊下來，忙道：「我收拾吧，妳今晚睡女官房裡，她喝醉了，萬一夜裡要茶要水也方便些。」

紫荊上前和月仙一起收拾杯盤，口中卻道：「姑娘喝了酒，這一夜都不會醒，我明早上去送碗溫蜂蜜水就行。」

到了早上，宋甜打扮齊整，帶著月仙離開摘星樓，去和風苑陳尚宮那裡點卯。

朱清源正帶了丫鬟月桂在岔路口等著，見宋甜過來，笑吟吟上前見禮。

宋甜打量了她一番，見她氣色甚好，這才放下心來。

經過昨夜的酒後暢言，兩人親近了不少，有說有笑地出了蘭亭苑。

和風苑書房外人來人往，熱鬧得很。宋甜和朱清源都有些驚訝，走過去才發現這些小廝抬了好幾個皮箱，放在和風苑廊下，不知道在做什麼。

丫鬟通稟後，宋甜和朱清源進了書房，發現高女官、辛女官和蘇女官都到了，忙上前給陳尚宮請安。

陳尚宮正在看一個名錄，見狀便道：「起來吧！」

宋甜笑吟吟問她。「尚宮，外面那些人抬皮箱來做什麼？」

陳尚宮還沒來得及說話，姚素馨和秦英蓮便走了進來，齊齊屈膝行禮。

秦英蓮仗著自己是蘇女官的外甥女，又是王爺外家定國公府的人，一向不把宋甜和朱清源放在眼裡，「哼」了一聲，道：「宋女官可真是小地方的人沒見識，京城的人都是用皮箱裝行李的。」

陳尚宮抬頭看了秦英蓮一眼，道：「這些皮箱是王爺的賞賜，妳們每個人都有，上面貼有名字，去領了讓各自丫鬟拿回去吧！」

秦英蓮被陳尚宮當場打臉，臉脹得通紅，連帶將陳尚宮也恨上了，強自描補著。「我們這種在京城有些身分的人家，都是用皮箱裝行李的，從不曾用來盛放賞賜。」

姚素馨忙為秦英蓮解圍，笑著向陳尚宮撒嬌。「還是尚宮疼我們！」

又招呼秦英蓮和朱清源。

「秦女官、朱女官，咱們去外面看看王爺的賞賜吧！」

她故意把宋甜給漏下。

朱清源自然領會到了姚素馨排擠宋甜之意，含笑道：「妳們倆先過去吧，我且等著宋女官。」

宋甜心領神會，對著她粲然一笑。接著兩人都笑了起來。

陳尚宮把這些都看在眼裡，道：「好了好了，都出去吧，酉時再來這裡，我有事要說。」

秦英蓮把貼著自己名字和蘇女官名字的皮箱找了出來，讓人送了回去，扭頭見宋甜也把皮箱找出來了，仔細一看，卻發現宋甜的皮箱比自己的好得多，當即道：「宋女官，妳這皮箱怎麼比我們幾個人的都好？妳打開讓我們看看！」

宋甜理都不理她，徑直吩咐月仙。「拿回去放到我房裡。」

待月仙提著皮箱走了，宋甜便和朱清源進去回話，沒給她一個眼神。

秦英蓮氣得肝疼，拉著姚素馨到大花廳那邊無人處嘀咕。「憑什麼她的皮箱比咱們的要好？難道昨日她真的勾搭上王爺了？」

姚素馨目光閃爍。「宋甜的確美麗，也許王爺就看上她了呢？」

秦英蓮哼了一聲，道：「她？我呸！就她那長相，長到二十歲，也是小丫頭模樣，男人會看上她？呵！」

姚素馨想了想宋甜的模樣，不禁笑了——宋甜長得很甜，可是就是小姑娘樣貌，男人會覺得她可愛像妹妹，絕對不會喜歡她。

她低頭看了看自己豐滿的胸部，又瞟了一眼秦英蓮平坦的前胸，自得地笑了。

秦英蓮兀自在咬牙切齒。「王爺一向不讀書，昨日卻在藏書樓待了那麼久，宋甜絕對和王爺有什麼貓膩……咱們不如先下手為強！」

姚素馨看向她，眼中滿是算計。「那妳打算怎麼下手？」

秦英蓮恨恨道：「妳且等著看吧，我才不會讓她得意的！」

方才陳尚宮不是說了麼，讓大家酉時過來，有事吩咐，到了那時，她再出手……

心中計議已定，秦英蓮忽然開口問姚素馨。「素馨姊姊，妳會游水嗎？」

姚素馨不禁笑了，道：「咱們都是官家女，雖不算十分尊貴，到底也有體面，我哪裡會像鄉下野丫頭似的會游水？」

她是文官之女，雖然她父親只是七品知縣，卻也把她金尊玉貴嬌養長大，哪裡會讓她到水邊野著玩？

宋甜一到藏書樓，兩個婆子便上前行禮。「啟稟女官，一樓、二樓都打掃過了。」

宋甜把一樓二樓檢查了一遍，便帶著兩個婆子上了三樓，看著她們打掃——三樓的書籍太重要了，她須得十分經心。

待一切完畢，宋甜打發兩個婆子去一樓。「妳們在一樓待著喝茶歇息，若是有人來，就到二樓叫我。」

安排停當，宋甜拿出昨日畫的趙臻腳樣，在榻上鋪好氈條，展開藏青雲絨尺頭，取出剪尺來，對照腳樣開始裁剪。

一直忙到了傍晚時分，宋甜看了看時辰，發現快到酉時了，忙起身下樓，命兩個婆子小心看守，自己往和風苑去了。

從藏書樓到和風苑，是從王府的西邊到王府的東邊，要經過王府中線的松林大道。松林大道東邊，是頗為寬廣的萬碧湖。宋甜還沒走到萬碧湖，便看到秦英蓮獨自一人在湖邊小道上立著，她沒打算理會秦英蓮，便徑直走了過去。

誰知秦英蓮卻跟上了她，道：「宋甜，我有話要和妳說！」

宋甜懶得理她，一邊往前走，一邊道：「說唄！」

秦英蓮發現自己走在靠近湖面那一邊，連忙繞到了外側，這才道：「王爺到底賞賜了妳什麼？」

宋甜沒想到她如此糾纏，道：「我還沒看，怎麼知道？」

她發現秦英蓮在擠自己，心裡一動，掃了眼右手邊波光粼粼的湖面。

說時遲那時快，秦英蓮伸出手，猛地把宋甜推向近在咫尺的萬碧湖。

宋甜反應極快，瞬間伸手拉住了秦英蓮的衣袖，拽著秦英蓮一起落了水。

只聽「撲通」一聲響，兩人都落入萬碧湖中。

秦英蓮一時不備，嗆了好幾口水，她拚命拽宋甜，卻被宋甜甩開，身子不由自主向更深處滑去。

宋甜卻往湖邊游去，攀著湖邊柳樹露在水裡的根，穩住了身形，這才扭頭去看越滑越深、越滑越遠的秦英蓮。

沒人知道，看著嬌怯怯一副嬌養慣了模樣的宋甜，其實曾經是個野丫頭。

她母親去世後，吳氏嫁了過來，一向不理會她，只有金姥姥陪伴她。

宋甜雖寡言，卻淘氣好玩，夏季時常趁眾人睡午覺，到自家園子裡的池塘裡玩水，自學成才，學會了泅水。

第二十章

趙臻和藍冠之騎著馬沿著中線的松林大道回松風堂。

走到萬碧湖，見有人在湖裡掙扎，趙臻和藍冠之忙急趕了過去，才發現宋甜正攀著樹根往岸上爬，湖裡有一個女子正在掙扎。

趙臻想都不想，徑直從馬背上滑下，伸手把宋甜給拉了上來。見她衣服濕漉漉都貼到了身上，趙臻忙又解下自己身上的寶藍披風，把宋甜給裹嚴實了。

這時候藍冠之從水裡把秦英蓮給救了上來。他認識秦英蓮，一見是她，當下就給跟過來的小廝藍六使了個眼色。

藍六會意，忙上前替了藍冠之的位置，做出一副是自己把秦英蓮救上來的模樣。

若是藍冠之救人，說不定對方會以身相許；若是藍六救人，對方絕不會提以身相許之事。

藍冠之扭頭一看，發現趙臻已經把宋甜抱上馬，打馬往前去了，不由得一愣。

為了宋甜的名聲考慮，趙臻走的都是樹林、牆邊、屋後等偏僻處，一路都沒有碰到人。

宋甜渾身濕漉漉的，衣裙都貼在身上，難受得很，不過她一直在觀察道路，眼見要走出樹林，前方便是蘭亭苑的院門了，宋甜忙道：「在這裡放我下來吧！」

趙臻自己先下了馬，然後把宋甜也扶了下來。

宋甜抬手把濕漉漉黏在臉上的碎髮撥到一邊，不慌不忙屈膝福了福。「多謝啦。」

趙臻牽著馬韁繩，道：「妳快回去換衣服吧！」

宋甜正要走了，忽然轉身問趙臻。「你都不問問我為何掉進湖裡嗎？」

趙臻沒答話，鳳眼清澈看著宋甜。

宋甜不禁笑了，道：「和你說實話吧，秦英蓮想把我推到湖裡去，但我沒那麼好欺負，就順勢把她給拽了進去——就這麼簡單。」

趙臻見她全身上下濕透了，髮髻散亂，碎髮黏在額角兩鬢，身上裹著他的披風，明明狼狽極了，卻兩眼發亮得意洋洋說什麼「我沒那麼好欺負」，又好氣又好笑。

「妳快回去換件衣服，泡個熱水澡。」

宋甜答應了一聲，拽著過長的披風，急急跑進了蘭亭苑。

月仙和紫荊正在樓前收晾曬好的被褥，見狀都嚇了一跳。

宋甜一邊往樓裡走，一邊道：「月仙，妳先去和風苑稟報陳尚宮，就說我落水了，待我換好衣服就去和風苑見她。紫荊，快給我備好熱水，我得先泡個澡。」

月仙答應了一聲，疾步離開了。

紫荊拿了些碎銀子給做粗活的婆子，很快就準備好了熱水。

宋甜屏住呼吸，整個人浸入浴桶中。

紫荊嚇了一跳，忙伸手拽著她的長髮，把宋甜的腦袋給揪了出來。「姑娘，妳往後躺著，我先給妳洗頭髮。」

給宋甜洗頭髮的時候，紫荊順便把今日之事的來龍去脈問了個清清楚楚，不由恨恨道：「她這是想害死妳，妳若不會泅水，怕是早出事了。等會兒咱們找陳尚宮告狀去！」

宋甜躺在浴桶裡，閉著眼睛享受著紫荊的服侍，低聲道：「秦英蓮是蘇女官的外甥女，出身王爺外家定國公府，咱們沒有根基，拿她沒辦法。」

這也是秦英蓮為何如此囂張的原因。

因為有人給她兜底，因為她背後的人勢力強大，所以習慣隨意欺負比她弱小無勢的人。

不過，宋甜不介意給她點教訓。

宋甜吩咐紫荊。「我穿回來的那件披風是王爺的，妳悄悄洗了晾乾，疊好後收起來。我尋個機會還給王爺。」

泡好澡，宋甜穿上衣服正在梳妝，月仙回來了。「女官，陳尚宮說了，讓您不用急，洗個澡、換了衣服再去，晚飯就在她那裡用。」

但是剛經歷過驚魂事件，宋甜不敢託大，留紫荊看家，讓月仙打著燈籠，隨自己往和風苑去了。

天已經黑透了。

不遠處的水中，青蛙呱呱叫著，小蟲子也在草叢裡熱熱鬧鬧叫個不停。

蘭亭苑人少地方大，雖然主要道路上懸掛著燈籠，可還是亮處少，暗處多。

宋甜開口問月仙。「月仙，妳家鄉在哪裡？」

月仙小心翼翼為宋甜照著路，口中道：「女官，我是京城人。我和月桂、月芝她們，都是陳尚宮從京城王府挑選了帶來的。」

宋甜明白了，月仙、月桂和月芝等侍候女官的丫鬟，都是陳尚宮的人，換而言之，也都是趙臻的人。

她又問了一句。「京城豫王府是不是有一株好幾百年的老梅樹？」

月仙笑了。「是。每到二月才開花，粉白的花朵開滿樹，香氣沁人——我以前還不知道梅樹居然也能長這麼高！」她疑惑地看向宋甜。「女官，您怎麼知道京城王府有老梅樹？」

宋甜笑容斂去，低聲道：「我聽人說的。」

其實，她曾親眼見過。

她曾在深夜的老梅樹下，眼睜睜看著趙臻為了永泰帝的偏心痛哭失聲，卻無能為力。

那時的她，只是一抹幽魂。

和風苑大花廳燈火通明。

宋甜遠遠就看見陳尚宮坐在席上，高女官和蘇女官陪坐；旁邊另有一席，朱清源孤零零坐著。

她忙加快腳步，走了過去。

陳尚宮端詳著給她施禮的宋甜，見她雖然不施脂粉，卻氣色極好，這才道：「無事就好，以後小心些。」

宋甜答了聲「是」，在朱清源旁邊坐了下來。

朱清源親自斟了盞熱茶遞給宋甜。「喝盞熱茶暖暖身子。」

不到酉時，她和姚素馨就到和風苑候著了，宋甜和秦英蓮一直未到，丫鬟來回話，她才知道秦英蓮和宋甜都掉到萬碧湖了。

這時候丫鬟大聲通稟。「姚女官、秦女官到——」

姚素馨攙扶著臉色蒼白的秦英蓮走了過來。

秦英蓮作勢要上前與陳尚宮行禮。

陳尚宮抬手道：「罷了，妳病西施似的，看著可憐見的，先坐下吧！」

秦英蓮小蟲子哼哼似的答了聲「是」，扶著姚素馨到了座位上，在宋甜對面坐了下來。

宋甜見她肌膚白裡透青，嘴唇發烏，連水粉和玫瑰紅香膏都遮蓋不住，便知秦英蓮怕不是裝的，不由得一愣。

初夏時節，落水而已，不至於吧？

發現宋甜觀察自己，秦英蓮恨得要把銀牙咬碎，卻不得不忍著。

她絕對不能讓人知道，今日救她出水的是藍冠之的小廝！

這時候辛女官引著一班王府女樂趕了過來。

女樂備好琵琶笙箏簫管開始演奏，筵席也開始了。

酒過三巡，陳尚宮開口道：「今日請諸位過來，原本只有一件事，如今變成兩件事了。」

眾女官都看向陳尚宮，等著她宣佈這兩件事。

其中最忐忑的便是蘇女官和她的外甥女秦英蓮。

陳尚宮道：「第一件事，我要問宋女官和秦女官，今日落水到底是怎麼回事？」

宋甜聞言，站了起來，背脊挺直，目光坦然。「啟稟尚宮，今日我從藏書樓過來，路上遇到了秦女官，我們便作伴而行，行到萬碧湖的時候——」

「行到萬碧湖的時候，是妳這小蹄子把我推到了湖裡！」秦英蓮脹紅著臉起來喊道。

她和姨母商議過了，今日之事，全推到宋甜身上去，反正宋甜沒有根基，任她搓圓捏扁。

姚素馨幫她打聽過宋甜的底細了，宋甜的爹原本是個宛州商人，如今身上副提刑這個官職還是用銀子買來的，根本沒有得力的背景。

憑著她的身分出身，她怎麼欺負宋甜，宋甜也只能受著。

宋甜才不上她的當，要是和她潑婦罵街般嚷罵，只會讓自己有理變無理。

她看向陳尚宮，等著陳尚宮裁決。

陳尚宮皺著眉頭道：「秦女官，待宋女官說完，妳再說也不遲。」

秦英蓮答了聲「是」，卻又補了一句。「尚宮，宋甜顛倒黑白，請您明鑒。」

說罷這句話，秦英蓮這才坐了下來。

宋甜這才繼續道：「行到萬碧湖的時候，秦女官突然伸手，用力把我推到了湖裡，誰知她用力過猛，收勢不及，也跟著跌了下去。我掙扎著抓住了湖邊柳樹在水裡的根，這才沒有滑下去。」

說到這裡，宋甜看向秦英蓮，見她臉色重新變得蒼白起來，這才轉看向陳尚宮，繼續道：「這時候王爺和藍指揮使並轡行了過來，見狀就過來救我們，王爺把馬鞭遞給我，我是拽著王爺的馬鞭上了岸。」

其實，她是拽著趙臻的手爬上岸的。

秦英蓮雙手緊握成拳，聽著宋甜說話，思索著待會兒如何顛倒黑白。

那會兒她喝了太多水，迷迷糊糊的，清醒後發現是藍冠之的小廝救了她，藍冠之在一邊看熱鬧，宋甜卻不知所蹤，原來竟是被王爺給救了。

宋甜這種一心往上爬的小賤人，真是可惡、可厭、可恨！

宋甜接著道：「藍指揮使吩咐小廝。小廝跳下水，把秦女官給救了上來，還給秦女官施救……」她故意吞吞吐吐道：「後面……我就離開了。」

秦英蓮氣得兩眼發紅，當即站了起來，用手指指著宋甜。「妳、妳胡說！我是自己上來的，妳才是藍冠之的小廝救上來的！」

宋甜看著她，聲音清脆吐字清晰。「我有證人，妳有嗎？」她身子前傾，逼近秦英蓮。「不如咱們去求見王爺，請王爺、藍指揮使為妳我作證？」

秦英蓮驕橫慣了，根本不怕，指著宋甜道：「宋甜，妳是什麼身分，不過一個市井出身的商戶女，敢在這裡誣衊我！我罵妳，妳只能立在這裡好好聽著；我打妳，妳也只能蜷縮在地受著！妳竟敢在這裡顛倒黑白，還要找人來作證？妳以為妳是誰？誰會給妳作證？」

宋甜不再說話。

她還是第一次見這麼囂張的人。囂張到愚蠢，囂張到有人證也不怕，就是要倒打一耙。

誰知主席上傳來辛女官的聲音。「我可以為宋女官作證。」

宋甜驚訝地看了過去——她記得當時四周沒有別的人！

辛女官起身，向陳尚宮福了福，這才接著道：「我奉了尚宮之命，去前面挑選女樂，回來時見王爺和藍指揮使騎馬過來，我便立在湖邊，待王爺過去，因此把事情的全程看了個遍，真相正如宋女官所說，並無謬誤。若是需要人證，我的丫鬟月芝和藍指揮使的小廝藍六都可以作證。」

大花廳裡靜得可怕。

就連坐在一邊演奏的女樂不知何時也停了下來。

陳尚宮收斂笑意，看向兀自氣哼哼的秦英蓮。「秦英蓮，妳還有什麼話說？」

秦英蓮依舊嘴硬。「反正是宋甜害我，她們都和宋甜合夥害我！」

陳尚宮不再理會她，看向一旁沈默的蘇女官。「蘇女官，妳明日前往京城一趟，送妳外甥女回家。以後，妳就留在京城王府。」

蘇女官臉色蒼白，答了聲「是」，見秦英蓮還要狡辯，她厲聲喝止道：「閉嘴！」

秦英蓮這才閉上了嘴。

「那我宣佈第二件事。」陳尚宮道：「五月十五萬壽節，王爺要進京為陛下慶賀壽辰，四月二十寅時出發，咱們女官也都跟著進京，妳們都準備一下吧！」

她看向秦英蓮，眼中帶著一絲笑意。「秦姑娘，這下妳可要先我們一步了。」

秦英蓮差點被這句話活活氣死，再也支撐不住，一下子軟倒在地板上。

一直沈默不語的姚素馨把秦英蓮扶了起來，低聲道：「尚宮，我送她回去吧！」

她要給陳尚宮留下即使秦英蓮犯錯被攆，可她作為朋友依舊仁義有情的印象。

陳尚宮凝視著她，道：「妳倒是個有仁義的……也罷，去吧！」

姚素馨低頭福了福，攙扶著秦英蓮離開了。

蘇女官也跟著走了。

宋甜靜靜看著姚素馨、秦英蓮和蘇女官的背影。

她想事情不會輕易結束的，她不去理會對方，對方卻一直想把她踩死。

那也只能兵來將擋！

從和風苑回來的路上，朱清源與宋甜同行。

她似是無意一般，說起了秦英蓮家的一些事。

「……秦女官的父親秦大人，是定國公牽馬小廝出身，因在戰場上救過主子的命，後來就脫了奴籍，得了官職，還與定國公麾下另一家蘇家聯了姻。」接著又道：「秦女官是家中幼女，一向嬌慣，她的長姐大秦氏卻聰明能幹，嫁給定國公長房大公子做續弦，深受定國公夫人和大太太信重，是定國公府的管家大奶奶。」

宋甜聽懂了朱清源話中之意——區區秦英蓮不足為懼，只是秦家與定國公府牽涉甚深，以後還須多加注意。

這時候已經到了岔路口，宋甜笑盈盈屈膝福了福。「謝謝姊姊提點！」

朱清源見宋甜領情，也笑了，伸手在她腦袋上敲了敲，道：「妳個小鬼靈精！」又囑咐。「這次去京城，妳須得小心謹慎。」

臨睡前，宋甜想起今日之事的導火線——趙臻賞賜的那個皮箱，就吩咐紫荊。「妳去小庫房把那個皮箱拿過來，我想看看裡面到底是什麼。」

紫荊把皮箱拿了過來，擺放在地板上，一邊開箱子，一邊道：「我聽說朱女官的賞賜是香墨和彩箋，高女官的賞賜是一疋繚綾和一疋蜀錦……不知咱們這裡面是什麼！」

只聽「喀嗒」一聲，紫荊打開了皮箱。「咦，姑娘，妳看這些是什麼？」

宋甜走了過來，見箱子裡整整齊齊嵌著八個錦匣，每個錦匣上面還貼著貢品的簽子。她心中歡喜，蹲下身伸手撥弄著這些簽子。「都是貢品名茶，這下我可有好茶喝了！」

紫荊愛喝果仁泡茶，道：「也就姑娘妳喜歡了，咱們府裡卻都愛喝各種果仁泡茶。」

宋甜吩咐紫荊。「把這些都拿到樓下去吧！」

紫荊都要下去了，卻又問道：「姑娘，她們若是問咱們得的賞賜，我要怎麼回答？」

宋甜想了想，道：「就說得了些茶葉，別提什麼貢品的。」

不過明面上王爺的水端得很平，每個人都賞賜了貢品，倒也顯不出她了。

夜裡下起了雨，雨滴敲在房頂和屋簷的瓦片上，發出「噼哩啪啦」的脆響。

屋子裡涼陰陰的。

白日晾曬過的被褥柔軟溫暖，帶著陽光的氣息，宋甜脫得光溜溜睡在被窩裡，在「噼哩啪啦」的雨滴聲中很快就睡熟了。

這會兒趙臻還沒有睡。

他發現宋甜推薦給他的戚繼光的兵書很實用，洗完澡出來，便拿了一本看了起來。

琴劍在一邊侍候，他還沒見王爺如此熱愛讀書過，頗為好奇。「王爺，這本書是宋女官讓我帶回來的那一箱書裡面的吧？」

想起白日之事，琴劍又道：「宋女官可真是傻，換作一般女子，被您從水裡救了上來，不是該『嚶嚀』一聲，暈倒在王爺您的懷裡嗎？」

趙臻嫌琴劍聒噪，蹙眉道：「她還是個小姑娘，懂什麼？以後不要胡說八道。」

琴劍又忍不住道：「王爺，您藉此成功地把國公府安插進來的蘇女官和秦女官給攆走了，是不是該賞宋女官？」

趙臻總覺得琴劍的話有問題，想了想，覺得更有問題了，書也不看了，抬頭看琴劍。

「你的意思是，我利用了宋女官？」

豫州王府裡各方勢力安插的人太多了，須得他一一清除，今日他就順勢把國公府安插的兩顆釘子給拔了——不過琴劍的話怎麼聽著怪怪的？

琴劍見王爺板著臉，嚇了一跳，忙道：「奴才不敢！」

趙臻覺得自己只是趁勢而為，卻被琴劍誣衊為利用宋甜，心裡怪彆扭的，頓時覺得琴劍甚是礙眼，便道：「出去。」

琴劍不敢再多嘴，麻利地行了個禮退了下去，與棋書一起在廊下候著。

臥室裡終於靜了下來。

趙臻手裡翻著書，卻想起了傍晚宋甜下了馬，落湯雞一般立在那裡，看著可憐見的，卻堅持要自己回去的場景。

宋甜太柔弱了，身子骨也不行，須得好好補補！

他放下書，喚琴劍進來，吩咐了一番。

琴劍剛被斥責過，不敢多嘴，十分恭謹地傾聽著，心裡卻嘀咕：王爺好彆扭啊，不讓我說，他自己卻讓膳廚每晚都燉一道補湯給宋女官……

第二天晚上月仙提回的食盒裡多了一瓦罐人蔘雞湯。

第三天晚上則是一瓦罐牛肉清湯。

第四天晚上則是一瓦罐菌菇雞湯。

數日下來，宋甜根本沒發現什麼，只是偶爾感嘆了一句。「王府膳廚還真不錯，還知道給女官燉湯。」

喝了十來天補湯，她的氣色肉眼可見地好了起來，甚至個子都長高了一些。

白日，宋甜繼續在藏書樓輪值。

上次宋甜把戚繼光的《練兵實記》和《紀效新書》全都裝在書箱裡，讓琴劍帶回去了。如今藏書樓又恢復了寧靜，再也無人踏足。

宋甜開開心心待在二樓，很快就做好了她許諾的兩雙鞋。

見還有時間，她便又額外做了兩雙夏季在房裡穿的絲履和六雙淨襪。

待全部完工，眼看著明日就是四月十五休沐日了，宋甜這才開始思索如何把這些鞋襪交給趙臻。

自從上次把戚繼光的兩套兵書用箱子裝了讓琴劍和棋書帶走，宋甜在藏書樓再也沒見過趙臻的蹤跡。

宋甜思索了一會兒，最後打算回摘星樓看看。

按照趙臻的作息，上午是聽王府教官講課，並接見王府各級官員處理公務，下午一般會在松風堂小演武場習練騎射功夫。

宋甜提著提盒下了樓。

兩個婆子正在一樓坐著喝茶說話，見宋甜下來，忙起身行禮。「見過女官。」

宋甜含笑道：「我回蘭亭苑取一件物事，若有人尋我，就讓他先等著，我很快回來。」

婆子齊齊答了聲「是」。

其中一位李婆子很有眼色，忙取了一把紙傘過來。「女官，這會兒正是午後，日頭大，您還是打把傘吧！」

宋甜接過傘，謝了李婆子。

另一位孫婆子見宋甜提著提盒，忙獻殷勤道：「女官，提盒不輕吧？我給您提回去吧？」

宋甜笑了，輕鬆地把提盒舉高。「不重，我自己就可以。多謝妳。」

——未完，待續，請看文創風983《小女官大主意》2

為流浪貓狗加油 和貓寶貝 狗寶貝

廝守終生(一定要終生喔！)的幸福機會

對人來說，貓寶貝狗寶貝只是生活的一部分，但妳（你）對牠們來說，卻是生活的全部，領養前請一定要考慮清楚——

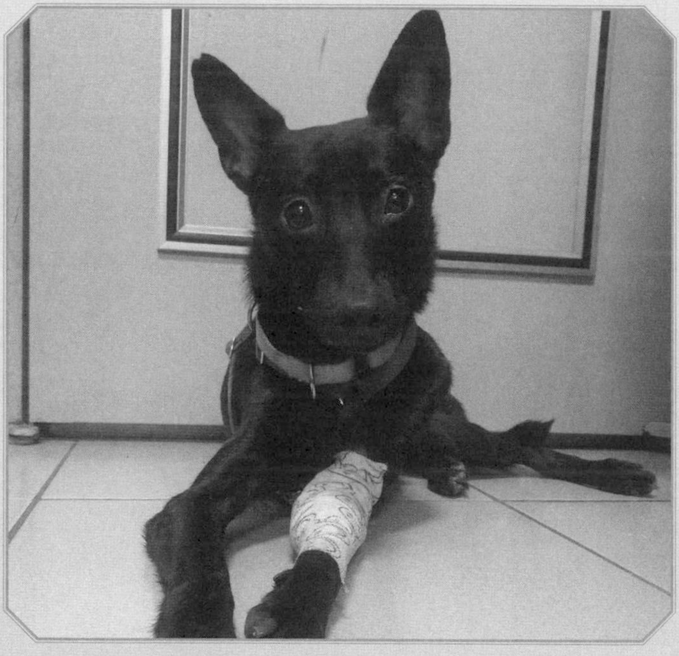

▲ 樂觀向前行的男孩 小黑

性　別：男生
品　種：米克斯
年　紀：1歲左右（醫生評估換完牙了）
個　性：親人親狗、害羞安靜、慢熟聰明
健康狀況：已結紮、打晶片，三合一過關，已完成狂犬病疫苗注射
目前住所：台中市

本期資料來源：Tatiana Wu個人臉書 https://www.facebook.com/tatiana.wu

『小黑』的故事：

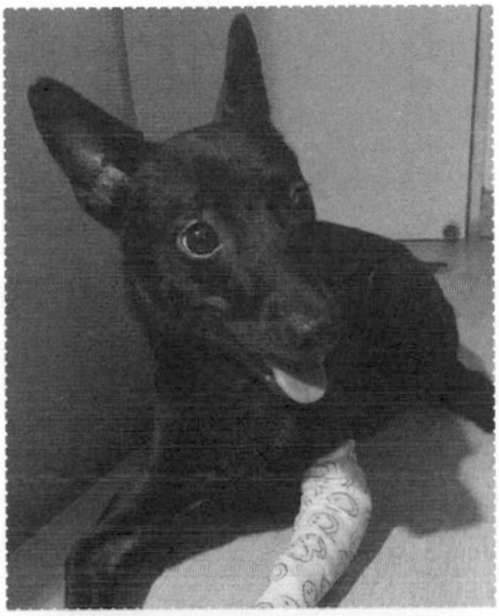

小黑是在台中港區附近出車禍而被救援的孩子，當時牠倒在路邊，所有的車子呼嘯而過，沒有人願意下車查看，直到我前去救援時，發現牠身旁留有乾掉的糞便，估計是受到撞擊時驚嚇到而導致的脫糞。

從下半身骨折不能動到坐輪椅復健，經過兩個多月的住院治療，現在已經可以正常行走了，雖然目前左前腳關節部位仍還有傷口未痊癒，需要每兩天換一次藥，可一個月後就是健康無虞的狗狗了。

身體尚在康復中的小黑，總是靜靜地待在角落，眨著牠無辜的雙眼看著周遭的事物，肚子餓了、渴了才會一拐一拐地走到飼料盆邊吃上幾口，甚至因家裡無法負荷牠的排泄問題而帶到公園上廁所時，也展現了學習力良好的一面。

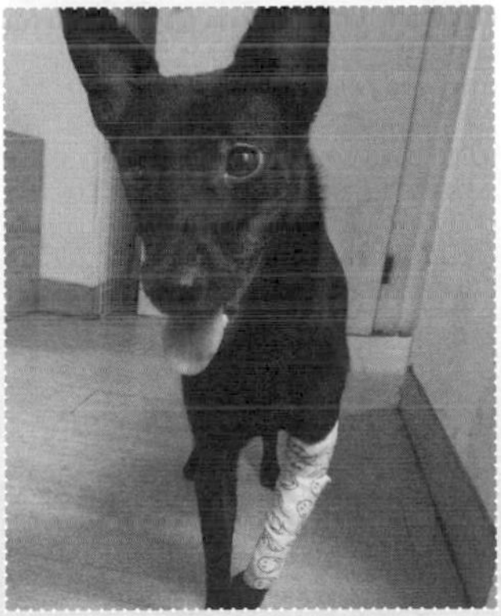

現在走路進步良多的小黑，近日帶牠出門去公園和其他狗朋友們玩耍時，便翹起尾巴，高興得拚命擺動，讓我相信這樣的孩子值得擁有下一段幸福生活。如果您願意給牠一個成長機會，也可以接納牠不完美的地方，請使用FB私訊我，保證讓您不虛此行！

認養資格：

1. 尋找能真心愛牠、接納牠的不完美的認養人。
2. 須同意簽認養寵物切結書。
3. 須同意送養人日後之追蹤探訪，對待小黑不離不棄。

來信請說明：

a. 個人基本資料：姓名、性別、年齡、家庭狀況、職業與經濟來源等。
b. 想認養小黑的理由。
c. 過去養寵物的經驗，及簡介一下您的飼養環境。
d. 若未來有結婚、懷孕、出國或搬家等計劃，將如何安置小黑？

2021　狗屋線上書展

8/16(8:30)~**8/29**(23:59)

輕甜夏午茶派對

3點一刻　優雅享用

夏日新品，嚐鮮價75折

文創風982-984　林漠《小女官大主意》全三冊

文創風985　莫顏《劍邪求愛》【洞房不寧之二】全一冊

典藏風味，值得品嘗

75折：文創風932-981

7折：文創風878-931

6折：文創風780-877

（以下加蓋 ㊣）

每本**100**元：文創風657-779

每本**50**元：文創風001-656、花蝶/采花/橘子說全系列
（典心、樓雨晴除外）

單本**15**元，3本**30**元：PUPPY351-534

每本**10**元，買**2**送**1**：PUPPY001-350/小情書全系列

回味，無窮

莫顏【洞房不寧系列之一、之二】

文創風899《莽夫求歡》+ 文創風985《劍邪求愛》

特惠價**380**元

林漠

情真摯，意純真，
字裡行間通透達理

她得先讓她爹弄清楚，他只有一個女兒，
她若出事，他肯定也沒得好過！

文創風 982-984《小女官大主意》全三冊

渴望有兒子繼承家業的父親，後院中是百花齊放，千嬌百媚，
而於宋甜這個失去生母的獨生女來說，父親養在後院的那些花有毒。
大家閨秀，當從父母之命，媒妁之言，在家從父，既嫁從夫。
她依此準則而活，卻一生受到擺弄，如臨深淵，
只有那與她僅數面之緣的年少親王──豫王趙臻，予她幾絲光芒。
將鋒利的匕首送入心臟的那一刻，他姍姍來遲的呼喚縈繞耳邊，
接著就如一場幻夢，她的一縷幽魂隨著他，見證了他短暫的一生。
同樣年少失怙，同樣不得父緣，同樣悲涼而亡……
有幸重生，她不再同上輩子般寡言無聞，任人宰割。
她報考豫王府女官，為自己獲得家中話語權，
也為報答前世趙臻為她收殮屍身、香花供養之恩情。
「我可以保證，一生一世忠誠於王爺，不再嫁人，不生外心。」
面選時她吐露肺腑之言，她知道，王府的考官會一字不漏傳達給他！

8/17(二)上市

殷肖CP，
強勢來襲！

莫顏

在這世上，殷澤只拿兩個人沒轍，
一個是劍仙段慕白，另一個就是肖妃，
她會對其他人笑，唯獨在他面前不苟言笑，
萬人崇拜他，只有她，看到他都像恨不得把他大卸八塊，
他不知道自己到底哪裡惹了她，但她不說沒關係，
反正他的法子很多，有的是機會讓她說……

文創風 985《劍邪求愛》【洞房不寧之二】全一冊

肖妃出自皇家兵器庫，由頂級匠師所打造，專門給貴女使用，
因此當她修成人形時，自是兵器譜前十名中唯一的美人，
但她不在乎美人的稱號，她想要的是「最強」，
可無論她如何努力，第一名永遠是那個姓殷的！
她想要的天下至寶，被殷澤搶先一步奪去；
她需要累月經年才能練就的武功絕學，殷澤三天就會了；
她認真經營的人脈，殷澤只需勾勾手指就把人勾走了；
她的手下們，對殷澤比對她這個女主人還要敬畏服從，
她拚盡全力施展武功，他只用一招就制伏她，還將她踩在腳下！
男人崇拜他，女人愛慕他，有他在的地方，她只能靠邊站。
他真是太太太討厭了！她不屑跟他説話，對他視若無睹，直到有一天……
「我要妳。」當冷冽狂傲又俊逸非凡的他，直截了當地向她求愛時，
她沒有心花怒放，也沒有臉紅害羞，只有心下陰惻惻的冷笑──
原來你也有求我的一天，看本宮怎麼整死你……

之一大受好評，令讀者直呼有沒有之二啊！

文創風 899《莽夫求歡》【洞房不寧之一】全一冊

宋心寧決定退出江湖，回家嫁人了！
雖説二十歲退出江湖太年輕，但論嫁人卻已是大齡剩女。
父親貪戀鄭家權勢，賣女求榮，將她嫁入狼窟，她不在乎；
公婆難搞、妯娌互鬥，親戚不好惹，她也不介意；
夫君花名在外、吃喝嫖賭，她更是無所謂，
她嫁人不是為了相夫教子，而是為了包吃包住，有人伺候。
提起鄭府，其他良家婦女簡直避之唯恐不及，可對她來説，
鄭府根本就是衣食無缺、遠離江湖是非、享受悠閒日子的神仙洞府！
可惜……
「別以為我不敢殺你。」她陰惻惻地持刀威脅。
夫君滿臉是血，對她露出深情的笑，誠心建議──
「殺我太麻煩，會給宋家招禍，不如妳讓我上一次，我就不煩妳。」
宋心寧臉皮抽動，額冒青筋，她真的好想弄死這個神經病……

美味再來一份！

抽獎辦法： 活動期間內，只要在官網購書並成功付款，系統會發e-mail給您，並附上抽獎專用之流水編號，買一本就送一組，買十本就能抽十次，不須拆單，買越多中獎機率越大。

得獎公佈： **9/15**(三)會將得獎名單公佈於官網

獎項：

紅利金 200元	**10**名
《小女官大主意》全三冊	**2**名
《劍邪求愛》【洞房不寧之二】全一冊	**3**名

★ 線上書展 購書注意事項：

(1)請於訂購後**三日內**完成付款，最後訂購於**2021/8/31**前完成付款才算有效訂單喔！

(2)購書滿千元(含)以上免郵資。未滿千元部分：
郵資65元(2本以下郵資50元)／超商取貨70元(限7本以內)／宅配100元。

(3)特賣書籍因出書時間較久，雖經擦拭、整理，仍有褪色或整飾痕跡，故難免不如新書亮麗。
除缺頁、倒裝外無法換書，因實在無書可換，但一定會優先提供書況較良好的書給大家。
若有個人原因需要換書，需自付來回郵資。

(4)各書籍庫存不一，若遇缺書情形可選擇換書或退款。

(5)歡迎海外讀者參與(郵資另計)，請上網訂購或是mail至love小姐信箱
(love@doghouse.com.tw)詢問相關訊息。

狗屋有權修改優惠活動的實施權益及辦法。

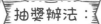

文創風 982

小女官大主意 1

國家圖書館出版品預行編目資料

小女官大主意 / 林漠著. --
初版. -- 臺北市 : 狗屋出版社有限公司, 2021.08
冊 ; 公分. --（文創風 ; 982-984）
ISBN 978-986-509-239-9（第1冊 : 平裝）. --

857.7 110011125

著作者	林漠
編輯	林俐君
校對	吳帛奕
發行所	狗屋出版社有限公司
地址	台北市104中山區龍江路71巷15號1樓
電話	02-2776-5889～0
發行字號	局版台業字845號
法律顧問	蕭雄淋律師
總經銷	知遠文化事業有限公司
電話	02-2664-8800
初版	2021年8月
國際書碼	ISBN-13　978-986-509-239-9

本著作物由北京晉江原創網絡科技有限公司授權出版

定價260元
狗屋劃撥帳號：19001626
網址：love.doghouse.com.tw　E-mail：love@doghouse.com.tw